पंजाब के रहस्य

भारत आतंकवाद के घेरे में

बीरबल नाथ, IPS

भूतपूर्व

पुलिस महानिदेशक : पंजाब
महानिदेशक : सीमा सुरक्षा बल (BSF)
महानिदेशक : केंद्रीय रिजर्व पुलिस बल (CRPF)
सदस्य : केंद्रीय प्राशासनिक न्यायाधिकरण (CAT)

मानस पब्लिकेशंस
नई दिल्ली-110 002 (भारत)

मानस पब्लिकेशंस

(प्रकाशक, लाइब्रेरी सप्लायर्स, इम्पोर्टर और एक्सपोर्टर)
4402/5-A, अंसारी रोड (एचडीएफसी बैंक के सामने)
दरियागंज, नई दिल्ली-110 002 (भारत)
ऑफिस ✆ **23260783, 23265523,** घर ✆ **23842660**
फैक्स: **011-23272766**
ई-मेल: **manaspublications@vsnl.com**
manaspublications@yahoo.com
manaspublications.in

ISBN 978-81-7049-419-5

₹ 495/-

टाईप-सेटिंग
मानस पब्लिकेशंस

भारत में मुद्रित

मानस पब्लिकेशंस के लिए

हरमैन ऑफसेट प्रेस द्वारा मुद्रित और

श्रीमती सुमनलता द्वारा प्रकाशित
4402/5-A, अंसारी रोड (एचडीएफसी बैंक के सामने)
दरियागंज, नई दिल्ली-110 002 (भारत)

ईश्वर के चरण कमलों में समर्पित

"त्वमर्कस्त्वं सोमस्त्वमसि पवनस्त्वं पदनस्त्वं हुतवह–
सत्वमापस्त्व व्योम त्वमु धरणिरात्मा त्वमिति च।
परिच्छिन्नदं त्वयि परिणता विभ्रति गिरं
न विद्यस्ततत्त्वं वयमिह तु यत् त्वं न भवसि"

"The Wise hold this limiting opinion about Thee–
Thou art the Sun, Thou art the Moon;
Thou art the Fire, Thou art the Air;
Thou art the Water, Thou art the Space,
Thou art the Earth and Thou art the Self,
But we do not know that thing, which Thou art not."

To the Departed One,
She, who made all things beautiful,
With her unconditional compassion.

अनुक्रमणिका

प्रमुख पात्र

श्रीमती प्रियदर्शिनी इंदिरा गांधी : वह भारत की प्रधानमंत्री थीं। (1966-77 और 1980-84)। 31 अक्तूबर 1984 को प्रात: आठ बजे उनके अपने ही सिख रक्षकों सब इंस्पेक्टर बेअंत सिंह और सिपाही सतवंत सिंह ने उनकी हत्या कर दी। हत्यारों ने प्रधानमंत्री के दुबले शरीर में दर्जनों गोलियां दाग दीं। वह अपने 1, सफदरजंग रोड स्थित नई दिल्ली आवास में तुरंत धराशायी हो गईं। आईटीबीपी के जवानों ने एस.आई. बेअंत सिंह को वहीं मौत के घाट उतार दिया। उन्होंने सतवंत सिंह पर भी गोलियां दागीं जिसने अपनी स्टेनगन फेंक दी थी। श्री राजीव गांधी उस समय बंगाल की यात्रा पर थे। श्रीमती सोनिया गांधी ने प्रधानमंत्री के गोलियों से छलनी शरीर को तुरंत अखिल भारतीय आयुर्विज्ञान संस्थान पहुंचाया। इस व्यर्थ आशा में कि वह अपनी सासू मां का जीवन बचा पाएंगी। एस. आई. बेअंत सिंह और सिपाही सतवंत सिंह ने नारे लगाए कि उन्होंने आपरेशन ब्लू स्टार द्वारा उनके अमृतसर के पवित्र तीर्थ हरमंदिर साहब को अपवित्र करने का बदला ले लिया है। सचमुच यह सिख धर्म के इतिहास का सब से काला दिन था। आखिर निर्बल हिंदुओं व सिखों की रक्षा के लिए ही गुरु तेग बहादुरजी व बंदा वैरागी ने मुगलों की यातनाएं सहकर अपना बलिदान दिया था।

ज्ञानी ज़ैल सिंह : वह स्वयं को सिख धर्म का निष्ठावान अनुयायी बताते थे। अगस्त 1942 में महात्मा गांधी के चलाए भारत छोड़ो आंदोलन के दौरान वह फरीदकोट, नाभा पटियाला आदि रियासतों की *प्रजा परिषद्* के अध्यक्ष थे। वह पेप्सू में राजस्व मंत्री रहे। फिर प्रताप सिंह कैरों के मंत्रालय में मंत्री और उसके बाद पंजाब के मुख्य मंत्री रहे। उसके बाद स्वर्गीय संजय गांधी के चमचागिरी के दम पर भारत के गृह मंत्री बन गए। (1980-82)। 1982-87 के लिए राष्ट्रपति पद के कांग्रेसी उम्मीदवार नामांकित होने के लिए उन्होंने फिर इसी तरकीब का इस्तेमाल किया। संजय गांधी ने सोचा था कि वह ज्ञानी ज़ैल सिंह

का इस्तेमाल करेंगे। पर ज़ैल सिंह उनसे कहीं ज्यादा चतुर खिलाड़ी थे। उन्होंने श्रीमती प्रियदर्शिनी इंदिरा गांधी का कृपापात्र बनने के लिए संजय गांधी का इस्तेमाल किया। धीरे-धीरे वह अपने असली रंग में आ गए। उन्होंने अपने राष्ट्राध्यक्ष होने के अपने संवैधानिक अधिकारों की परिधि से बाहर जा कर श्रीमती इंदिरा गांधी को प्रशासनिक मामलों में निर्देश देने आरंभ कर दिए। उन्होंने अपनी पहले की चमचागिरी त्याग कर अपना असली रंग दिखाया था। (पहले उन्होंने कहा था कि अगर श्रीमती इंदिरा गांधी कहें तो वह फर्श पर झाड़ू लगाने को भी तैयार हैं।)। वह परले सिरे के षड़यंत्रकारी थे। उन्होंने प्रधानमंत्री और अपने प्रबल विरोधी पंजाब के मुख्यमंत्री सरदार दरबारा सिंह (1980- 1983) के नीचा दिखाने के लिए संत जरनैल सिंह भिंडरांवाले को बढ़ावा दिया। संत जरनैल सिंह को उन्होंने ही बनाया था। जब वह भारत के गृहमंत्री थे तब 1981 में उन्होंने हरियाणा के कांग्रेसी मुख्यमंत्री को कहा कि वह दमदमी टकसाल के कथित संतजी को चंदूकलां, जिला हिसार, हरियाणा से पंजाब पुलिस को गिरफ्तार न करने दें। वह बहुत साधारण परिवार से थे और हर तरह की शारीरिक विलासिता का शौक रखते थे। पंजाब के मुख्यमंत्री के तौर पर उन्होंने अपने लिए और अखिल भारतीय कांग्रेस कमेटी के खजाने के लिए काफी धन एकत्र किया। उनका निधन चंडीगढ़ के पोस्ट ग्रेजुएट इंस्टीट्यूट में लंबी बीमारी के बाद हुआ।

संत जरनैल सिंह भिंडरांवाले : पंजाब के फिरोजपुर जिले की मोगा तहसील के रोडे गांव से संबंध रखने वाले जरनैल सिंह सिख धर्म के एक विनीत प्रचारक थे। उन्होंने पंजाब के बाहर हरियाणा के चंदूकलां और बाद में बंबई में पंजाब पुलिस की उनको गिरफ्तार करने की कोशिशों को विफल कर दिया। कहा जाता है कि बंबई में तो खुद भारत के गृह मंत्री ज्ञानी ज़ैल सिंह उनके भाग निकलने का रास्ता बनाने के लिए गए थे। संत को गृहमंत्री ने बहुत समर्थन दिया। वह और उनके विरोधी पंजाब के मुख्यमंत्री सरदार दरबारा सिंह, दोनों उनसे गहरा स्नेह जताते थे। इससे संत का दिमाग सातवें आसमान पर चढ़ गया। वह देश की प्रधानमंत्री श्रीमती इंदिरा गांधी के लिए अपशब्दों का प्रयोग करते थे। उन्होंने इंदिराजी को अपनी हिट लिस्ट में पहले नंबर पर रखा हुआ था। उसी हिट लिस्ट में मेरा नाम पांचवे नंबर पर था। जून 1984 में भारतीय सेना ने अमृतसर में सिखों के पवित्र स्थल हरमंदिर साहब पर आक्रमण किया। संत भिंडरांवाले इसमें मारे गए। हरमंदिर साहब अमृतसर और गुरुदर्शन प्रकाश गुरुद्वारा मेहता में शरण लेने के बाद उनमें अवज्ञा का मिथ्या अभिमान आ गया था। वह एक तीर लेकर चलते

थे। यह दिखाने के लिए कि मानो दशम पादशाह के उत्तराधिकारी हों। वह चंदूकलां से गुरु ग्रंथ साहब को छोड़कर सबसे पहले भागे थे। बंबई से भी (भारत के गृहमंत्री ज्ञानी ज़ैल सिंह की योजना के अनुसार) वह अपने जत्थे को पीछे छोड़ कर भागे थे। ऐसा उन्होंने स्पेशल राइफल्स के मेजर जनरल सिन्हा को चकमा देने के लिए किया था। सिन्हा को उनको गिरफ्तार करने के लिए विशेष रूप से विमान से बंबई भेजा गया था। लेकिन ज्ञानी ज़ैल सिंह ने प्रध ानमंत्री कार्यालय और गृह सचिव श्री टी.एन. चतुर्वेदी की बनाई योजना को विफल कर दिया। श्री चतुर्वेदी कर्नाटक के राज्यपाल थे।

सरदार दरबारा सिंह : श्री दरबारा सिंह (आयु 62 वर्ष) 1980 में पंजाब के मुख्यमंत्री थे। वह अनियंत्रित प्रवृत्तियों वाले व्यक्ति थे। उन्होंने संत जरनैल सिंह भिंडरांवाले व उनके अपराधी गिरोह को समाप्त करने के सभी प्रयास विफल कर दिए। वह पंजाब के वित्तीय मामलों में बहुत ईमानदार सिख जाट मुख्यमंत्री थे। वह अत्यंत सहृदय और अतिथिपरायण थे। वह पक्के गुरुसिख थे। उन्होंने अपने घर में गुरु ग्रंथ साहब का प्रकाश कर रखा था और संत जरनैल सिंह भिंडरांवाले का सिखाया पाठ नियम से करते थे। उन्होंने ज्ञानी ज़ैल सिंह की तरकीबों से ही उनसे लड़ने की कोशिश की लेकिन वह उनके मुकाबले के न थे। 1983 में पंजाब में राष्ट्रपति शासन लगा दिया गया। वह नई दिल्ली आ गए और वहीं उनका हृदय रोग के कारण निधन हुआ। जिस दिन पंजाब में राष्ट्रपति शासन लागू हुआ, ज्ञानीजी ने राष्ट्रपति भवन को प्रकाश से जगमगाया।

भाई अमरीक सिंह : आल इंडिया सिख स्टूडेंट्स फेडरेशन के अध्यक्ष। बंदूक संस्कृति के अनुयायी, भड़काऊ। सरदार दरबारा सिंह के चौकन्ना कर देने के कारण वह दो बार गिरफ्तारी से बच निकले। वह ऑपरेशन ब्लू स्टार में मारे गए। दबाव पड़ने पर वह घबरा जाते थे।

राजीव गांधी : सबसे सुदर्शन प्रधानमंत्री (1944-1991)। अपने मंत्रिमंडल की साजिशों के शिकार। अपने रक्षा मंत्री और बाद में भारत के प्रधानमंत्री विश्वनाथ प्रताप सिंह के षडयंत्र का मुकाबला न कर सके।

अरुण सिंह : एक कुशल प्रबंधन विशेषज्ञ। राजीव गांधी के मित्र व सहयोगी। नई दिल्ली की साजिशों के शिकार।

तरसेम सिंह : कपूरथला जिले के नक्सलवादी। कई गोलीबारियों में लिप्त। नेपाल व बैंकाक के रास्ते जर्मनी भाग गए। उनके निकल भागने का प्रबंध विदेशों में बसे सिख पृथकतावादियों ने किया था।

तेजेंद्र खन्ना : दिल्ली के वर्तमान उपराज्यपाल श्री तेजेंद्र खन्ना 1980-1983 में पंजाब के मुख्यमंत्री के मुख्य सचिव थे।

अजित सिंह अटवाल : एक अत्यंत ईमानदार डीआईजी। एक बहादुर सिख अधिकारी। एक पथभ्रष्ट ब्रिगेडियर उनको बहका कर हरमंदिर साहब की सीढ़ियों तक ले गया जहां भिंडरावाले के अपराधी गिरोह ने उनकी हत्या कर दी।

एस.एस. बैंस : अमृतसर के बहादुर सिख एस.एस.पी.।

एम.एम.के. वाकली : संकटकालीन अवधि में गृहसचिव। बाद में दिल्ली के उपराज्यपाल।

टी.एन. चतुर्वेदी : भारत सरकार के गृह सचिव (1980-83)। एक प्रशासक जिनको गृहमंत्रालय का उत्तरदायित्व तत्कालीन गृहमंत्री ज्ञानी ज़ैल सिंह की असंवैधानिक चालों को मात देने के लिए सौंपा गया था।

जत्थेदार संतोख सिंह : दिल्ली के जत्थेदार संतोख सिंह। ज्ञानी ज़ैल सिंह ने इस शैतान को बनाया जिसने 20 सितंबर 1981 की रात को गुरुद्वारा गुरुदर्शन प्रकाश मेहता में संत भिंडरांवाले की गिरफ्तारी की संध्या पर भड़काने वाला भाषण दे कर सारे पंजाब में आग लगा दी।

रॉ के सचिव : वह चाहते थे कि प्रधानमंत्री श्रीमती इंदिरा गांधी अकाल तख्त पर कब्जा जमाए भिंडरांवाले गिरोह के विरुद्ध कार्रवाई के लिए लिखित आदेश दें।

डा. सोहन सिंह : सदस्य पंथक कमेटी।

आर.एन.काउ : कश्मीरी पंडित। मंत्रिमंडलीय सचिवालय में वरिष्ठ सुरक्षा सलाहकार।

वधावा सिंह : संधु छत्ता, पुलिस थाना सदर, कपूरथला निवासी। पाकिस्तान की आई.एस.आई. के वैतनिक एजेंट। उन्होंने सिख उग्रवादियों के लिए पाकिस्तान में प्रशिक्षण शिविरों का आयोजन किया। वह अब भी पाकिस्तान में हैं। आई.एस.आई. इस उम्मीद में उनको धन दे रही है कि शायद भारत में सिख पृथकतावाद फिर कभी पनपे।

सरदार गुरुचरण सिंह तोहरा : शिरोमणि गुरुद्वारा प्रबंधक कमेटी के प्रमुख अध्यक्ष। इन्होंने सिख उग्रवादियों को शरण दी। अपशब्दों का प्रयोग करने के आदी।

पंजाब के मुख्यमंत्री

क्रम	नाम/दल	कब से	कब तक
1.	डॉ गोपी चन्द भार्गव कांग्रेस	अगस्त 15, 1947	अप्रैल 13ए, 1949
2.	भीम सेन सच्चर कांग्रेस	अप्रैल 13, 1949	अक्तूबर 18, 1949
3.	डॉ गोपी चन्द भार्गव कांग्रेस	अक्तूबर 18, 1949	जून 20, 1951
4.	राष्ट्रपति शासन	जून 20, 1951	अप्रैल 17, 1952
5.	भीम सेन सच्चर कांग्रेस	अप्रैल 17, 1952	जनवरी 23, 1956
6.	प्रताप सिंह कैरों कांग्रेस	जनवरी 23, 1956	जून 21, 1964
7.	डॉ गोपी चंद भार्गव कांग्रेस	जून 21, 1964	जुलाई 6, 1964
8.	राम किशन कांग्रेस	जुलाई 7, 1964	जुलाई 5, 1966
9.	राष्ट्रपति शासन	जुलाई 5, 1966	नवम्बर 1, 1966
10.	ज्ञानी गुरुमुख सिंह मुसाफिर (कांग्रेस)	नवम्बर 1, 1966	मार्च 8, 1967
11.	जस्टिस गुरनाम सिंह (शिरोमणि अकाली दल)	मार्च 8, 1967	नवम्बर 25, 1967

12.	लक्ष्मण सिंह गिल शिरोमणि अकाली दल	नवम्बर 25, 1967	अगस्त 23, 1968
13.	राष्ट्रपति शासन	अगस्त 23, 1968	फरवरी 17, 1969
14.	जस्टिस गुरनाम सिंह	फरवरी 17, 1969	मार्च 27, 1970
15.	प्रकाश सिंह बादल शिरोमणि अकाली दल	मार्च 27, 1970	जून 14, 1971
16.	राष्ट्रपति शासन	जून 14, 1971	मार्च 17, 1972
17.	ज्ञानी जैल सिंह	मार्च 17, 1972	अप्रैल 30, 1977
18.	प्रकाश सिंह बादल शिरोमणि अकाली दल	जून 20, 1977	फरवरी 17, 1980
19.	राष्ट्रपति शासन	फरवरी 17, 1980	जुन 6, 1980
20.	दरबारा सिंह कांग्रेस	जून 6, 1980	अक्तूबर 10, 1983
21.	राष्ट्रपति शासन	अक्तूबर 10, 1983	सितम्बर 29, 1985
22.	सुरजीत सिंह बरनाला शिरोमणि अकाली दल	सितम्बर 29, 1985	जून 11, 1987
23.	राष्ट्रपति शासन	जून 11, 1987	फरवरी 25, 1992
24.	बेअंत सिंह कांग्रेस	फरवरी 25, 1992	अगस्त 31, 1995
25.	हरचरण सिंह बरार कांग्रेस	अगस्त 31, 1995	जनवरी 21, 1996
26.	राजिन्दर कौर भत्तल कांग्रेस	जनवरी 21, 1996	फरवरी 12, 1997
27.	प्रकाश सिंह बादल कांग्रेस	फरवरी 12, 1997	फरवरी 26, 2002
28.	अमरेन्द्र सिंह कांग्रेस	फरवरी 26, 2002	मार्च 1, 2007
29.	प्रकाश सिंह बादल शिरोमेणि अकाली दल	मार्च 1, 2007	

❖ 1 ❖

यह पुस्तक क्यों पढ़ें?

हमारे पुस्तकालय पंजाब पर पुस्तकों से अटे पड़े हैं। इसलिए सवाल उठता है कि उसमें एक और क्यों जोड़ी जाए? लेखक ने बड़े चाव से पंजाब पर लिखा सारा साहित्य पढ़ा। इससे पता चला कि इन पुस्तकों या पत्रिकाओं में पंजाब समस्या पर या तो आंशिक रूप में प्रकाश डाला गया है या पक्षपाती रवैए से।

यह तो नहीं कहा जा सकता कि पंजाब पर यथेष्ट प्रकाश डालने वाला साहित्य है ही नहीं। मैंने सिखों की आकांक्षाओं का श्री मधुलिमय द्वारा किया विश्लेषण पढ़ा है। उनका *संडे* (21-27 अक्तूबर, 1987) में प्रकाशित लेख *'सिख एन एलियन पीपुल? दी सीड्स आफ सेपरेशन वर सोन एट डिकेड्स एगो.'* सत्य के बहुत निकट था। राम कुमार नारायण एवं जार्ज सीबरर के *सिख स्ट्रगल* और राजीव ए. कपूर लिखित *सिख सेपरेटिज्म* में बहुत अच्छी व्याख्या की गई है।

लेकिन पूरी तस्वीर को स्पष्ट रूप से देखने के लिए हमें सिख धर्म के महत्वपूर्ण पहलुओं को समझना होगा। उनके धर्म व इतिहास ने उनका जो मानस बनाया है उसे समझना होगा। विशेष रूप से मुगलों व पंजाब में उनके सूबेदारों द्वारा उनके उत्पीड़न के संदर्भ में। इससे सिखों में उत्पीड़न संलक्षण और शहीदी का जज्बा पनपा। प्रस्तुत पुस्तक में पंजाब व उत्तर भारत के क्षत-विक्षत होने की गाथा है जो 1981 व उससे आगे घटी।

प्लेटो का कहना था कि किसी भी व्यक्ति के ज्ञान की तीन स्थितियां होती हैं। (1) अज्ञानता (2) विश्वास (3) ज्ञान। मैं इसमें दो और जोड़ना चाहूंगा। (4) अर्धसत्य और (5) जानबूझ कर गलत सूचना देना। इसे विभिन्न मीडिया के माध्यम से अरुचिकर को छिपाने या उस पर लीपापोती करने के लिए प्रसारित किया जाता है।

अरुचिकर सत्य यह है कि अकाली सदा सिखों के पृथक होमलैंड के लिए लालायित रहे और उन्होंने उसके लिए प्रयास किया। उनकी इस आकांक्षा को कभी भी स्पष्ट रूप से नहीं कहा गया अतः किसी भी मंच पर उस पर पूरी निष्ठा से चर्चा भी नहीं की गई। अकाली नेताओं की खालसा राज की यह मांग सदा उनके मन-मस्तिष्क में एक नासूर की तरह रही। उन्होंने और शिरोमणि गुरुद्वारा प्रबंधक कमेटी ने कभी भी खालसा राज पाने का प्रयास करने के किसी भी अवसर को कभी हाथ से जाने नहीं दिया। लेकिन उन्होंने कभी भी अपनी इस आकांक्षा को स्पष्ट शब्दों में व्यक्त करने का साहस नहीं दिखाया। वजह यह थी कि 1966 से पहले सिख कभी भी एक भौगोलिक क्षेत्र में स्पष्ट बहुमत में नहीं थे। शिरोमणि गुरुद्वारा प्रबंधक कमेटी ने कई दशकों तक पंजाब के सिखों व हिंदुओं में सांस्कृतिक एवं धार्मिक विभाजन उत्पन्न करने के लिए अथक प्रयास किए। वे यह विभाजन लाने में बहुत सफल रहे।

जिस दिन भारत का संविधान लागू हुआ तभी से अकालियों व शिरोमणि गुरुद्वारा प्रबंधक कमेटी को पृथकतावादी भंगिमा और भाषा मिली। संविधान सभा के अकाली प्रतिनिधियों ने भारत के संविधान पर हस्ताक्षर करने से इनकार कर दिया क्योंकि भारत के अंतर्गत सिख स्टेट का प्रावधान उसमें नहीं किया गया था।

उनकी छलयोजना में पंजाब के हिंदुओं ने पंजाबी को अपनी मातृभाषा न मान कर सहयोग दिया। इसी से 1980 की भयानक घटनाएं घटीं।

मूलतः विनम्र संत जरनैल सिंह भिंडरांवाले को 1980 का फ्रैंकेस्टीन बनाने के पीछे अनेक कारण थे। इसमें सबसे अधिक निर्णायक था अमृतसर के सांप्रदायिक हिंदुओं का मई 1981 का तंबाकू समर्थक आंदोलन। अमृतसर के बाजारों में निकाले गए उस शर्मनाक जुलूस को क्या भुलाया जा सकता है जिसमें

हिंदुओं ने संत जरनैल सिंह के अमृतसर में तंबाकू सेवन पर प्रतिबंध लगाने की मांग करने के खिलाफ उनके लिए गालियों व अपशब्दों का खुल कर प्रयोग किया गया था। इसका जवाब भिंडरांवाले ने प्रधानमंत्री व पंजाब पुलिस के सभी हिंदू अधिकारियों के लिए अपशब्दों का प्रयोग करके दिया। उनके गालीगलौच की अनदेखी करके सरकार ने ठीक ही किया। लेकिन इससे उनका हौसला बढ़ गया। उन्होंने अपनी कथनी में और मिर्च मसाला लगाया और डींगे हांकनी शुरू कर दीं।

मैं पंजाबी हूं। मैं इस मानी में सिख भी हूं क्योंकि मुझे सिख धर्मग्रंथों के अध्ययन से आत्मबल मिलता है।

सितंबर 1980 से सितंबर 1982 तक मैं पंजाब पुलिस का महानिदेशक था। बाद में अक्तूबर 1982 से सितंबर 1984 तक मैंने श्रीमती इंदिरा गांधी के अधीन सीमा सुरक्षा बल के महानिदेशक के पद पर कार्य किया। इस तरह मुझे 1981 व उसके बाद के विप्लवग्रस्त पंजाब के घटनाक्रम व नीतियों का निकटता से निरीक्षण करने का अवसर मिला। आगे मैं बताता हूं कि जुलाई 1959 में ही मैं किस संयोग से श्रीमती इंदिरा गांधी के संपर्क में आया।

पंडित जवाहरलाल नेहरू, श्रीमती इंदिरा गांधी, संजय और राजीव जुलाई 1959 में शिमला के पास एक एकांत स्थल मशोबरा में छुट्टियां मनाने आए। मशोबरा हिमाचल प्रदेश के महासू जिले का एक भाग था।

जब नेहरू परिवार वहां आया तो मुझे उनके सुरक्षा प्रबंध का कार्यभार सौंपा गया। उनके मशोबरा प्रवास की घोषणा किसी पूर्व सूचना के बिना की गई थी। कोई अग्रिम कार्यक्रम या सूचना नहीं थी कि वे यहां आएंगे। मैं पुलिस थानों के वार्षिक निरीक्षण के लिए चौपाल गया हुआ था। इसके लिए शिमला से थियोग और फिर वहां से कोथाई जाना होता है। कोथाई से चौपाल का रास्ता घने जंगल से हो कर है जिसे पैदल ही पार करना होता है। इस जंगल में तेंदुए और भालू शिकार की तलाश में घूमते रहते हैं।

रात के ग्यारह बजे थे। तभी थाना प्रभारी मेरे लिए एक संदेश लाया कि मैं यथाशीघ्र मशोबा के पर्यटनस्थल पर पहुंचू। उस समय जंगल से हो कर वापसी की यात्रा करना संभव न था। इसलिए मैं सुबह 4 बजे चौपाल से रवाना हुआ और सुबह दस बजे मशोबा पहुंचा। यह 9 जुलाई 1959 का दिन था।

पुलिस महानिरीक्षक श्री ए. दत्त प्रधानमंत्री की सुरक्षा के प्रभारी थे। जैसे ही मैं वहां पहुंचा मैं श्री दत्त के सामने हाजिर हुआ। वह उस समय बहुत उत्तेजित थे। उन्होंने बताया कि प्रधानमंत्री व श्रीमती इंदिरा गांधी उस स्थल के सुरक्षा प्रबंधों से बहुत नाराज हैं। नेहरू परिवार को जंगल के इस एकांत स्थल पर वर्दीधारी पुलिस की तैनाती बहुत अखर रही थी जहां वे विश्राम करने आए थे। उनकी इच्छा थी कि सभी पुलिस वालों को सुरक्षा कार्य से हटा दिया जाए। मुख्य सुरक्षा अधिकारी के तौर पर श्री दत्त चिंतित थे कि वह इतने विस्तृत जंगल में पुलिस के बिना सुरक्षा प्रबंध कैसे कर पाएंगे? मैंने उनसे कहा कि चिंता न करें। मैंने पुलिसकर्मियों को जत्थों में बुलाया और उनकी वर्दियों को जंगल के नागरिक कर्मचारियों से मिलती-जुलती वर्दियों में बदल दिया। मैंने उनको बागवानी के औजार दिए और उनको बाग में व जंगल में वन-रक्षकों के तौर पर तैनात कर दिया।

उन दिनों श्रीमती इंदिरा गांधी आल इंडिया कांग्रेस कमेटी की अध्यक्ष थीं। समाचार पत्रों के अनुसार वह ई.एम.एस. नंबूदिरीपाद की केरल की साम्यवादी सरकार गिराने के प्रयास में थीं। समाचार पत्र के अनुसार वह बहुत दबंग भी थीं।

अगले दिन मैं और हिमाचल प्रदेश के उपराज्यपाल भद्री के राजा बजरंग बहादुर सिंह बरांडे में बैठे थे। तब हमने देखा कि संजय और राजीव एक घिसी हुई आग से बच निकलने की रस्सी के सहारे पहले तल से उस बरांडे में नीचे उतरने की कोशिश कर रहे हैं जहां हम लोग बैठे हुए थे। श्रीमती इंदिरा गांधी सामने वाले लॉन में बैठी कोई किताब पढ़ रही थीं। अचानक रस्सी टूट गई। दोनों बच्चे तेजी से नीचे गिरने लगे। हम उनकी तरफ दौड़े। मैंने संजय को बचाने के लिए उसे पकड़ा। राजा बजरंग बहादुर ने राजीव को। श्रीमती इंदिरा गांधी ने भी यह सब देख लिया था और वह हमारी तरफ दौड़ी आई थीं। उनको यह देख कर संतोष हुआ कि उनके दोनों बेटों में किसी को चोट नहीं लगी। वह अनिच्छा से धन्यवाद के कुछ शब्द बुदबुदाईं। मुझ जैसे एक सामान्य पुलिस अधिकारी की उस महिला से संपर्क की यह शुरुआत थी, जिसने जनवरी 1966 में भारत की प्रधानमंत्री बनना था। उसके बाद मेरा उनका संपर्क उनके पूरे जीवनकाल तक बना रहा। बाद में मेरा श्री राजीव गांधी से भी निकट संपर्क उनकी मई 1991 में हत्या होने तक बना रहा। हालांकि उन संकटकालीन

दिनों में मैं गांधी परिवार के बहुत निकट रहा फिर भी मैं उन दिनों को गर्व से याद करता हूं। मैंने विशेष सुरक्षा ग्रुप का विचार दिया था। इसका कई तरफ से विरोध हुआ। उनका विचार था कि अगर ऐसे बल का गठन हुआ तो उनके अधिकारों में कटौती हो जाएगी। लेकिन अंततः मैं अपने प्रयास में सफल रहा और ऐसे बल का गठन कर सका। इस ग्रुप ने आतंकवादियों की साजिशों से हमारे प्रधानमंत्रियों को सुरक्षा प्रदान की। इसके कारण देश में आधुनिक वैज्ञानिक पद्धति के पुलिस के लिए कई संस्थान बने, जैसे कि राष्ट्रीय अपराध रिकार्ड ब्यूरो।

अपने प्रसंग पर आने के लिए हमें 1946-47 के देश के विभाजन के दिनों पर लौटना होगा।

मुहम्मद अली जिन्ना ने डोरोथी नार्मन से कहा था, "अगर मैं धर्मांध न होता तो कभी पाकिस्तान भी न होता।" सिख पृथकतावादियों ने 1980 के दशक में श्री जिन्ना के इस सिद्धांत का अनुसरण किया। जहां तक भारत का सवाल है, इतिहास देश के स्वाधीनता के पहले व बाद के कर्णधारों से यह प्रश्न अवश्य पूछेगा, "जब देश की अखंडता पर प्रहार हो रहा था तब तुमने वास्तव में क्या किया या क्या करने में असफल रहे?" ओटो रेने कार्टिलो के शब्दों में :

हमारे जनसाधारण द्वारा

उनसे पूछा जाएगा तुमने क्या किया

जब मृत हुआ तुम्हारा देश...

तुम ने क्या किया जब गरीब दुख झेल रहे थे

जब जीवन और कोमलता

का उनमें दहन हो रहा था ...

पाकिस्तान का निर्माण अभूतपूर्व बर्बरता की घटनाओं के साथ हुआ। जहां तक पंजाब का सवाल है यह लगभग गृहयुद्ध ही था। हिंदू व सिख पूर्वी पंजाब व दिल्ली में मुसलमानों के गले काट रहे थे। उनकी बेटियों, माताओं व पत्नियों को उठा कर ले जा रहे थे, उनका बलात्कार कर रहे थे। जिसे पश्चिम पाकिस्तान कहते हैं वहां मुसलमान हिंदुओं व सिखों के साथ भी

यही कर रहे थे। 1947 में खून से नहाए पाकिस्तान के निर्माण के चार दशक बाद भारतीय पंजाब आग व मौत के ज्वालामुखी की तरह फटा। इसमें अवश्य पाकिस्तान का सक्रिय उकसावा था जोकि सिख धर्म के आधार पर देश का एक और विभाजन करके भारत को छिन्नभिन्न करना चाहता था।

इंदिरा गांधी के परिवार को मृत्यु व क्षति का दुख भोगना पड़ा। पंजाब ने जो दूसरा रक्तपात व हिंसा का तांडव देखा उसमें वह पंजाब के सिखों व हिंदुओं में हुआ। इसके अलावा तराई के कुछ स्थानों व दिल्ली में सिखों के साथ यह तांडव हुआ।

हर कदम पर सिखों ने जालंधर के भाषाई प्रेस द्वारा अवमानना का अनुभव किया। मानो इतना काफी न था। निरंकारी महाव्योम के सात नक्षत्रों में से एक ने चौक मेहता की दमदमी टकसाल व अखंड कीर्तनी जत्था के सिख अनुयायियों को सबक सिखाने का बीड़ा उठाया। उसने सिखों की इन सच्ची धार्मिक पाठशालाओं पर प्रहार करते हुए उनका मजाक उड़ाया। 1978 के बैसाखी के घटनापूर्ण दिन निरंकारियों ने दमदमी टकसाल व अखंड कीर्तनी जत्था के प्रतिकारी 13 सिखों को मौत के घाट उतार दिया। उन्होंने अपने इस कृत्य से प्रकाश सिंह बादल की पंजाब की अकाली सरकार को परेशानी में डालने व सिखों की सुसुप्त बलिदानी भावना को जगाने का काम किया। इससे पंजाब पर विनाश के बादल छा गए। इसने परंपरा से चली आ रही हिंदुओं व सिखों में सौहार्द की भावना को छिन्न-भिन्न कर दिया। इसने भारत के शत्रु पाकिस्तान को भारत की एकता व अखंडता को तार-तार करने का न्योता दिया।

भारत की प्रधानमंत्री ने अपना बलिदान दे कर देश की अखंडता की रक्षा की। उन्होंने सारे संसार के लिए घोषणा की थी कि अगर प्रधानमंत्री को अपने जीवन का बलिदान देना पड़े तो भी भारत अपनी अखंडता को बनाए रखने को दृढ़संकल्प है। भारत की अखंडता के दूसरे रक्षक सिख किसान थे। उन्होंने जान लिया था कि उनके लड़के 'शहीद' न थे। वह अपराधी व तस्कर बन गए थे। इन कथित 'जिहादियों' को पकिस्तान की आईएसआई से प्रशिक्षण व हथियार मिले थे। वे सिखों के सम्मान को ठेस पहुंचा रहे थे। वे सिख महिलाओं के

साथ सामूहिक बलात्कार कर रहे थे। वे लूटमार कर रहे थे। इस तरह सिख किसानों ने, जिन्होंने 1983 से 1991 तक इन लुटेरों को शरण दी थी, पंजाब पुलिस के साथ सहयोग करना आरंभ कर दिया। उधर के.पी.एस. गिल के कुशल नेतृत्व में पंजाब पुलिस में नई ऊर्जा का संचार हुआ था। उनकी कमान में पंजाब पुलिस को बेहतर हथियार दिए गए। जो खेतों में थे उन्होंने बड़ी बहादुरी से उसका मार्गदर्शन किया। सिख किसानों ने भारत को सिखों की तलवार से काट कर विभाजन करने के पाकिस्तान के सपने को चकनाचूर कर दिया।

सिख और इंदिरा गांधी के परिवार, दोनों की निंदा की गई है। जबकि तथ्य इसके विपरीत हैं। सत्य की विजय होती है। इस पुस्तक के रहस्योद्घाटन उस सत्य को सामने लाएंगे।

इस पुस्तक की पांडुलिपि देखने वाले कुछ मित्रों का कहना है कि यह सिख धर्म और श्रीमती इंदिरा गांधी के व्यक्तित्व के स्तुतिगान सी लगती है। अगर तथ्य यही निष्कर्ष निकालते हैं तो ऐसा ही सही। तथ्यों के साथ कोई समझौता नहीं होना चाहिए। मुझे सिख धर्म से प्यार है। आज भी मैं इंदिरा गांधी का सम्मान करता हूं। क्योंकि वह गरीबों की मसीहा थीं।

1971 में बांग्लादेश का अंगभंग करके अलग करने और 1974 में परमाणु तकनीक का विकास करने के लिए पोखरण में एक छोटा नाभिकीय विस्फोट करने के लिए पाकिस्तान ने कभी भी श्रीमती इंदिरा गांधी को माफ नहीं किया। पाकिस्तान कभी भी भारत को कुचलने के भ्रमजाल से बाहर नहीं निकला। उसने अपनी रणनीति को सदा भारत पर यह आरोप लगा कर छिपाया कि भारत ने कभी भी पाकिस्तान के अस्तित्व की वास्तविकता को दिल से स्वीकार नहीं किया। जबकि सच्चाई यह है कि भारत ने पाकिस्तान के अस्तित्व को तो मंजूर कर लिया लेकिन दो राष्ट्रों के सिद्धांत को कभी स्वीकार नहीं किया। अगर भारत के हर मत या संप्रदाय को एक राष्ट्र मान लिया जाए, जिसे अपना होमलैंड लेने का हक है तो भारत मुसीबत में पड़ जाएगा। इससे तो पाकिस्तान को भारत के इन छोटे-छोटे टुकड़ों को जीतने का अवसर मिल जाएगा जिसमें काफिर बसते हों।

मुझे इस बात का ध्यान है कि सेवानिवृत्त पुलिस महानिदेशक होने के नाते मुझे कई संवेदनशील विषयों व नीतियों के प्रति गोपनीयता बरतनी है। लेकिन गोपनीयता को सिद्धांत मान कर उसका अक्षरश: पालन करना तो आत्म-पराजयी होगा। जिमी कार्टर जब अमेरिका के राष्ट्रपति थे, उस समय एडमिरल टर्नर वहां की गुप्तचर सेवा सीआईए के निदेशक थे। अपनी पुस्तक *सीक्रेसी एंड डेमोक्रेसी* में सीआईए के बारे में लिखते समय वह भी ऐसी ही दुविधा में पड़ गए थे।

लेकिन एक सेवानिवृत्त लोकसेवक को निष्पक्ष होना चाहिए। इसलिए मैंने नेताओं और अधिकारियों के नाम नहीं लिए। मैंने बहुत संवेदनशील सूचनाओं को प्रकट नहीं किया। लेकिन 31 अगस्त 1995 को पंजाब के पूर्व मुख्यमंत्री श्री बेअंत सिंह की हत्या से जाहिर होता है कि नफरत के शोलों को अभी भी हवा दी जा रही है।

आंदोलनों की ही तरह आतंकवाद की शुरुआत भी सदा मानव मन से होती है। सिख मानस लूटपाट करने वाले आतंकवादियों व दमनकारी सरकारी मशीनरी, दोनों के प्रति प्रतिकूलता से भर कर झुलस गया है। पंजाब की सुंदर धरती भय, अविश्वास, आतंक जैसे सैकड़ों मनोवेगों से आक्रांत व त्रस्त है। केवल बहुआयामी प्रयास, जिनमें कुशलता, ईमानदारी, राजनीतिक दूरदर्शिता तथा पंजाबी संस्कृति का परिवेश शामिल हो, वही पंजाब के घावों को भर सकता है।

इस पुस्तक में उन व्यक्तित्वों की चर्चा है जिन्होंने इस दौर की नीतियां बनाई और उसके स्वरूप को आकार दिया, जिसके चलते यह विनाशलीला हुई। यह उन नीतियों व धर्म के मिश्रण को दर्शाती है जिसने हरे-भरे पंजाब में आग लगा दी। तो क्या इतिहास के हर विद्यार्थी को इसे पढ़ना नहीं चाहिए?

●

❖ 2 ❖

धरती व लोग

राज्यों के पुनर्गठन के सिद्धांत के अनुरूप पंजाब को भाषा के आधार पर पहले के पंजाब से 1 नवंबर 1966 को पुनर्गठित किया गया।

1947 से पहले पंचनद प्रदेश पंजाब पश्चिम में सिंधु नदी से लेकर दिल्ली की बाहरी सीमा तक फैला हुआ था। रेडक्लिफ अवार्ड के फलस्वरूप पंजाब को दो भागों में विभाजित किया गया। पश्चिमी पंजाब पाकिस्तान के पास गया और पूर्वी पंजाब भारत के हिस्से आया। इस विभाजन के फलस्वरूप लाखों शरणार्थी पाकिस्तान से भारत आए और भारत से पाकिस्तान गए। 1966 में एक बार फिर पंजाब का पुनर्गठन हुआ। इससे हरियाणा के नए राज्य का जन्म हुआ और शिमला व कांगड़ा हिमाचल प्रदेश को दे दिए गए।

वर्तमान शताब्दी ने विस्तृत पंजाब के सिकुड़ने का नजारा देखा है। 1901 में पंजाब पेशावर से शुरू होता था और उसमें पुरानी दिल्ली भी शामिल थी। उत्तर-पश्चिम सीमाप्रांत, पंजाब (पाकिस्तान), दिल्ली संघीय क्षेत्र हरियाणा व हिमाचल प्रदेश वे मुख्य राज्य हैं जो बीसवीं शताब्दी के दो तिहाई में पंजाब से निकले हैं।

वर्तमान पंजाब के कुल क्षेत्र को चार भू-भागों में बांटा जा सकता है, माझा, बिस्ट दोआब, मालवा और भटिंडा।

माझा

गुरदासपुर व अमृतसर के वर्तमान जिले माझे का एक बड़ा हिस्सा हैं। इसका मुख्य भाग अब पाकिस्तान में है। स्थानीय भाषा में माझा का अर्थ मध्य भाग है। यानी मझला या माझा। पूर्व में यमुना से आरंभ हो कर पश्चिम में सिंधु तक सप्तसिंधु प्रदेश में 7 दोआब थे। बड़ी दोआबा (व्यास और रावी के बीच का क्षेत्र) मंझला दोआबा था। संभवतः इसीलिए इसका नाम माझा पड़ गया। इस क्षेत्र के बहुत से निवासी अपने नाम के साथ 'मोहाइल' लगाते हैं।

बिस्ट दोआबा

जालंधर, कपूरथला और होशियारपुर जिले व्यास व सतलुज के बीच पड़ते हैं। यह समतल प्रदेश धरती, मौसम, अर्थव्यवस्था, संस्कृतिव व बोली के लिहाज से समरूप है। इसलिए यह दोआबा एक एकरस भौगोलिक इकाई है। इसलिए अपने रोजमर्रा के इस्तेमाल में हम इसी को दोआबा कहते हैं। जबकि अन्य दो नदियों के बीच के इलाकों को प्रसंग से कभी दोआबा कहा जाता है। सिर्फ इस दोआबे के रहने वाले खुद को दोआबे का कहने में गर्व का अनुभव करते हैं।

मालवा

सतलुज के दक्षिण का प्रदेश जिसके पूर्व में घग्गर है और दक्षिण-पश्चिम में रेतीजा उपजाऊ क्षेत्र है, मालवा कहलाता है। लुधियाना, पटियाला, संगरूर, फरीदकोट और फिरोजपुर (अबोहर के इलाके को छोड़ कर) मालवा में आते हैं। इतिहासकारों के अनुसार उर्वरता की दृष्टि से यह क्षेत्र मध्य भारत के मालवा के समान था इसलिए इसका नाम मालवा पड़ा। अब इस प्रदेश के निवासियों में से कोई भी खुद को मालवी नहीं कहते, लेकिन ऐसा लगता है कि माहली जातिनाम मालवी का ही अपभ्रंश है।

भटिंडा

यह पंजाब के उत्तर-पश्चिम में है। विभाजन के बाद यह भारत के हिस्से में आया। इस क्षेत्र में जो भट्टी राजपूत रहते थे, जिन्होंने मुस्लिम आक्रमणकारियों

के विरुद्ध अनेक सफल युद्ध किए, और जिनमें से अधिकांश अंततः उनके दमन का शिकार हो कर धर्म परिवर्तन को बाध्य हुए, वे सभी अधिकांशतः इस क्षेत्र के निवासी हैं। यह रेतीला भूभाग बंजर-ऊसर है। इसने यहां के लोगों को अभावों व कष्टों का समना करने वाला बना दिया। इसने उनको विदेशी आक्रमणकारियों का सामना करने वाला भी बना दिया।

इतिहास

आरंभिक आलेखों के समय से ही भारत का इतिहास पंजाब के इतिहास से जुड़ा है। महाभारत में उल्लिखित बहुत से युद्ध पंजाब में ही हुए थे। वैयाकरण पाणिनि, पोरस, चंद्रगुप्त मौर्य और हर्ष का जन्म पंजाब में ही हुआ था। पंजाब सदा से ऋषियों, अवतारों, पीरों, गुरुओं, शहीदों, सेनापतियों व स्वाधीनता सेनानियों की भूमि रहा है।

वर्तमान पंजाब में बहुसंख्या जाट सिखों की है जो खेतीबाड़ी का काम करते हैं। ये परिश्रमी हैं और देश के सर्वश्रेष्ठ किसान व सैनिक हैं। इनके बाद खत्रियों व अरोरा का नंबर आता है जो मुख्यतः व्यापारी हैं। अल्पसंख्यक कृषक जातियों में सैनी और कांबोह हैं। ये अफगानिस्तान के कांबोज देश के मूल निवासी हैं। कहा जाता है कि ये महाभारत के युद्ध के समय कौरवों की तरफ से लड़ने के लिए आए थे और फिर यहीं बस गए।

पंजाब की भूमिहीन श्रमिक जातियों में मजहबी सिख और राइ सिख आते हैं। राइ सिख अधिकांशतः फिरोजपुर के सीमावर्ती प्रदेश के निवासी हैं।

प्रागैतिहासिक काल, मोहनजोदड़ो-हड़प्पा

अति प्राचीन समय में पंजाब विशद भारत-ईरानी प्रदेश का हिस्सा था। हिंदुकुश की पहाड़ियां और उत्तर-पश्चिमी पर्वतमाला ईरानी व भारतीय क्षेत्र की सीमा बनाती थीं। प्रागैतिहासिक काल से दोनों क्षेत्रों के लोगों का आपस में मिलना-जुलना होता था। इससे जनसाधारण व संस्कृतियों का सम्मिश्रण हुआ। इतिहासकारों के अनुसार भारत में मानव के निवास के चिह्न 5 से 6 लाख वर्ष पूर्व सिंधु व झेलम के बीच की सोन घाटी में पाए जाते हैं। 1924 में मोहनजोदड़ो और हड़प्पा में हुई खुदाई में मिले भवन, मूर्तियां, मुहरें, जेवर

व मिट्टी के बर्तन पंजाब के इतिहास पर नया प्रकाश डालते हैं। इतिहासवेत्ताओं की राय में ईसा पूर्व तीसरे सहस्राब्दि में भारत के इस भूभाग में अति विकसित व शहरी सभ्यता का निवास था।

पंजाब में आर्य सभ्यता

सिंधु सभ्यता के विलुप्त होने के करीब एक हजार साल बाद आर्य पंजाब में आए। संभवतः वे एशिया माइनर व उसके निकटवर्ती क्षेत्रों से आकर पंजाब में बसे। यह उनका भारत में सबसे पहला आवास बना। उनका सिंधु घाटी को जीतना और फिर गंगा की घाटी में बसना प्रागैतिहासिक है। यहां बसने पर आर्यों के विद्वतवर्ग ने साहित्य व आध्यात्म के अनुसरण में अपना समय लगाया। तक्षशिला (टेक्सला) उस समय का प्रसिद्ध विश्वविद्यालय था जहां भारत के कोने-कोने से ही नहीं, अफगानिस्तान व चीन से भी विद्यार्थी पढ़ने आते थे।

सिकंदर का आक्रमण

ईसा पूर्व 326 में मेसेडोनिया के सम्राट सिकंदर महान ने भारत के इस क्षेत्र पर आक्रमण किया। तक्षशिला के राजा आंभीक को छोड़कर बाकी सभी राजाओं ने मिलकर यूनानी आक्रमणकारी का मुकाबला करने का फैसला किया। इसमें सबसे अधिक वीरता से पोरस लड़ा। हालांकि वह युद्ध में सिकंदर से हार गया पर उसकी वीरता की गाथाएं आज भी याद की जाती हैं। खुद सिकंदर ने उसकी वीरता का सम्मान किया। पंजाब में इतना कड़ा प्रतिरोध मिलने पर यूनानी सैनिकों को संकेत मिल गया कि इस भू-भाग को विजय करना सरल न होगा। उन्होंने आगे बढ़ने से इनकार कर दिया। सिकंदर पीछे हट कर बेबीलोन चला गया जहां ईसा पूर्व 323 में उसका निधन हो गया।

इस्लाम के अधीन पंजाब

आठवीं सदी में इस्लाम संसार के धार्मिक समुदाय में एक नए धर्म के तौर पर जुड़ गया था। इसका प्रादुर्भाव अरब में हुआ और वह कुछ सदियों तक

यहीं पल्लवित हुआ। उसके बाद अरब आक्रांता सभी दिशाओं में बढ़ कर अपने धर्म का प्रसार व नए भू-भाग पर कब्जा करने लगे।

ग्यारहवीं सदी में पंजाब के पश्चिमी दर्रों के रास्ते हमारे देश पर बहुत से विदेशी आक्रमण हुए। मुहम्मद गजनवी ने 17 बार धन-धान्य से भरे इस देश पर पंजाब के उपजाऊ भू-भाग से हो कर हमले किए। पंजाब में तब हिंदू शाहिया का राज्य था जो गजनवी की लूटमार और पददमन से थर-थर कांप रहा था। इन आक्रमणों से हुए व्यापक विनाश के कारण उस राजशाही का दीपक लगभग बुझ ही गया। सन् 1030 में उसकी मृत्यु के बाद ही आतंक का यह सिलसिला थमा। उसके बाद पंजाब ने कुछ संभलने की कोशिश की लेकिन भाग्य ने उसके लिए इससे भी बड़ा विनाश लिखा था।

मुहम्मद गौरी

एक और मुस्लिम आक्रमणकारी मुहम्मद गौरी ने सन 1075 में मुलतान पर कब्जा कर लिया। उसने सियालकोट में एक सामरिक महत्व का किला बनाया। उसके उत्तराधिकारियों ने दिल्ली में सल्तनत की बुनियाद रखी।

तैमूरलंग

1398 में पंजाब और दिल्ली ने तैमूरलंग के हमले के महाविनाश का एक और बड़ा झटका बर्दाश्त किया।

अमीर तैमूर जहां जहां से गुजरा उसने लूटमार की और स्थानीय लोगों के कत्लेआम से आतंक फैलाया। उसने दिल्ली और पंजाब को जी भर कर लूटा। स्थायी रूप से यहां बसने का उसका कोई इरादा न था। लेकिन वह अपने पीछे शक्तिशाली सूबेदार छोड़ गया।

तैमूर की मौत से बाबर के भारत में आने तक भारत का इतिहास अनेक मुस्लिम शासकों में वर्चस्व कायम करने की होड़ का इतिहास है। इस संघर्ष के कारण ही दिल्ली सल्तनत का पतन हुआ।

मुगल (1526-1857)

बाबर ने काबुल से चल कर 1526 में पंजाब पर अधिकार कर लिया। उसके बाद पानीपत के ऐतिहासिक युद्ध में उसने इब्राहीम लोधी को हरा कर भारत में मुगल साम्राज्य की नींव रखी। जब उसने अपने बेटे हुमायूं की जान बचाने के लिए खुद को कुर्बान किया, बाबर लगभग समस्त उत्तरी भारत पर अपने साम्राज्य का विस्तार कर चुका था। उसके बाद इस खानदान में हुमायूं, अकबर, जहांगीर, शाहजहां, औरंगजेब जैसे शासक हुए। मुगलों के राज्य में पंजाब एक सूबा था। इसने उनके अधीन भारतीय-मुगल संस्कृति को अपनाया।

मुगल साम्राज्य का पतन

दूसरी चीजों की तरह इतिहास के भी अपने उत्थान व पतन के काल होते हैं। हालांकि मुगलों ने अपने वैभवशाली साम्राज्य को बनाए रखने के लिए निरंतर परिश्रम किया लेकिन औरंगजेब के बाद इनमें कोई ऐसा कुशल शासक न हुआ जो इसकी चमक बनाए रखे। भारत के धन-धान्य व ऐश्वर्य की ख्याति ने एक बार फिर लुटेरों को इसकी ओर आकर्षित किया।

नादिर शाह

मुगल साम्राज्य की दुर्बलता ने फिर विदेशी लुटेरों को भारत के धन की लिप्सा के लिए आमंत्रित किया। इस बार ये लुटेरे मध्य एशिया के बजाय फारस से आए। 1738 में नादिर शाह ने भारत की तरफ कूच किया। दिल्ली आने तक उसे किसी प्रतिरोध का सामना नहीं करना पड़ा। पानीपत के मैदान में उसने किसी बगूले की तरह मुगलों को रौंद डाला। 1739 में नादिर शाह ने विलासी मुगल सम्राट मुहम्मद शाह को अत्यंत अपमानजनक व जबरदस्त आघात पहुंचाया। लौटते समय वह अपने साथ भारी लूट का सामान ले गया जिसमें ताज के बेशकीमती मोती, विश्वविख्यात कोहिनूर हीरा और मयूर सिंहासन भी था।

अहमद शाह अब्दाली

अहमद शाह अब्दाली नादिर शाह की सेना का एक अफसर था। वह भारत पर आक्रमण के समय उसके साथ था। उसने मुगल साम्राज्य की

अंदरूनी कमजोरियों को देख लिया था। 1747 में नादिर शाह की हत्या के बाद अहमद शाह अब्दाली अफगानिस्तान का स्वतंत्र शासक बन गया। 1748 और 1751 के बीच इस बर्बर आक्रांता ने भारत पर चार बार हमले किए। उसने पंजाब को बड़ी निर्ममता से उजाड़ा और उसे अपने साम्राज्य का हिस्सा बना लिया।

पंजाब ने बहुत रक्तपात देखा है। लेकिन 1947 में वहां मानव रक्त बड़ी बर्बरता से साथ बहा और 1983 से 1992 के दौरान पंजाब को आतंकवाद का आघात सहना पड़ा। तब धर्म के नाम पर होने वाले कार्यकलाप धर्मांधता की पराकाष्ठा पर पहुंच गए और मानव जीवन सबसे सस्ती जिंस बन गया।

पंजाब (भारत) का विभाजन - 1947

भारत के विभाजन से पहले पंजाब में निम्न पांच कमिश्नरियां और 29 जिले थे :

1. **अंबाला डिवीजन**

   जिले

   1. अंबाला।
   2. करनाल।
   3. रोहतक।
   4. हिसार।
   5. गुड़गांवां।
   6. शिमला।

2. **जालंधर डिवीजन**

   जिले

   7. कांगड़ा।
   8. होशियारपुर।

9. जालंधर।
10. लुधियाना।
11. फिरोजपुर।

3. **लाहौर डिवीजन**

जिले

12. गुजरांवाला।
13. शेखूपुरा।
14. सियालकोट।
15. गुरदासपुर।
16. लाहौर।
17. अमृतसर।

4. **रावलपिंडी डिवीजन**

जिले

18. गुजरात।
19. झेलम।
20. रावलपिंडी।
21. अटक।
22. मियांवाली।
23. शाहपुर।

5. **मुल्तान डिवीजन**

जिले

24. मिंटगुमरी।
25. लायलपुर।
26. झंग।

27. मुल्तान।
28. मुजफ्फरगढ़।
29. डेरा गाजी खान।

1947 में विभाजन होने पर सारा रावलपिंडी व मुल्तान डिवीजन पाकिस्तान में चला गया। इसके साथ ही लाहौर डिवीजन के गुजरांवाला, शेखूपुरा, सियालकोट व लाहौर जिले भी पााकिस्तान में चले गए। गुरदासपुर जिले की शकरगढ़ तहसील भी पाकिस्तान में चली गई और अब वह सियालकोट जिले की एक तहसील है। लाहौर जिले के कुछ हिस्से जैसे पट्‌टी, खेमकरन और खालरा भारत में आए और अब वे अमृतसर जिले का हिस्सा हैं। इसी तरह फिरोजपुर जिले के कुछ हिस्से पाकिस्तान में चले गए।

अंतर्राष्ट्रीय सीमा

भारत व पाकिस्तान के बीच पंजाब की अंतर्राष्ट्रीय सीमा व्याख्यापेक्ष्य है क्योंकि इसका स्वरूप बेतरतीब है और इसमें दोनों तरफ विदेशी अंत:स्थान हैं। यह अंतर्राष्ट्रीय सीमा पंजाब की नदियों से संबंधित है। सर सिरिल रैडक्लिफ को पंजाब के दो भागों के सीमानिर्धारण का काम सौंपा गया था जिसके लिए उनको मुस्लिम अधिसंख्य व गैर मुस्लिम के आधार पर व अन्य बातों को ध्यान में रख कर निर्धारण करना था।

अविभाजित पंजाब के 29 जिलों में से 14 जिले विवादित घोषित किए गए। इनमें गुरदासपुर व फिरोजपुर शामिल थे जहां रावी व सतलुज नदी बहती है। गुरदासपुर जिले में चार तहसीलें थीं। बटाला, शकरगढ़, गुरदासपुर और पठानकोट। शकरगढ़ तहसील रावी नदी के पार थी और वह पश्चिम पंजाब (पाकिस्तान) को मिली थी। सर रैडिक्लिफ ने निर्णय दिया, "गुरदासपुर जिले की सीमारेखा पठानकोट की पश्चिमी सीमा के साथ नदी के साथ-साथ पठानकोट तहसील की सीमा के उस बिंदु तक जाएगी जहां पठानकोट, शकरगढ़ और गुरदासपुर तहसीलों की सीमा मिलती है। पूर्वी व पश्चिमी पंजाब की सीमा का निर्धारण तहसील की सीमा के आधार पर होगा न कि नदी के वास्तविक बहाव के अनुसार। इसी तरह फिरोजपुर में भी... जिले की

सीमाएं, न कि सतलुज की धारा पश्चिम व पूर्वी पंजाब की सीमा का निर्धारण करेंगी।"

नदी का बहाव सीमा का निर्धारण करने के लिए पर्याप्त न था। हेड वर्क्स की स्थिति ने सीमा निर्धारण की समस्या को और जटिल बना दिया। हुसैनीवाला हेडवर्क्स से दीपालपुर नहर पाकिस्तान में बहती थी। रैडक्लिफ अवार्ड की असंगतियों ने भ्रामक जटिलताएं पैदा कर दीं। पाकिस्तान आरोप लगाता रहा है कि अवार्ड को भारत के पहले गवर्नर जनरल लार्ड माउंटबेटन की इच्छानुसार अंतिम क्षणों में बदल दिया गया था।

●

❖ 3 ❖

भारत की एकता विषयक ब्रिटिश नीति

भारतीय उपमहाद्वीप में बहुभाषाई, बहुजातीय समुदाय हैं। भारतीय समाज विभिन्न वर्गों में बंटा हुआ है और जातिवाद से ग्रस्त है। मौर्यों, मुगलों और अंग्रेजों के अलावा यहां किसी केंद्रीय सत्ता का अस्तित्व न था। लेकिन विभिन्न संस्कृतियों और क्षेत्रों को आपस में जोड़ने वाले सूत्र भी थे। जैसे उत्तर और दक्षिण दोनों में संस्कृत का प्रयोग या फिर देश भर में बौद्ध, जैन, वैष्णव, मुस्लिम व सिख मतों के विभिन्न रूपों का प्रसार। इसी कारण भारत की अनेकता में एकता है।

भारत की राष्ट्रीय एकता, जैसा कि आज हम देखते हैं, ब्रिटिश साम्राज्य का परिणाम है। उसने सारे देश में रेलवे के जाल, एक से कानून, अखिल भारतीय सेवाओं और सबसे बढ़ कर अंग्रेजी माध्यम से पढ़ाई के द्वारा एकात्मता बनाई। अंग्रेजी भाषा ही एकता बनाने वाला एक तत्व थी। अब शहरीकरण, जनसंचार और आधुनिकीकरण की प्रक्रिया ने उसके विभिन्न भागों को और भी संयुक्त कर दिया है।

विभिन्नता के लोपन का श्रेय पंडित जवाहरलाल नेहरू को है जिन्होंने देश को अनेकता में एकता का सिद्धांत दिया। लेकिन देश में एकात्मता स्थापित करने के अति उत्साह में पंडित नेहरू ने हमें एक अतिकेंद्रित शासन प्रणाली दी जिसमें विभिन्न क्षेत्रीय राज्यों को स्वायत्तता नहीं दी गई। फलस्वरुप उत्तर

में कश्मीर, पश्चिम में पंजाब में विद्रोही आंदोलन और पूर्व में नगालैंड, मिजोरम व असम में चरमपंथी आंदोलन हुए। जब तक भारत एक वास्तविक संघीय राज्य नहीं बनता और क्षेत्रीय जातीय व प्रादेशिक उपराष्ट्रवाद को स्वायत्तता प्रदान नहीं करता, भारतीय जनतंत्र की एकता को छिन्न करने वाला सत्ता का वर्तमान केंद्रीकरण बना रहेगा।

पंडित नेहरू को उनके काम में हुमायूं कबीर, के.एम. पाणिक्कर व अन्य विद्वानों ने हमारी राष्ट्रीय विरासत के उभयनिष्ठ सूत्रों को उजागर करके सहयोग दिया। फिर भी धर्म व भाषाओं पर आधारित अलगाववादी अनेक फनों वाले राक्षस का संपूर्ण विनाश नहीं हो पाया। रजनी कोठारी ने ठीक ही कहा है कि "राजनीतिक प्रक्रिया ने पहले से मौजूद बहुलता को और संयुक्त करके मजबूत बनाया है। उसने निर्वाचन व प्रतिस्पर्धा के आधार पर विरोधी दावों को सम्मान दिया है। उसने भारतीय समाज की विभिन्नता को एक संपर्क-जाल में बुन कर संघटित किया है।"

तर्क दिया जाता है कि राष्ट्र-राज्य की धारणा यूरोपीय अन्वेषण है। इसे भारत पर लागू नहीं किया जा सकता। रालार्ड इंडेन का कहना है कि लोकतंत्र और राष्ट्र राज्य मानव निर्मित हैं। इतिहासकार व प्राच्यविद् विंसेंट स्मिथ (1848-1920) जो सिविलि सिर्विस के सदस्य थे, का कहना था कि भारत में एकता (राष्ट्र-राज्य) की झलक केवल चंद्रगुप्त जैसे अधिनायक के अधीन ही दिखाई पड़ सकती है।

स्मिथ का कहना है, "राजनीतिक संस्थाओं में कोई विकास नहीं हुआ। किसी भी शासक में ऐसी कुशलता न थी जो छिन्न-भिन्न होते राष्ट्रीय आवरण को एकसूत्रता प्रदान करके जोड़ सके। चंद्रगुप्त मौर्य, अशोक और कुछ कम अनुपात में गुप्त सम्राटों, कन्नौज के हर्ष ने कुछ किया। ... यहां तक कि मुस्लिम आक्रमणों का भारी दबाव भी असंख्य हिंदू राज्यों को एक नहीं कर सका जो एक के बाद एक करके सरलता से अरब व तुर्क आक्रांताओं की बर्बरता के शिकार हो गए।" इंडेन का कहना है कि आई.सी.एस. विद्वान प्राचीन भारतीय संस्कृति को नई विषदंती धारणा प्रदान कर रहे थे।

इस लेखक ने उत्तर व उत्तर-पश्चिम भारत के पंजाब, हरिणाणा, हिमाचल प्रदेश, जम्मू-कश्मीर एवं राजस्थान, गुजरात, बंगाली, असम आदि के सीमावर्ती

क्षेत्रों में सेवा की है और वहां सांप्रदयिक उन्माद व हिंसा के तांडव की पीड़ा का अनुभव किया है।

लेखक ने यह भी देखा है कि हिंसा हर आंदोलन का प्रतिमान रही है। ऐसा लगता है कि महात्मा गांधी ने हमें अहिंसा का जो धार्मिक आदर्श दिया था वह हमारे मानस में बैठा नहीं। तो क्या हमारे स्वाधीनता आंदोलन का अहिंसा का दौर कोई क्षणिक, अस्थायी घटनाक्रम था?

1962 से मध्य 1966 तक मैं अंबाला जिले का प्रमुख था। अंबाला की अनाज मंडी में एक गुरुद्वारा और खुला चौकोर मैदान है। दशहरे के दिन जनसंघ की अगुआई में हिंदुओं ने जिद की कि वे इस खुली जगह पर अपना त्योहार मनाएंगे। उधर जत्थेदार करतार सिंह की अगुआई में सिखों ने जिद की कि वे यहां गुरु ग्रंथ साहब का पाठ करेंगे। जत्थेदार करतार सिंह बहुत गर्म मिजाज आदमी थे। जनसंघ में भी कुछ गर्म मिजाज लोग थे। दोनों संप्रदाय मुठभेड़ पर तुले हुए थे। उन दिनों सरदार प्रताप सिंह कैरों पंजाब के मुख्यमंत्री थे। उन्होंने हम लोगों को कड़ी हिदायत भेजी कि हर हाल में इस विक्षिप्तता भरे संघर्ष को रोका जाए। (मेरे सहयोगी श्री एस.एस.बेदी जिलाधीश थे।) । हमने एक परोक्ष युक्ति सोची। हमने दोनों दलों को संधिवार्ता में लगाया और सारे खुले स्थान पर पुलिस के टेंट लगा कर उसे भर दिया। हम हर साल उनकी इस पागलपन की योजना को इसी तरह विफल करते थे।

जून 1966 में आर.एस.एस./जनसंघ ने पंजाब का विभाजन करके हरियाणा बनाने की मांग को ले कर उपद्रव किया। मुझे और जिलाधीश श्री एम.एस.गिल (जो बाद में मुख्य निर्वाचन अधिकारी बने) को खबर मिली कि उपद्रवी सड़क की बत्तियां तोड़ कर और अंबाला छावनी के डाकघर पर हमला कर के विध्वंस फैलाना चाहते हैं। पुलिस की एक छोटी टुकड़ी के साथ हम घटनास्थल पर पहुंचे। किशोर उपद्रवी हमें देख कर गलियों में भागने लगे। हमने इन उन्मादियों को बड़ी संख्या में पकड़ा और उनको अदालत में ले गए। स्वाधीनता प्राप्ति के दशकों बाद इस तरह की सांप्रदायिक हरकत बहुत ही शर्मनाक थी।

मैंने चार साल तक प्रतिनियुक्ति पर हिमाचल प्रदेश में सेवा की थी। मैं वहां के प्राकृतिक सौंदर्य से अभिभूत था। अत: 1966 के आरंभ में मैंने सरकार

से प्रार्थना की कि पंजाब का पुनर्गठन होने पर मुझे हिमाचल काडर में रखा जाए। मुझे बताया गया कि तुम्हारी प्रार्थना स्वीकार कर ली गई है। लेकिन अचानक जुलाई 1966 में मुझे वरिष्ठ एस.पी. बना कर मेरा तबादला अमृतसर कर दिया गया। हालांकि यह एक सम्मानजनक बहाली थी लेकिन वहां स्थिति सांप्रदायिक तनाव से परिपूर्ण थी। इस बात को ले कर विवाद था कि नए पंजाब राज्य की पास के हरियाणा राज्य के साथ सीमाएं क्या हों। पंजाब का नया राज्य 12 नवंबर 1966 को अस्तित्व में आया। संत फतेह सिंह ने घोषणा की कि वह 17 दिसंबर 1966 को अनशन करेंगे और 27 दिसंबर 1966 को आत्मदाह कर लेंगे। उनके छः सहयोगियों, शिरोमणि अकाली दल के वरिष्ठ उपाध्यक्ष और शिरोमणि गुरुद्वारा प्रबंधक कमेटी के अध्यक्ष संत चानन सिंह, जत्थेदार जीवन सिंह उमरानांगल, जगदेव सिंह तलवंडी, जागीर सिंह फगूवालिया, दलीप सिंह तलवंडी और जत्थेदार हरी सिंह गिल ने भी ऐसा ही मन्तव्य दोहराया। चंडीगढ़ व भाखड़ा को पंजाब में शामिल करने की चेतावनी को ले कर अकाल तख्त पर विशाल दाह कुंड बनाए गए।

इस चेतावनी की घोषणा के बाद अमृतसर शहर व आसपास के देहाती इलाकों में आतंक छा गया। आशंका थी कि अगर चेतावनी पर अमल हो गया तो बड़े पैमाने पर उपद्रव होंगे और जानमाल की भारी क्षति होगी। हमेशा की तरह सरकार इसे लेकर भारी पसोपेश में थी। मैंने पुलिस कार्रवाई की एक योजना तैयार की। जब हमने इस पर अमल करना शुरू किया तो जनता में विश्वास की भावना फिर से पैदा हो गई। पुलिस चौकियों की मौजूदगी व गश्त अपने आप में निवारक थी। दुर्भाग्य से जिलाधीश श्री एस.एस. बेदी को दिल की बीमारी हो गई और उनको अपना चार्ज छोड़ना पड़ा। बहरहाल उनके उत्तराधिकारी सरदार कुलवंत सिंह अहलूवालिया भी बहुत साहसी, शांत व धीरज वाले थे। वह हमारे लिए शक्ति-स्तंभ साबित हुए। मुझे पता था कि हमारे तमाम बंदोबस्त के बावजूद अगर संत फतेह सिंह भारी भीड़ के सामने आत्मदाह कर लेते हैं तो योजनाबद्ध हिंसा को रोकना असंभव होगा। इसलिए मैंने द्विविध रणनीति बनाई। पहली सरकार से बातचीत शुरू करने के लिए राजी करना और दूसरी भावी शहीदों तक जाने से भीड़ को रोकना। सरदार ज्ञान सिंह कहलों, आईसीएस हमारे अति कुशल अधिकारियों में से थे। वह मुख्य सचिव

के पद पर थे। (उनकी एक बेटी पटियाला के राजा अमरिंदर सिंह और दूसरी श्री एस.एस. मान से ब्याही है।) जब वह अमृतसर आए तो मैंने उनसे अनुरोध किया कि सरकार से वार्ता आरंभ करने को राजी करें। फिर जब ज्ञानी गुरुमुख सिंह अमृतसर आए तो मैंने उनको भी राजी किया कि वह भारत सरकार को वार्ता आरंभ करने के लिए प्रेरित करें। राजनीतिक समस्याएं केवल मानव संपर्क-संचार से ही सुलझ सकती हैं। संगीनें उसका विकल्प नहीं।

17 दिसंबर 1966 को संत फतेह सिंह ने अपना अनशन आरंभ किया। उनके स्वास्थ्य को लेकर कोई तात्कालिक आशंका न थी हालांकि उनकी स्थूलता चिंता का कारण बन सकती थी। उनका डाक्टरी परीक्षण किया गया। हर सुबह और शाम को नियम से उनके स्थास्थ्य संबंधी बुलेटिन जारी किया जाता था। जैसे-जैसे दिन गुजरते गए तनाव बढ़ने लगा। जनसाधारण आशंकित हो गया। मैंने पुलिस का घेरा बढ़ा दिया। इससे अकाल तख्त से आग उगलने वाले भाषण आरंभ हो गए। मैं दुर्वचनों का निशाना बना। लेकिन मेरी योजना ने भोले-भाले लोगों को सांप्रदायिक अनिष्ट के झंझट में फंसने से दूर रखा।

संपूर्ण रणनीति के एक भाग के रूप में हमने सेना को भी सारी स्थिति से अवगत कराए रखा था। पंद्रहवीं डिवीजन के सेनाध्यक्ष जनरल तुली मुझे अलग ले गए। उन्होंने मुझसे कहा कि मैं इस तरह के सांप्रदायिक उपद्रव में सेना को लिप्त न करूं क्योंकि जब धार्मिक भावनाओं का सवाल आता है तो अनुशासित बल में भी अनुशासन में न्यूनता आने लगती है। काश इसी तरह की दूरदर्शिता 1984 में सेना के शीर्ष अधिकारियों ने आपरेशन ब्लू स्टार और रोजवुड के समय भी दिखाई होती। तब भारतीय सेना का शानदार रिकार्ड सिख सैनिकों के विद्रोह से मलिन न होता।

अपनी रणनीति के दूसरे चरण के तौर पर हमने रेलगाड़ियों व बसों को देखना शुरू किया। हम लोगों को अमृतसर आने से निरुत्साहित कर रहे थे जबकि अकाली गांव के गुरुद्वारों से लोगों से भारी संख्या में अमृतसर पहुंचने का आवाहन कर रहे थे। 26 दिसंबर 1946 की सुबह अमंगल के पूर्वाभास के साथ आई। प्रात: दस बजे से हमने चारदीवारी वाले शहर में सख्त कर्फ्यू लगा दिया। जो लोग अमृतसर के नक्शे से परिचित हैं, वे जानते हैं कि चारदीवारी वाले शहर में प्रवेश कई दरवाजों से हो कर है। जैसे कि शेरांवाला दरवाजा

आदि। इन सब दरवाजों पर हमने भारी मोर्चाबंदी कर दी। फिर हमने रेलवे से कहा कि वह अमृतसर आने वाली सभी गाड़ियों को रद्द कर दे। इसी तरह अमृतसर तक आने वाली सब बसों, ट्रकों और टैक्सियों को जीटी रोड पर जंडियाला गुरु तक और बटाला-अमृतसर रोड पर काथू नांगल तक ही आने दिया गया। फलस्वरूप स्वर्ण मंदिर के अंदर वाले नेताओं ने देखा कि उनकी शहीदी को देखने वाले अनुयायी नहीं हैं। मास्टर तारा सिंह के अमृतसर में बहुत अनुयायी थे। उनको नजरबंद कर लिया गया। हमें पंजाब के भावी मुख्यमंत्री न्यायमूर्ति गुरनाम सिंह को भी हिरासत में लेना पड़ा। 27 दिसंबर 1966 आत्मदाह का दिन था।

यह एक उदासी भरा दिन था। आकाश में बादल उमड़-घुमड़ रहे थे। अमृतसर के सिविल लाइन्स व अन्य बाहरी इलाकों में जीवन सामान्य था। वहां व्यापार की चहल-पहल जारी थी। लेकिन चारदीवारी वाले शहर में भुतहा माहौल था। एक पत्ता भी खड़क नहीं रहा था। पुलिस वालों और शांति समिति के सदस्यों के सिवा कोई आदमी भी हिल नहीं रहा था। समिति में प्रमुख नागरिक थे। जैसे कि वरिष्ठ पत्रकार स्वर्गीय जी.आर. सेठी, आर.एल. भाटिया के भाई स्वर्गीय श्री दुर्गादास भाटिया, राज्य मंत्री तथा कुछ अन्य। संत फतेह सिंह ने 5.30 बजे आत्मदाह करना था। दोपहर ढाई बजे के करीब हमें नई दिल्ली से फोन आया कि सरदार हुकुम सिंह व अन्य विमान से अमृतसर आ रहे हैं। हमें आगवानी करके उनको स्वर्ण मंदिर लाना है। संतजी, उनके सलाहकरों व सरदार हुकुम सिंह के बीच समझौता वार्ता के फलस्वरूप संत फतेह सिंह ने अनशन तोड़ा और आत्मदाह का इरादा छोड़ दिया। एक सांप्रदायिक विनाश टल गया था। मैंने तुरंत कर्फ्यू उठा लिया। लोगों को इससे बहुत राहत मिली। स्वर्ण मंदिर के अंदर अनशन भंग करने के समर्थकों व विरोधियों में मारपिटाई हुई।

मार्च 1967 में मैं सीमा सुरक्षा बल के डिप्टी इंस्पेक्टर जनरल के पद पर श्रीनगर गया। मुझे खुशी थी कि मुझे अब ऐसी ड्यूटी करनी है जिसमें कुत्सित सांप्रदायिक हिंसा नहीं है। लेकिन इस आशा पर जल्दी ही पानी फिरने वाला था। रेसिडेंसी रोड श्रीनगर की कोआपरेटिव सोसाइटी में एक क्लर्क परमेश्वरी हांडू ने उसी दफ्तर में काम करने वाले अकाउंटेंट गुलाम रसूल कांथ से शादी

कर ली। कश्मीरी पंडितों का कहना था कि लड़की को बहला-फुसला कर इस रिश्ते के लिए राजी किया गया है। यह शादी नहीं है। श्रीनगर हिंसा से किसी ज्वालामुखी की तरह फट पड़ा। सांप्रदायिक हिंसा ने आगजनी और विध्वंस का रूप ले लिया। पुलिस इस स्थिति को संभाल न सकी। श्री डी.पी.धर तब जम्मू-कश्मीर के गृहमंत्री थे। उन्होंने शांति बहाल करने के लिए सीमा सुरक्षा बल की सहायता मांगी। मैं कुछ अन्य अधिकारियों के साथ दिन-रात जान-माल की सुरक्षा में लगा रहा। हमने सर्वत्र बर्बरता का तांडव देखा। लेकिन हमारी उपस्थिति ने जल्दी ही शांति स्थापित कर दी। हमने वहां शांति समितियां बनाईं ताकि दोनों समुदाय परस्पर विश्वास के साथ रह सकें जैसे कि पहले रहते थे। लेकिन मेरे इस विश्वास को कि कश्मीरी मुस्लिम धर्मनिरपेक्ष होता है, गहरा आघात लगा। इस मनोरम घाटी में धर्मनिरपेक्षता की मौत हो चुकी थी और वहां सांप्रदायिकता व भारत विरोधी भावनाओं की भरमार थी।

इसे विडंबना ही कहेंगे कि भारत की वर्तमान एकता का श्रेय ब्रिटिश शासकों को है लेकिन इसके साथ ही 1947 में देश के विभाजन के लिए भी उन्हीं की नीतियां जिम्मेदार हैं।

अंग्रेजों के अनुसार मुस्लिम शासक हिंदुओं के साथ हिकारत बरतते थे। वे उनके साथ वैसा ही बर्ताव करते थे जैसा कि विजेता अपने विजित प्रजाजनों के साथ करता है।

भारत पर अरबों के आक्रमण के बाद जनसाधारण सदा के लिए दो खेमों में बंट गया। एक हिंदू और दूसरे मुस्लिम। ये दोनों ही एक-दूसरे से संघर्ष में रहे।

साम्राज्यवादी ब्रिटिश इतिहासकारों ने अंग्रेजों से पहले के भारत के इतिहास में यह दिखाने की कोशिश की कि उनसे पहले के सभी शासक अत्यंत निरंकुश थे। वे असहनशील और पाश्विकता की हद तक निष्ठुर थे। भारतवासी आपस में सदा बंटे रहे। अत: वे विजित होने लायक ही थे। उनको कृतज्ञ होना चाहिए कि उनके अंतिम विजेता कितने न्यायप्रिय और दयालु हैं। इस प्रवृत्ति ने मध्यकालीन भारत के इतिहास को एक विशेष व्याख्या दी। यह माना गया कि मुसलमान भी उसी तरह भारत विजेता थे जैसे कि अंग्रेज। (वी.ए. स्मिथ,

ऑक्सफोर्ड हिस्ट्री आफ इंडिया, 1918, पृष्ठ 259)। लेकिन अंग्रजों के विपरीत मुसलमानों ने विजित हिंदुओं के साथ अकल्पनीय दुर्व्यवहार किया।

हिंदुओं व मुसलमानों में विभाजन मध्य काल से ही चला आ रहा है। अठारहवीं शताब्दी के आरंभ में जब मुगल सल्तनत टूट कर बिखरी तो सूबेदारों में अपने-अपने क्षेत्र पर आधिपत्य जमाने की होड़ लग गई। प्लासी का युद्ध और शाह आलम द्वारा ईस्ट इंडिया कंपनी को बंगाल की दीवानी देने के साथ ही अंग्रेज हिंदुओं व मुसलमानों में मतभेद का निर्णायक बन गए। कई बार ये विरोध संघर्ष का रूप भी ले लेता था।

सांप्रदायिकता हमारे यहां पुरातन काल से है। आधुनिक काल व तकनोलाजी ने यह धारणा दी है कि विभिन्न धर्म व संस्कृतियां अलग-अलग रंगों व मान्यताओं वाला एक मुजायक बनाती हैं। धार्मिक मतभेदों के बावजूद, सब समुदाय मिल कर एक मानव जाति बनाते हैं। आज के महाविनाशक अस्त्रों के युग में धार्मिक असहिष्णुता के लिए कोई गुंजाइश नहीं है।

●

❖ 4 ❖

सिख धर्म

नानक नाम चड़दी कला,
तेरे भाने सरबत दा भला.

अधिकांशत: पंजाब में बसने वाले डेढ़ करोड़ से अधिक भारतीय सिख धर्म के अनुयायी हैं। इसके प्रवर्तक गुरु नानक देव जी (सन् 1496 से 1539) थे। इसका आधार एक ईश्वर और सब मानवों में समानता है। सिख धर्म जाति विभाजन के नितांत विरुद्ध है। गुरु गोविंद सिंह (1666-1707) ने खांडा दी पहुल, तलवार की दीक्षा आरंभ की और खालसा (शुद्ध) की नींव डाली। खालसा पांच ककार धारण करते हैं। केस, कंघा, किरपान, कच्छा और कड़ा। सिखों के नाम के अंत में सिंह और इनकी स्त्रियों के नाम के अंत में कौर (राजकुमारी) लगा होता है। सिख एक ईश्वर में विश्वास रखते हैं। वह सृष्टिकर्ता है, अमर है। वह कभी किसी रूप में अवतार नहीं लेता। मनुष्य प्रार्थना और ध्यान के बल पर स्वयं को ईश्वर को खोजने के लायक बना सकते हैं। लेकिन केवल उसकी कृपा से ही उसके निकटस्थ बन सकते हैं। सिख पुनर्जन्म में विश्वास रखते हैं। उनके दस मानव गुरुओं ने गुरुनानक की शिक्षा का विस्तार किया। इन सब में गुरु नानक की आत्मा का वास हुआ। अब उनके पवित्र ग्रंथ में उनकी आत्मा का वास है। खासला हर तरह की नशीली दवाओं, खासतौर पर तंबाकू से परहेज करते हैं।

सिख धर्म सब धर्मों से कम समय से है। इसके प्रवर्तक गुरु नानक देव का जन्म 15 अप्रैल, 1469 को बेदी खत्री परिवार में हुआ। उनका जन्म

पाकिस्तान के छोटे से नगर तलवंडी में हुआ था। यह लाहौर से 30 मील दक्षिण-पश्चिम में है। यह सिखों का तीर्थस्थल है। हर साल हजारों सिख वहां जाते हैं। गुरु नानक देव के नाम पर इसका नाम ननकाना साहब रखा गया है। उनके पिता महता कालू पटवारी थे। उनकी माता तृप्ता अत्यंत धार्मिक विचारों की थीं।

उन दिनों पंजाब दिल्ली सल्तनत के अधीन था जिस पर सिकंदर लोधी का शासन था। शासक नृशंस प्रकृति के थे। गुरु नानक देव जी ने उनके बारे में लिखा, "सुल्तान शेर हैं, उनके अधिकारी कुत्ते।" *वार माझा* में उन्होंने लिखा, "राजा कसाई हैं। न्याय के पर लग गए हैं। वह उड़ कर असत्यता की अंधेरी रात में भाग गया है।"

गुरु नानक देव ने हिंदुओं व मुसलमानों के पवित्र तीर्थों की यात्रा की। वह हरिद्वार, पुरी, रामेश्वरम, कन्या कुमारी गए। फिर मक्का और बगदाद भी गए।

1497 में गुरु नानक देव जी कपूरथला जिले के सुल्तानपुर लोधी कस्बे के निकट बेन नदी में नहाते समय परमात्मा में लीन हो गए।

गुरु नानक देव ने एक ओंकार से एकात्म स्थापित करने का उपदेश दिया। उन्होंने कहा कि यह उनके बंदों से प्रेम करने और उसका नाम जपने से संभव है। उन्होंने असमानता व अंधविश्वास के विरुद्ध प्रचार किया और प्रेम व दया की विरासत अपने पीछे छोड़ी।

तेजा सिंह के अनुसार संगत की अवधारणा गुरु नानक देव जी ने दी। अन्य मध्यकालीन संतों की तरह उन्होंने कभी संसार त्याग की बात नहीं की। उनका मत था कि संसार को अपनी शर्तों के अनुसार अपनाना चाहिए। वे विवाहित थे। उनके दो बेटे थे। उनका कहना था कि संसार एक धर्मशाला है जहां ईश्वर ने हमें भेजा है। उससे मुंह मोड़ना गलत है। वह पाखंड के प्रबल विरोधी थे। वह चाहते थे कि हिंदू सच्चे हिंदुओं की तरह और मुसलमान सच्चे मुसलमानों की तरह अपने धर्म का पालन करें। मुसलमान उनको खुदा का प्यारा बंदा मानते थे। हिंदू अपने परिवार के एक बच्चे को सिख बना कर गर्व का अनुभव करते थे। गुरु नानक स्वयं को सबसे निम्न, सबसे विनम्र

कहते थे। उन्होंने फारसी या संस्कृत को त्याग कर आम आदमी की भाषा में उपदेश दिए।

गुरु नानक देव जी ने गुरु पद को वंश परंपरागत नहीं बनाया। उन्होंने अपने दोनों बेटों, श्री चंद और लक्ष्मी दास के गुरु पद के दावे को नहीं माना। उन्होंने लहनाजी को अपना वारिस बनाया जो उनके सबसे अनन्य शिष्य थे।

लहनाजी दूसरे गुरु अंगद बने। उनका जन्म फिरोजपुर के निकट एक छोटे से गांव मिट्टी की सराय में 31 मार्च 1504 में हुआ था। वह गुरु नानक की गद्दी पर आसीन हुए। कहते हैं गुरु नानक की आत्मा ने उनमें प्रवेश किया। गुरु अंगद जी के 62 श्लोक श्री गुरु ग्रंथ साहब में सम्मिलित हैं। उनका निधन 29 मार्च, 1552 में हुआ। तीसरे गुरु अमर दास जी (1552-1574) का जन्म बासरकी (जिला अमृतसर) में 5 मई 1479 में हुआ था। उन्होंने सती प्रथा का तीव्र विरोध किया और सिख धर्म के प्रचार के लिए बहुत प्रयास किए। गुरु नानक देव ने संगत की स्थापना की थी जिसने सिखों को एक समुदाय के रूप में एकजुट किया। उन्होंने इसके साथ पंकत को जोड़ा। यानी सिख न केवल सामूहिक तौर पर प्रार्थना करें बल्कि इकट्ठे खाएं भी। इसने सिखों को जातिहीन व वर्गहीन समाज के रूप में परस्पर जोड़ा।

तीसरे गुरु अमर दास थे। उन्होंने सती प्रथा के विरुद्ध जोरदार ढंग से आवाज उठाई।

चौथे गुरु अर्जन देव थे। उन्होंने ग्रंथ साहब का संकलन किया। पांचवें गरु हरगोविंद जी वीर व शक्तिशाली थे। उन्होंने भौतिक व शस्त्र की शक्ति पर बल दिया। उन्होंने सिखों को सिखाया कि अत्याचार व उत्पीड़न का प्रतिरोध करने के लिए हथियारबंद हों। उन्होंने अनेक युद्ध लड़े और सदा विजयी रहे।

नगरों में रहने वाले व्यापारी वर्ग के बहुत से लोग सिख धर्म में दीक्षित हुए। वे बुद्धिमान और धनवान थे। उन्होंने अपना धन गुरु को समर्पित किया। इससे गुरु रामदास और गुरु अर्जन देव जी ने अमृतसर में हरमंदिर साहब का निर्माण करवाया। सभी भक्तों को गुरु का लंगर सुलभ हो सका।

गुरु अर्जन देव के समय में सिख धर्म का गांवों में दूर तक प्रचार-प्रसार हुआ। माझे के जाटों ने बड़ी संख्या में सिख धर्म अपनाया।

कट्टर मुसलमानों में सिख धर्म के प्रसार की तीव्र प्रतिक्रिया हुई। सिख धर्म के आरंभिक काल में कुछ मौलवियों ने उसकी उपेक्षा की थी। लेकिन अब उसका प्रसार देख कर उनको खतरा महसूस होने लगा। मुसलमानों व सिखों में विरोध तीव्र होने लगा क्योंकि दोनों ही धर्मांतरण वाले धर्म थे।

●

❖ 5 ❖

सिखों की प्रकृति

प्रकृति से हमारा आशय किसी समुदाय विशेष के स्वाभाविक चरित्र, आचार व व्यवहार से है। सिखों की भी एक निश्चित प्रकृति है। यह उनके गुरुओं के बलिदान से परिपक्व हुई है। पांचवें गुरु अर्जन देव जी और नौंवे गुरु तेग बहादुर जी के बलिदान एवं दशम गुरु गोविंद सिंह जी और बंदा बहादुर की शूरता व कष्ट सहन से। उनकी दैनिक प्रार्थना, जिसे वह अरदास कहते हैं इन बलिदानों के प्रसंगों से भरी होती है। जो लोग रोज यह अरदास करते हैं उनमें बलिदान की प्रवृत्ति का होना सहज-स्वाभाविक है। महत्वपूर्ण अवसरों पर उनको याद दिलाया जाता है कि वही बलिदानी परंपरा उनको भी विरासत में मिली है। वे भी उसी निर्भय समुदाय के उत्तराधिकारी हैं। ऐसे लोग उत्पीड़न व अत्याचार को अडिग साहस के साथ सहन कर सकते हैं। उनमें सामरिक भावना भी है। उनको नित्य स्मरण कराया जाता है कि उनके गुरुओं व उनकी संतति ने अत्याचार के सामने झुकने के बजाय खुशी-खुशी मौत को गले लगा लिया। वे अपने अतीत के गौरव से जुड़े हैं और झुकते नहीं। इसलिए जिसने भी सिखों के उग्रवाद को समझना हो उसे उनके अतीत का अध्ययन करना चाहिए। उनका अतीत उत्पीड़न की परतों से भरा पड़ा है और बलिदान की भावना से ओत-प्रोत है। हमें याद रखना चाहिए कि सिख धर्म सबसे बाद का है। इसलिए उसमें युवावस्था का ओज व प्रचंडता है।

पांचवें गुरु अर्जुनदेव जी (1581-1606) शहीद होने वाले पहले गुरु थे। अकबर के शासनकाल तक मुगल बादशाहों से सिखों को उदारता का व्यवहार मिला। परिवर्तन आया इस आरोप के बाद कि गुरु अर्जुन देव जी ने जहांगीर के विद्रोही बेटे खुसरो की सहायता की थी। जहांगीर उनसे खफा हो गया। उनको लाहौर ला कर उत्पीड़ित किया गया और शहीद कर दिया गया। गुरु जी के इस उत्पीड़न व शहीदी से मुगलों के प्रति तीव्र प्रतिक्रिया हुई। इसने सिखों में सामरिकता की भावना को जन्म दिया। छठे गुरु हरगोविंद जी केवल ग्यारह बरस के थे। उन्होंने गुरु का पद ग्रहण करते समय सेली पहनने के बजाय दो कृपाणें धारण कीं। एक पीरी का प्रतीक थी, दूसरी मीरी का। इस तरह भक्ति व शक्ति परस्पर संयुक्त हुई। उन्होंने आदेश दिया कि उनके सभी अनुयायी कृपाण धारण करेंगे और घोड़े रखेंगे। वे हथियार बनाएंगे। इस तरह एक नई परंपरा का जन्म हुआ।

गुरु हरगोविंदजी के समय में सिख धर्म भक्तों के भ्रातृत्व से युद्धक संतों के बल में परिवर्तित हो गया। वह सच्चे पादशाह कहलाते थे और सभी राज्य चिह्न, छत्र, दो कृपाणें, कलगी धारण करते थे। उनके पास बाज भी था। उन्होंने रामदासपुर (अमृतसर) नगर की किलेबंदी की और अकाल तख्त का निर्माण करवाया।

नवें गुरु तेगबहादुर जी (1664-1675) का बाबा बकाला के लोभी सोढ़ियों और अमृतसर के भ्रष्ट मोसंदों ने प्रतिरोध किया। वह पहाड़ों में चले गए। वहां उन्होंने 1644 में मोखोवाल के प्राचीन स्थान के निकट आनंदपुर साहब की स्थापना की। यहां कश्मीरी पंडित गुरुजी की शरण में आए और उनसे प्रार्थना की कि वह उनको इस्लाम में जबरन धर्म परिवर्तन से बचाएं।

जिस शांति के साथ गुरु तेग बहादुर जी ने शहीदी दी और यातनाएं सहीं, वह सिख की बलिदान भावना का सर्वोत्कृष्ट उदाहरण है।

सिखों के दसवें व अंतिम गुरु गोविंद सिंह जी का जन्म 26 दिसंबर 1666 में पटना में हुआ था। जब उनके पिता को मृत्युदंड दिया गया, उनकी अवस्था केवल नौ साल की थी। वह अपने पिता के मुख्यालय मोखोवाल को छोड़ कर पाउंटा साहब चले गए। इतिहासकार तेजा सिंह व गंडा सिंह के अनुसार गुरु

साहब ने मुगलों के राजनीतिक अत्याचार व ब्राह्मणों के धार्मिक अत्याचार, दोनों के खिलाफ लड़ने का प्रण किया। पहाड़ी शासकों के साथ शत्रुता और भंगानी में अपनी विजय के कारण वह आनंदपुर साहब लौट आए। वहां उन्होंने चार गढ़ियों का निर्माण करवाया।

खालसा की स्थापना : 1699

गुरु गोविंद सिंह जी ने आनंदपुर साहब में 1699 में खालसा पंथ की स्थापना की। उन्होंने वहां पांच प्यारे चुने, उनको दीक्षा दी और पांच ककार धारण करवाए व 'अमृत' पान कराया। उन्होंने पराजित जनों की सोती आत्मा को जगा कर उनको सिंह बनाया। इस प्रकार सिख प्रभु का गुणगान करने वाले उसके भक्तों से युद्ध करने वाले सैनिक बन गए। उनमें बलिदान की भावना कूट-कूट कर भरी हुई थी। वह अत्याचार का मुकाबला तलवार से करते थे। वे हर संघर्ष और अत्याचार को ईश्वर की इच्छा समझ कर स्वीकारते थे और अदम्य साहस के साथ उसका सामना करते थे। सिखों की प्रवृत्ति का यह सबसे महत्वपूर्ण तत्व है।

मुगलों के उत्पीड़न और अफगानों के हमलों का मुकाबला करने के लिए सिखों ने 65 दलों का गठन किया। इन सब का एकत्रित समूह दल खालसा कहलाता था। बाद में इन के 11 या 12 मुख्य डिवीजन बन गए जिनको मिसिल कहते थे।

महाराजा रणजीत सिंह (1780-1839) सुकरचकिया मिसिल के महान सिंह के पुत्र थे। उन्होंने 1799 में लाहौर जीता। उन्होंने ब.क़ी सभी मिसिलों के इलाकों और मालवा को जीत लिया और अपने राज्य का विस्तार कश्मीर व पेशावर तक किया। लेकिन इतनी शक्ति अर्जित करने पर भी वह अंग्रेजों के मुकाबले के न थे। 25 अप्रैल 1809 को लार्ड मेटकाफ़ से उनकी संधि ने उन को पाबंदियों में बांध लिया। अंततः अंग्रेजों ने 1849 में पंजाब को अपने साम्राज्य में मिला लिया।

सिखों में पंजाब की अनेक जातियां सम्मिलित हैं। इनमें खत्री, अरोड़े, बनिए सब हैं। लेकिन सबसे अधिक संख्या जाटों की है जिन्होंने गुरु गोविंद सिंह जी के समय में बहुत बड़ी संख्या में सिख धर्म अपनाया।

सिखों की प्रवृत्ति और प्रकृति को समझने में उनके जाति मिश्रण को समझना आवश्यक है। 1891 की जनगणना में 17 लाख सिखों में 66 प्रतिशत जाट थे। जाट सिख जबरदस्त लड़ाकू होते हैं। मिसिल के जमाने में और महाराजा रणजीत सिंह की सेना में बड़ी संख्या में शामिल जाटों ने युद्धक्षेत्र में वीरता के अनेक कारनामे दिखाए।

सिखों के इतिहास से निम्न निष्कर्षों पर पहुंचा जा सकता है :

1. सिख अपने दसों गुरुओं और गुरु ग्रंथ साहब के अनन्य भक्त हैं।
2. उनका इतिहास बलिदानों से भरा पड़ा है। जब क़भी उनके धर्म पर प्रहार हो वे शहीदी अंगीकार करते हैं।
3. गुरु अर्जन देव ने पीरी और मीरी दोनों को अपने व्यक्तित्व में समाहित किया। इस तरह आध्यात्मिकता और लौकिकता की सीमारेखा विलुप्त हो गई।
4. पंजाब के सूबेदारों ने सिखों को नृशंस यातनाएं दीं। इससे उनमें उत्पीड़न के लक्षण प्रकट हो गए।
5. जाट सिख शौर्य के साथ शस्त्र प्रयोग करते हैं। लेकिन बदले की भावना भी उनमें आग भर देती है।

जाट सिखों में गुटबाजी की दुर्बलता है और वे इसके चलते कई बार अपना वास्तविक उद्देश्य भी भूल जाते हैं। महाराजा रणजीत सिंह की मृत्यु के बाद लाहौर दरबार षड़यंत्रों व तुच्छ संघर्षों का अखाड़ा बन गया। रानी जिंदां, तेजा सिंह या लाल सिंह ने अपनी महत्वाकांक्षाओं की पूर्ति के लिए पंथ के भले और मान-सम्मान को ताक पर रख कर घटिया किस्म के सौदे किए जिनसे सिखों को बहुत क्षति पहुंची।

1699 को बैसाखी के दिन जब गुरु गोविंद सिंह जी ने खालसा पंथ की नीव रखी उसके साथ ही सिख धर्म का स्वरूप बदल गया।

●

❖ 6 ❖

सिख की पहचान पर विवाद

सरदार खुशवंत सिंह लिखते हैं, ''यह अभी भी विवादित है कि गुरु नानक हिंदू धर्म में सुधार करना चाहते थे, किसी तीसरे संप्रदाय का प्रवर्तन करना चाहते थे या हिंदुओं और मुसलमानों में एकता स्थापित करना चाहते थे। ऐसा प्रतीत होता है कि अपने कार्यकाल के आरंभ मे उन्होंने दोनों संप्रदायों को एक-दूसरे के निकट लाने का प्रयास किया। स्वयं हिंदू होने के कारण इसके साथ-साथ वह हिंदू धर्म में सुधार भी करना चाहते थे। लेकिन जैसे-जैसे समय बीतता गया और उनका संदेश जन-जन में लोकप्रिय होता गया, उन्होंने अपने संप्रदाय के माध्यम से अपने उपदेशों को स्थायित्व देने का मन बना लिया।''

गुरु नानक ने कहा है :

न मैं हिंदू, न मैं मुसलमान.

18 अप्रैल 1982 के *मिड डे* में उन्होंने लिखा, ''मैं सदा इस बात को मानता रहा हूं कि आस्था की पद्धति के तौर पर सिख धर्म हिंदू धर्म की अपेक्षा इस्लाम के अधिक निकट रहा है। इस तथ्य के बावजूद कि धर्म परिवर्तित करके सिख बनने वालों में अधिसंख्य हिंदू हैं और वे आज तक हिंदू रीतिरिवाजों का अभिन्न अंग हैं, मैं इस निष्कर्ष पर इसलिए पहुंचा हूं क्योंकि सिख गुरुओं ने एकेश्वरवाद, मूर्ति पूजा का त्याग और जाति प्रथा के त्याग पर

जोर दिया। ये सभी इस्लाम के भी आधार हैं।'' ऐसे ही विचार मैकालिफ ने *हिस्ट्री आफ सिख रिलिजन* में व्यक्त किए हैं।

आज के अधिकांश सिख विद्वान भी इस विचार से सहमत हैं। लेकिन मैकालिफ के समकालीन विदेशियों ने इसके विरुद्ध मत प्रकट करते हुए कहा कि गुरु गोविंद सिंह ने हिंदू रीति रिवाजों के अनुरूप जीवन जिया और उन्होंने अपनी अनेक रचनाओं में देवी दुर्गा व शिवजी की स्तुति की। लेकिन सिखों की पहचान महान गुरुओं के जीवन यापन की शैली पर केंद्रित नहीं। यह तो संप्रदाय की अधोनति के दौरान सिख बनी उस सिख मनोवृत्ति पर केंद्रित है जो अपने पुनरुत्थान के रास्ते तलाश रही थी। सिंह सभा आंदोलन, मुख्य खालसा दीवान व तत खालसा के धर्म प्रचार, सिख युवकों में अंग्रेजी शिक्षा के प्रोत्साहन, सिख परंपराओं के संवर्द्धन आदि ने सिख पहचान की जागरूकता को बढ़ावा दिया क्योंकि इसका सीधा संघर्ष आर्य समाज के शुद्धि आंदोलन से हो रहा था।

सिंह सभा आंदोलन ने न केवल आर्य समाज के शुंद्धि आंदोलन का मुकाबला किया इसने सरदार खुशवंत सिंह के शब्दों में, ''पलटवार करते हुए हिंदू शिविर में धर्मांतरण की गतिविधियों को तेज किया। उत्तरी व पश्चिमी पंजाब और सिंध के हिंदू सहजधारी सिख बने और फिर सहजधारियों को खालसा बनाया गया।'' लेकिन आर्य समाज ने भी अपने शुद्धी आंदोलन को नहीं छोड़ा। जितना अधिक आर्यसमाजी इस बात पर जोर देते थे कि सिख धर्म हिंदू धर्म का ही एक अंग है, सिख उतना ही अधिक इसरार करते थे कि उनकी पहचान हिंदुओं से अलग है। इसकी चरम अभिव्यक्ति नाभा रियासत के मुख्यमंत्री काहन सिंह की पुस्तिका 'हम हिंदू नहीं हैं,' में मिलती है। महान देशभक्त व कवि पूरन सिंह ने भी काहन सिंह का समर्थन किया। साथ ही उन्होंने लिखा कि 'महान हिंदू संस्कृति के सिख संस्कृति पर प्रभाव से इनकार नहीं किया जा सकता।' गुरु गोविंद सिंह ने अपने सिखों को संस्कृत का अध्ययन करने के लिए वाराणसी भेजा। कहा जाता है कि उनका संबंध श्रीकृष्ण से था। लेकिन सिख सुधारवादियों ने अलग पहचान की व्याख्या की। वे तत या सच्चे खालसा कहलाए। डा. जे.एस. अहलूवालिया लिखते हैं कि 1849 में राजनीतिक सत्ता खो देने के बाद सिखों का भौतिक अस्तित्व संकट

में पड़ गया। अपनी जीवन रक्षा के लिए सिखों ने वफादारी अंग्रेजों को सौंप दी। वे खुशी से उनके साथ मिल गए। सुरक्षा के बाद पुनरुत्थान आया। उनके और सरदार खुशवंत सिंह के अनुसार सिखों का अपनी पहचान का दावा करना उनकी अल्पसंख्यक होने की कमजोरी के कारण था।

कट्टरपंथ सदा अतीत के गौरव पर ध्यान केंद्रित करता है। उसे परमपावन समझा जाता है। उसका जरा भी उल्लंघन दंडनीय माना जाता है। पंजाब भी कट्टरपंथियों की चपेट में आ गया। उन्होंने सिख पहचान की सुरक्षा के नाम पर कथित अपधर्मियों को दंड देने का बीड़ा उठाया। इस अभियान में प्रेम व भ्रातृत्व सिख धर्म के पुरातन संदेश का स्थान भ्रामक शिकायतों और सर्वाधिक उत्तेजक मानव अस्त्र धार्मिक घृणा ने ले लिया। स्वाधीनता पूर्व के दिनों में और विशेष रूप से स्वाधीनता के बाद के दौर में सिख बुद्धिजीवियों ने हिंदुओं की संकलित शक्ति के प्रति आशंका व्यक्त की। उनको भय था कि इसमें सिखों की पहचान लुप्त हो जाएगी। मार्च 1982 में उभर कर सामने आए गंगा सिंह ढिल्लों इस मसले को इस तरह पेश करते हैं :

''जे.डी. कनिंघम जैसे कुछ इतिहासकार सिखों के सांस्कृतिक अलगाव और उनकी स्वायत्तशासी क्षेत्र की मांग का मूल 1699 की बैसाखी समारोह को मानते हैं जिसकी अध्यक्षता गुरु गोविंद सिंह ने की थी। 1699 में सिख कामनवेल्थ की स्थापना इस दिशा में मील का एक और पत्थर था। 1848 में पंजाब व कश्मीर में सिख शासन की समाप्ति के बाद से अपनी पहचान की पुनर्स्थापना के लिए हमने जोरदार प्रयास किए।'' उन्होंने आगे कहा कि सर गोकुल चंद नारंग और मुहम्मद लतीफ ने सिखों को 'एक राष्ट्र' कहा है। कुछ अन्य सिख बुद्धिजीवी कम तीखे हैं। के.एस. दुग्गल लिखते हैं, ''वर्तमान में सिखों को जो कुछ परेशान कर रहा है वह फिर से उनकी पहचान का सवाल है। सिख समुदाय में ऐसे थोड़े से बुद्धिजीवी नहीं जो आशंकित हैं कि आधुनिकता की झोंक में सिखों के पैर अपने आधार से उखड़ सकते हैं और उनकी पहचान उसमें खो सकती है।'' लेकिन वह आगे यह लिखकर इसका जवाब भी पेश करते हैं, ''इससे अधिक सत्य से दूर और कुछ हो ही नहीं सकता।'' अगर गुरुद्वारों में जमावड़े कोई संकेत देते हैं तो सिख जीवनशैली में विश्वास दिन-दिन बढ़ रहा है। हमारे सिखों में

ऐसे लोग आज भी हैं जो सिख परंपरा की रक्षा के लिए कोई भी बलिदान दे सकते हैं।''

हिंदुओं ने सिख पहचान के सवाल का जवाब अपने ढंग से यह कह कर दिया कि हर हिंदू परिवार ने एक बेटा सदा 'सिख हिंदू' बनने के लिए दिया। भारत के पूर्व प्रधानमंत्री श्री इंद्रकुमार गुजराल ने *आर्ट आफ लिविंग* पत्रिका के लिए मुबारक सिंह को साक्षात्कार देते हुए कहा, ''पंजाब के सिख और हिंदू एक ही लोग हैं। वे एक ही भाषा बोलते हैं और एक सी परंपराओं व रीतिरिवाजों का पालन करते हैं।'' उन्होंने आगे कहा कि सभी पंजाबी हिंदू महान गुरुओं का आदर करते हैं और गुरु ग्रंथ साहब का सम्मान करते हैं। उनको खालसा पंथ पर गर्व है। दूसरी ओर सिखों ने हिंदू परंपराओं की रक्षा के लिए बलिदान दिए हैं।

जहां तक सिखों की पहचान का सवाल है, अगर सिख इसरार करते हैं कि उनका धर्म अलग है तो यह उनका निजी मामला है। किसी भी हिंदू का इसके विपरीत दावा करना कोई मानी नहीं रखता। लेकिन सवाल उठता है कि सिख आदि ग्रंथ से हिंदू देवताओं के संदर्भ और हिंदू संतों के पद आदि कैसे हटाएंगे? सुश्री गुरमिंदर कौर अपनी पुस्तक *गुरु ग्रंथ साहब : इट्स फिजिक्स एंड मेटाफिजिक्स* में लिखती हैं, ''पवित्र ग्रंथ में विभिन्न जातियों, पंथों व पेशों से संबंध रखने वाले 36 लोग हैं। इनमें बंगाल के जयदेव, अवध के सूरदास, महाराष्ट्र के नामदेव, त्रिलोचन और परमानंद, उत्तर प्रदेश के बेनी रामानंद, कबीर, रविदास और भीखन हैं।'' ''क्या इससे इनकार किया जा सकता है कि ग्रंथ साहब में सबसे अधिक पद गुरु अर्जुन देव (2218), उसके बाद गुरु नानक देव (979) के हैं। लेकिन उसमें 292 पद कबीर व अन्य हिंदू व मुस्लिम संतों के भी हैं।''

दरअसल सिख पहचान को खतरा अनियमित स्वरूप वाले हिंदू धर्म से नहीं है। उसे खतरा आधुनिक तकनालोजी से है, जो अपने लुभावने आरामदायक उपकरणों से मानव मन-मस्तिष्क को धार्मिक आधार से दूर ले जाती है। यह खतरा सिख धर्म को ही नहीं, सभी धर्मों को है। आज मुसलमानों व हिंदुओं में भी कट्टरपन की पुनर्स्थपना के जो प्रयास हो रहे हैं

वे इसी की प्रतिक्रिया स्वरूप हैं। ईरान में आयतुल्ला खुमैनी की सफलता या पश्चिम में हरे रामा हरे कृष्णा की सफलता आधुनिक भौतिकवाद की प्रतिक्रियाएं ही हैं।

आर्य समाज ने सिखों के लिए जो संकट पैदा किया था उसका सामना तत खालसा व सिंह सभा ने बखूबी कर लिया था। इस के लिए अंग्रेजों ने उनका भरपूर उत्साहवर्धन किया क्योंकि उनकी दिलचस्पी सिखों को हिंदुओं से अलग रखने में थी। शिरोमणि गुरुद्वारा प्रबंधक कमेटी के सभी गुरुद्वारों का जिम्मा लेने के बाद सिख धर्म के प्रचार-प्रसार को बहुत बल मिला।

●

❖ 7 ❖

खालिस्तान की ओर : राज करेगा खालसा

भारतीय स्वाधीनता संग्राम के इतिहास से पता चलता है कि अल्पसंख्यकों के संदर्भ में कांग्रेस के रवैये में बहुत से बदलाव आए, जबकि दो उग्रपंथी अल्पसंख्यक समुदाय मुस्लिम लीग और अकाली दल अपने रवैये पर अडिग रहे हैं। मुस्लिम लीग अपनी पाकिस्तान की मांग पर अड़ी रही और उसे वास्तविकता में तब्दील कर लिया। सिखों ने अपने लिए एक अलग होमलैंड की मांग की। वे आज भी उसके लिए संघर्ष कर रहे हैं हालांकि इस बारे में उनकी मांग कई बार अस्पष्ट भी थी। 1925 में गुरुद्वारा एक्ट बनने के बाद से ही अकाली भारत में सिखों के अलग वजूद की स्वीकृति के लिए प्रयासरत रहे हैं। स्वाधीनता पूर्व के दिनों में अकाली सिखों को सेवाओं व विधायिकाओं में प्रमुखता दिलाने की कोशिश में रहे। वे भारत की जनसंख्या का एक प्रतिशत थे। पंजाब के किसी एक जिले में भी वे बहुसंख्य नहीं थे। फिर भी हिंदुओं व मुसलमानों दोनों से पंथ को खतरा बता कर अकालियों ने खुद को जहां तक अल्पसंख्यकों का सवाल है, खुद को मुसलमानों के समकक्ष कर लिया।

दरअसल सिखों का एक राजनीतिक हस्ती के तौर पर पनपने की शुरुआत बंदा बहादुर के साथ हुई। उनका पहला नाम लछमनदास था। बैरागी बनने के बाद वह माधो दास कहलाए। उनका जन्म जम्मू के पुंछ जिले में हुआ था।

गुरु गोविंद सिंह ने नंदेद में दीक्षा दे कर उनको सिख बनाया। बंदा बहादुर ने मुगलों के अत्याचारी शासन के खिलाफ सिखों का सशस्त्र संघर्ष छेड़ा। ए.सी. बनर्जी लिखते हैं, "उनका (बंदा का) तात्कालिक उद्देश्य सरहिंद के फौजदार वजीर खान को दंड देना था जिसने गुरु जी के छोटे पुत्रों को निर्ममता से मार डाला था। उसका उद्देश्य उन पहाड़ी राजाओं को भी सजा देना था जो बरसों तक गुरुजी के खिलाफ लड़े थे। लेकिन उनके ये सीमित उद्देश्य जल्दी ही सिखों की प्रभुसत्ता स्थापित होने में बदल गए। उनके नेतृत्व में सिखों ने नारा दिया :

राज करेगा खालसा बाकी रहे न कोय!

यानी खालसा राज करेगा, कोई प्रतिपक्षी नहीं रहेगा।

यह पंक्ति जो अब सिख अरदास का स्थायी व अविभाज्य अंग बन चुकी है, बंदा के दिनों में रची और सबसे पहले गाई गई। बंदा के संघर्ष का स्वरूप जटिल था। वह इस मानी में धार्मिक संघर्ष था कि यह सिख धार्मिक विचारों से प्रेरित था। गुरु गाविंद सिंह जी के जीवन व उपदेशों से उत्पन्न नैतिक बल के सहारे यह संघर्ष टिका रहा। उन्होंने व्यक्ति की एक नई धारणा बनाई जिसे खालसा नाम दिया। वह हर उत्पीड़न व भेदभाव के खिलाफ लड़ता था।

लुधियाना के डा. त्रिलोचन सिंह 30 जून 1981 के 'विश्व एकता' में प्रकाशित अपने लेख में लिखते हैं, "दशम गुरु ने सिखों को आदेश दिया कि गुरु ग्रंथ साहब को गुरु की प्रत्यक्ष देह के समान मानें। उन्होंने 'खालसा पंथ की स्थापना' के साथ सिखों को आशिर्वाद देते हुए कहा, 'राज करेगा खालसा'।" वह आगे लिखते हैं कि इसके रचना काल से ही यह पंक्ति हर अरदास के अंत में गाई जाती है।

जम्मू से जमरूद तक कभी शासन करने के बाद से सिख अपने खोए गौरव को फिर से पाने और इस क्षेत्र पर फिर राज करने के सपने देखते रहे हैं। लेकिन इसके लिए उन्होंने अलग-अलग काल में अलग-अलग रणनीति अपनाई। आपसी गुटबाजी व तुच्छ षड्यंत्रों के कारण अपने राज्य का पतन होने के बाद से सिख संभ्रम में जीते रहे। एम.जे. अकबर के

शब्दों में "इतनी महानता से ऐसे हास्यास्पद पतन की मिसाल इतिहास में विरली ही मिलती है।"

इस पहेली को हल करने के लिए सिखों ने 1857 के विद्रोह को दबाने के लिए अपनी सेवाएं अर्पित करने का प्रस्ताव रखा। भारत से बाहर सर्वत्र लोकप्रिय अपनी पुस्तक *दी सिख वाल्केनो* में पाकिस्तानी विद्वान गनी जाफर लिखते हैं, "उपनिवेशी सत्ता ने सिखों के हताश युयुत्सा को अपने सैनिक व राजनीतिक लाभ के लिए सरणीबद्ध करने का फैसला लेने में देर नहीं की। सिखों को ब्रिटिश भारतीय सेना में बड़ी संख्या में भर्ती किया गया। उनको उन जातियों के बदले स्थान दिया गया जिन्होंने 1857 में हथियार उठा कर उपनिवेशी सत्ता के साथ 'विश्वासघात' किया था।" इसने सिखों को पूर्वी भारत की सेनाओं से बदला लेने का मौका भी दिया जिन्होंने उनके साम्राज्य को नष्ट किया था। सिख सैनिक उत्तर भारत में अंग्रेजों की रक्षा के लिए लड़े। परिणामत: सिख अंग्रेजों के नए प्रियपात्र बन गए। अंग्रेजों ने 1857 में सिखों के अंग्रेजों का साथ देने को सिख धर्म व इस्लाम के बीच संघर्ष के रूप में देखा। जब लारेंस ने नई लामबंदी शुरू की तो भारी संख्या में सिखों ने अंग्रेजों के झंडे तले एकत्र हो कर उनके प्रति अपनी वफादारी का परिचय दिया।

अंग्रेजों ने सिखों की अडिग वफादारी का पुरस्कार नहरों का जाल बिछा कर और उनको बेहतरीन उपजाऊ जमीनें दे कर दिया। इससे सिख परिवारों में संपन्नता लौटी। इससे उनकी जनसंख्या को भी बढोतरी मिली। गनी जाफर लिखते हैं, "दक्षिण एशिया में अंग्रेजों के उपनिवेशी उद्यमों ने भारत के राजनीतिक, सांस्कृतिक और आर्थिक विकास में अनेक विकृतियां पैदा कीं। लेकिन उनमें से कोई भी शायद इतनी निराशाजनक नहीं थी जितनी कि पंजाब की विकृति। वहां उपनिवेशियों की 'फूट डालो और राज करो' की नीति अपनी हद तक गई। उसने इस क्षेत्र में धार्मिक और सामाजिक-आर्थिक संघर्ष को उकसाने में कोई कसर नहीं रखी।"

बहरहाल किसी अन्य हनीमून की तरह सिख-ब्रिटिश हनीमून भी सदा के लिए नहीं बना रहा। उनका पहला खुला विरोध गुरुद्वारा सुधार आंदोलन और सिख सभा आंदोलन था। इसने सिखों में शिक्षा को बढ़ावा दिया और इसने आर्य

समाज के अभियान का प्रतिरोध किया। हिंदू व सिख दोनों तरह के उपासक बड़ी संख्या में गुरुद्वारों में आते थे। वे चढ़ावा भी पर्याप्त चढ़ाते थे। इन गुरुद्वारों के नियामक महंत लंपटता के शिकार हो गए। उनके दुर्व्यसनों का प्रबुद्ध सिखों ने विरोध किया। सिख पुनरुत्थान नए आयाम तक पहुंच रहा था। खालसा कालेज अमृतसर से निकलने वाले सिख युवक स्वाधीनता संग्राम की ओर आकर्षित हुए। 1919 के बैसाखी वाले दिन जलियांवाला बाग की सभा में जनरल एडवर्ड हैरी डायर ने निहत्थे आदमियों, औरतों व बच्चों पर गोलियां बरसा कर 379 को मौत के घाट उतार दिया और 2000 से अधिक को घायल कर दिया। अमृतसर में गया बाग स्वर्ण मंदिर के निकट है। इस जघन्य गोलीकांड में मरने वालों में अधिकांश सिख थे। इस कांड की देश भर में तीव्र प्रतिक्रिया हुई। गांधीजी व अन्य राष्ट्रीय नेताओं ने इस हत्याकांड की भर्त्सना की। प्रतिशोध की बारी बाद में आई। 19 साल के एक अनाथ हो गए युवक उद्धम सिंह ने यह नरसंहार देखा था। उसके दिल पर इसकी अमिट छाप पड़ गई और उसने इसका बदला लेने का प्रण किया। उसने पंजाब के गवर्नर मिशेल डायर को गोली मार कर मौत के घाट उतार दिया। हैरी आर.ई. डायर की 1927 में पक्षाघात से मौत हो चुकी थी। बहरहाल हर कौम में कुछ और तरह के लोग भी होते हैं। स्वर्ण मंदिर के मुख्य ग्रंथी अरूर सिंह ने हत्यारे आर.ई.एच. डायर को सरोपा दे कर उसका सम्मान किया था। उन्होंने डायर की धूम्रपान की आदत को भी नजरअंदाज कर दिया।

सिखों में बलिदान की भावना ने उनको गुरुद्वारों को विलासी महंतों के चंगुल से मुक्त कराने को विवश कर दिया। 12 अक्तूबर 1920 को स्वर्ण मंदिर और अकाल तख्त को उनके चंगुल से छुड़ा लिया गया। 15 नवंबर 1920 को सिखों की एक आम सभा शिरोमणि गुरुद्वारा प्रबंधक कमेटी का चुनाव करने के लिए बुलाई गई। 14 दिसंबर 1920 को शिरोमणि अकाली दल की स्थापना गुरुद्वारों पर नियंत्रण के लिए शिरोमणि गुरुद्वारा प्रबंधक कमेटी की सहायक संस्था के तौर पर की गई।

गुरु नानाक देव जी का जन्म ननकाना साहब में हुआ था। उनके जन्मस्थान के मुख्य गुरुद्वारे के महंत नारायण दास थे। उन्होंने मद्यपान और विषयासक्ति से गुरुद्वारे की पवित्रता नष्ट कर डाली थी। फरवरी 1921 में शिरोमणि गुरुद्वारा

प्रबंधक कमेटी ने इस विलासी महंत से गुरुद्वारे को मुक्त कराने का निर्णय लिया। नारायण दास ने बड़ी संख्या में भाड़े के टट्टू इक्ट्ठे कर लिए थे। उन्होंने गुरुद्वारे में भक्ति संगीत गाते हुए प्रवेश करते अकालियों पर गोलीबारी की। इसमें 85 अकाली मारे गए। उनके शरीरों के टुकड़े कर के जला दिया गया। इस कांड ने लगभग जलियांवाला बाग की त्रासदी की तरह ही सारे देश को हिला कर रख दिया। महात्मा गांधी ननकाना साहब गए। उन्होंने नृशंस हत्याकांड की कड़ी निंदा की। प्रमुख हिंदू और मुसलमान नेताओं ने इस मामले में सिखों का समर्थन किया। लाला लाजपत राय और मौलाना शौकत अली ने उत्यंत उग्र भाषण दिए। महंत नारायण दास पर मुकदमा चलाया गया और उनको सजा हुई। शिरोमणि गुरुद्वारा प्रबंधक कमेटी ने ऐतिहासिक गुरुद्वारे का प्रबंध संभालने की मांग की। शिरोमणि गुरुद्वारा प्रबंधक कमेटी ने एक कानून बना कर सब गुरुद्वारों का प्रबंध उसे सौंपे जाने की मांग भी की। अंग्रेज उनकी इस मांग को मानने को तैयार न थे क्योंकि अकाली दल ने एक प्रस्ताव पारित करके स्वाधीनता संग्राम का समर्थन करने का निर्णय लिया था। 1921 में अंग्रेजों ने स्वर्ण मंदिर की चाबियां शिरोमणि गुरुद्वारा प्रबंधक कमेटी के अध्यक्ष से छीन लीं। महात्मा गांधी के सुझाव पर अकालियों ने बाबा खड्ग सिंह के नेतृत्व में शांतिपूर्ण आंदोलन छेड़ा। अंग्रेजों को विवश हो कर चाबियां लौटानी पड़ीं। गांधीजी ने इसे स्वाधीनता आंदोलन की पहली जीत बताया।

9 अगस्त 1922 को शिरोमणि गुरुद्वारा प्रबंधक कमेटी ने गुरु का बाग पर नियंत्रण के लिए आंदोलन आरंभ किया। यह पांचवें गुरु अर्जुन देव जी के वहां प्रवास का स्मारक है। यह अमृतसर से लगभग 13 किलोमीटर दूर अजनाला तहसील में है। सिख स्वयंसेवकों के 100-100 के जत्थे पहले सुबह स्वर्ण मंदिर में अहिंसा की शपथ लेते थे और फिर वहां से गुरु के बाग की तरफ मार्च करना शुरू करते थे। वे गिरफ्तारी भी देते थे। एक के बाद एक जत्थों की लहर चल पड़ी। पुलिस ने लाठियों और शारीरिक हिंसा का प्रयोग किया। सिख चुपचाप खड़े रहते। वे तब तक लाठियों की मार सहते जब तक कि बेहोश हो कर गिर न पड़ते। स्वामी श्रद्धानंद जैसे हिंदुओं और हकीम अजमल खां जैसे मुसलमानों ने सिखों का जोरदार समर्थन करते हुए गुरु के बाग में भाषण दिए। अंग्रेजों की बर्बरता की खबर विदेशों तक जा पहुंची। एक

अमेरिकन फिल्म निर्माता ए.आई. वर्गीज ने 'एक्सक्लूसिव पिक्चर आफ इंडियाज मार्टिरडम' नाम से एक फिल्म बनाई। कांग्रेस ने एक जांच समिति बैठाई जिसने कहा कि हर मौके पर पुलिस ने अत्यधिक बल प्रयोग किया है। ई.जे. एंड्रयूज गुरु के बाग में गए। उन्होंने पुलिस की बर्बरता को अमानवीय, बर्बर व अनुचित बताया। उन्होंने इसे इंगलैंड की नैतिक हार करार दिया। अंततः 17 सितंबर 1922 को इस स्थान से पुलिस को हटा दिया गया।

1925 में सिखों ने एक बड़ी जीत हासिल की। सिख गुरुद्वारा अधिनियम बना दिया गया। शिरोमणि गुरुद्वारा प्रबंधक कमेटी सिख धर्म और उसकी गौरवशाली परंपराओं की संरक्षक बनी। उसने गुरुद्वारों को सभी दुष्कर्मों से मुक्त कराया। उसकी कार्रवाइयां सिखों के पुनरुत्थान का एक बड़ा कारक बनीं। उसने सिख धर्म का साहित्य लगभग सभी भाषाओं में प्रकाशित कराया।

स्वाधीनता आंदोलन में सिखों की भूमिका

भारत के स्वाधीनता आंदोलन में सिखों ने महत्वपूर्ण भूमिका निभाई है। स्वाधीनता के लिए सिखों की लड़ाई उन्नीसवीं सदी से शुरू होती है। तब सिखों के एक मत कूका ने 1863 में खुद का अर्धसैनिक बल के रूप में गठित किया। उन्होंने स्वदेशी को अपनाया और जो कुछ ब्रिटिश था उसका बहिष्कार किया। इससे अंग्रेजों का गुस्सा भड़का। बड़ी संख्या में कूका सिखों को तोपों के मुंह से बांध कर उड़ा दिया गया। उनके नेता राम सिंह तथा अन्य 11 निकट अनुयायियों को बर्मा देश निकाला दे दिया गया जहां 1885 में उनका निधन हो गया।

अंग्रेजों के उत्पीड़न के खिलाफ सिखों के संघर्ष का दूसरा सीमाचिन्ह था पंजाब कोलोनाइजेशन एक्ट 1907 के विरुद्ध आंदोलन। इस एक्ट के तहत भू राजस्व व पानी का शुल्क बढ़ाया गया था। किसानों में इसका व्यापक विरोध हुआ। सरदार अजीत सिंह और लाला लाजपतराय इस आंदोलन के प्रमुख नेता थे। दोनों को गिरफ्तार करके बर्मा के मांडले जेल में डाल दिया गया। रिहाई के बाद अजीत सिंह कनाडा चले गए। वहां वह गदर पार्टी में शामिल हो गए।

सिखों ने महात्मा गांधी से प्रेरणा ली। उनका गुरुद्वारा सुधार आंदोलन अहिंसा का उत्कृष्ट उदाहरण है। 1928 में सिख लीग ने लाहौर में

सरदार खड़ग सिंह की अध्यक्षता में एक मीटिंग की जिसमें महात्मा गांधी भी उपस्थित थे।

शहीदे आजम सरदार भगत सिंह और उनके दो साथियों राजगुरु व सुखदेव के बलिदान से हरेक भारतीय परिचित है। उन पर एक ब्रिटिश आफिसर की हत्या का आरोप था जिसके हिंसात्मक कार्रवाई से लाला लाजपतराय की मौत हुई थी। 23 मार्च 1931 को इन तीनों ने बड़ी वीरता से हंसते-हंसते मौत को गले लगा लिया।

स्वाधीनता आंदोलन के दौरान बलिदान देने में सिखों का बहुत शानदार रिकार्ड रहा है। उदाहरण के लिए इस दौरान 123 मृत्युदंड पाने वालों में 73 सिख थे। कुल 2646 उम्रकैद पाने वालों में भी 2047 सिख थे। आजाद हिंद फौज में भी सिखों की महत्वपूर्ण भूमिका रही। कप्तान मोहन सिंह 20000 सिख सैनिकों के साथ देश की स्वतंत्रता के लिए अंग्रेजों से लड़ने के उद्देश्य से आजाद हिंद फौज में भर्ती हो गए थे।

विभाजन पूर्व की सिख राजनीति : खालिस्तान का जन्म

मुस्लिम लीग ने मुहम्मद अली जिन्ना के नेतृत्व में 1940 में लाहौर में एक संप्रभुता संपन्न मुस्लिम राष्ट्र के गठन की मांग की जिसमें सारा पंजाब और अन्य मुस्लिम बहुल क्षेत्र शामिल हों। मुस्लिम लीग के पाकिस्तान के लिए अभियान ने सिखों में मुस्लिम आधिपत्य व उत्पीड़न की भयंकर आशंका जगा दी।

मुस्लिम लीग के 1940 के अधिवेशन के तुरंत बाद खालिस्तान का नाम सुनने में आया। मार्च 1940 में अटारी में एक अखिल भारतीय अकाली सम्मेलन का आयोजन किया गया। इसमें पाकिस्तान की मांग का विरोध किया गया। साथ ही यह भी कहा गया कि अगर देश का विभाजन होता है तो सिखों को भी ऐसा ही अलग राष्ट्र मिलना चाहिए। उन्होंने खालिस्तान पर एक पुस्तिका वितरित की जिसमें पाकिस्तान व भारत के बीच खालिस्तान का एक अंतस्थ राज्य के रूप में गठन करने की मांग की गई थी। इसके लिए उन्होंने सिख बहुल क्षेत्र को खालिस्तान में शामिल करने की मांग की जो कहीं था ही नहीं। इसके बाद बाबा गुरदित सिंह और 'खालसा सेवक' के संपादक

जगजीत सिंह ने एक और सम्मेलन किया। इसमें मांग की गई कि अंग्रेजों ने सिख राज्य के जिन क्षेत्रों को अनुचित तरीके से अपने राज्य में मिलाया था, भारत छोड़ने से पहले जम्मू से जमरूद तक के उस सारे क्षेत्र को सिखों को वापस सौंप कर जाएं।

1935 के बाद सिखों का नेतृत्व मास्टर तारा सिंह के हाथ में आया। उनका एकमात्र उद्देश्य कांग्रेस के सहयोग से या उसके बिना भी सिखों के हितों को आगे बढ़ाना था।

कैबिनेट मिशन

जब सर स्टैफर्ड क्रिप्स, लार्ड पैथिक लारेंस और डा. ए.वी. एलेक्जेंडर का कैबिनेट मिशन भारत आने वाला था तो अकाली दल ने कहा, ''भारत के संविधाान में दूरगामी परिवर्तन होने की पूर्वसंध्याबेला में ... पंथ सिख राज्य की स्थापना की मांग करता है।'' मास्टर तारा सिंह ने सिखों की मांग मानने के लिए मिशन पर जोर डाला लेकिन उसका कोई परिणाम नहीं निकला।

18 जुलाई 1946 को सर स्टैफर्ड क्रिप्स ने ब्रिटिश पार्लियामेंट में कहा कि "मुसलमानों की तरह विशेष दर्जे की मांग करते समय सिख स्थिति की भौगोलिक वास्तविकता को नजरअंदाज कर रहे है। सिख बहुत छोटा समुदाय हैं। केवल साढ़े 55 लाख जबकि मुसलमान नौ करोड़ हैं। न ही वे ऐसी भौगोगिक स्थिति में हैं कि उनके लिए ऐसा कोई क्षेत्र चुना जाए जिसमें वे बहुसंख्य हों।" इससे स्पष्ट हो जाता है कि अंग्रेज अलग सिख राज्य बनाने के समर्थक थे लेकिन भौगोलिक व जनसांख्यिकी की स्थितियां इसमें बाधक थीं।

स्वाधीनता के बाद की सिख राजनीति : पंजाबी सूबे की मांग

भारत की स्वाधीनता के बाद खालिस्तान की मांग को पंजाबी सूबे की मांग में तब्दील कर दिया गया। सिखों की बहुसंख्या भारतीय क्षेत्र में थी। पंजाबी सूबे की मांग किस तरह बद्धमूल हुई इसका विवरण अपनी पुस्तक *फिफ्टी ईयर्स आफ पंजाब पालिटिक्स* में हरचरण सिंह बाजवा देते हैं, ''23 जनवरी 1948 को भ्रांत अवस्था में मैंने भूपिंदर सिंह मान और ज्ञानी करतार सिंह को

अपने साथ लिया। हम तीनों ने डा. बी.आर. अंबेडकर से संपर्क किया और उनसे मार्गदर्शन मांगा। उन्होंने तुरत-फुरत हमारे दुखों की दवा बता दी। उन्होंने कहा कि अविभाजित पंजाब में आप लोग अल्पसंख्या में हैं। सिवाय तरन तारन और मोगा तहसील के। ये दोनों भी आपस में जुड़ी हुई नहीं हैं। पूर्वी पंजाब में भी आप लोग अल्पसंख्या में हैं। अगर आप सिख राज्य के लिए शोर मचाएंगे तो यह अरण्य रोदन ही होगा। आप लोग एक पंजाबी भाषी राज्य की मांग क्यों नहीं करते। राज्यों के पुनर्गठन में कांग्रेस भाषा को आधार बनाने के लिए प्रतिबद्ध है। मैं आप को बता रहा हूं कि आप पंजाबी सूबे की आड़ में सिख राज्य पा सकते हैं।" इस तरह पंजाबी सूबे की आधारशिला डा. भीमराव अंबेडकर ने रखी और उसके ढांचे का निर्माण अकाली दल ने संत फतह सिंह के नेतृत्व में किया।

राज्यों का पुनर्गठन

विभाजन से पहले लगभग 40 प्रतिशत सिख सीमा के पाकिस्तान वाले भाग में थे और 60 प्रतिशत भारत वाले भाग में। देश के विभाजन के बाद भारत की तरफ वाले पंजाब को पूर्वी पंजाब कहा गया। इस पंजाब में हिंदू 62.3 प्रतिशत थे, सिख 35 प्रतिशत। इसलिए सिखों को विश्वास हो गया कि अगर उनको सिख राज्य चाहिए तो वह केवल डा. अंबेडकर की सलाह पर अमल करने से ही मिल सकता है। अपने 1916 और 1920 के अधिवेशनों में कांग्रेस ने स्वाधीनता के बाद भाषायी राज्यों के सिद्धांत को लागू करना मान लिया था। लेकिन स्वाधीनता बाद के दौर में वह अपने ही प्रस्ताव पर अमल करने से कतराने लगी। 1953 में कांग्रेसी सरकार ने राज्यों का भाषाई आधार पर पुनःसीमांकन करने की मांग पर विचार करने के लिए एक राज्य पुनर्गठन समिति का गठन किया। सैयद अफजल अली इसके अध्यक्ष थे। के.एम. पन्निकर और हृदय नाथ कुंजरू इसके सदस्य थे। आयोग ने पंजाबी भाषा भाषी राज्य की अकालियों की मांग को ठुकरा दिया। वजह यह थी कि हिंदुओं ने आर्य समाज और जनसंघ के प्रभाव में आ कर अपनी मातृभाषा पंजाबी के स्थान पर हिंदी लिखवाई। यह एक सांस्कृतिक धोखाधड़ी थी। आखिर पंजाब के हिंदू भी पंजाबी भाषी ही थे। इससे अकालियों के मंसूबे पर पानी फिर

गया। पंजाब में हिंदुओं और सिखों मे विभाजन का यह एक बड़ा कारण बना। पंजाबी सूबे की मांग ठुकराए जाने को सिखों ने अपने प्रति घोर अन्याय और सिख समुदाय के साथ भेदभाव माना।

स्वाधीनता के आरंभ से ही अकाली नेता मास्टर तारा सिंह सिखों को आधिकारिक तौर पर एक अलग समुदाय माने जाने की मांग करते रहे थे। उन्होंने सरकार से कहा, "अगर आप सच्चे राष्ट्रवादी हैं तो राष्ट्र की खातिर आपको सिखों को सम्मानपूर्वक रहने देना चाहिए।... अगर हमारा पृथक अस्तित्व नहीं है तो हमारे पास गर्व करने लायक कुछ भी नहीं होगा।"

संसद में पंजाब पुनर्गठन विधेयक पर चर्चा के दौरान डा. कपूर सिंह ने सिखों की तरफ से बोलने का दावा करते हुए बड़ी विलक्षण भाषा का प्रयोग करते हुए अपनी बात कही। उन्होंने कहा कि लाहौर में 1929 में अखिल भारतीय कांग्रेस अधिवेशन के अवसर पर पंडित जवाहरलाल नेहरू ने बाबा खड़ग सिंह को आश्वासन दिया था कि स्वाधीनता के बाद कोई भी ऐसा संविधान नहीं बनाया जाएगा जो सिखों को स्वीकार्य न हो। उन्होंने कहा कि जुलाई 1946 में अखिल भारतीय कांग्रेस कमेटी की कार्यकारिणी की कलकत्ता में बैठक हुई थी। इस अवसर पर सिखों को दिए गए उपरोक्त वादे को दोहराया गया। वहां 6 जुलाई को हुए प्रेस सम्मेलन में जवाहरलाल नेहरू ने उस वादे को इन शब्दों में दोहरया:

''पंजाब के बहादुर सिख विशेष व्यवहार के पात्र हैं। मुझे उत्तर-पश्चिम में एक ऐसे क्षेत्र को निश्चित करने में कोई बुराई नजर नहीं आती जहां वे स्वाधीनता का आलोक अनुभव कर सकें।''

उनके शब्दों में यह "सिखों के साथ हुए घोर विश्वासघात का संक्षिप्त इतिहास है।"

संसद की चर्चा में अपनी बात जारी रखते हुए श्री कपूर सिंह ने बताया कि श्री मोहम्मद अली जिन्ना ने सिखों को सार्वभौम सिख राष्ट्र देने का प्रस्ताव रखा था। इस का क्षेत्र पानीपत के पश्चिम से रावी नदी के बाएं किनारे के पूर्व तक होता। प्रस्ताव यह था कि यह राष्ट्र पाकिस्तान के साथ सिखों को अनुकूल शर्तों पर पाकिस्तान के साथ संघाधीन होगा। उनके अनुसार यह प्रस्ताव मास्टर

तारा सिंह और महाराजा पटियाला को किया गया था लेकिन दोनों ने ही इसे अस्वीकार कर दिया।

अपनी बात जारी रखते हुए उन्होंने कहा कि 1950 में जब भारत का संविधान अधिनियमित हुआ तो शिरोमणि अकाली दल के प्रतिनिधियों ने उस पर हस्ताक्षर करने से मना कर दिया था। उन्होंने कहा था कि सिख "संविधान अधिनियम को स्वीकर नहीं करते। सिख इसे अस्वीकार करते हैं।"

इस तरह सिखों की शिकायत केवल पंजाब के हिंदुओं से ही नहीं थी जिन्होंने जनसंघ (1951 में गठित) के प्रभाव में आ कर 1951 और 1961 की जनगणना में अपनी मातृभाषा पंजाबी की जगह हिंदी लिखवाकर उन के साथ विश्वासघात किया बल्कि नई दिल्ली की कांग्रेस सरकार से भी थी जो सिखों से किए गए अपने पहले के वादों से मुकर गई थी।

राज्य पुनर्गठन आयोग द्वारा पंजाबी भाषी राज्य को अस्वीकार करने पर मास्टर तारा सिंह ने आयोग की रिपोर्ट प्रकाशित होने से पहले ही मई 1955 में एक मोर्चा आरंभ कर दिया। जत्थे गिरफ्तारी देने के लिए आगे आने लगे। 10 मई 1955 को मास्टर तारा सिंह ने गिरफ्तारी दी। 4 जुलाई 1955 को पुलिस ने सराय गुरु रामदास में, शिरोमणि गुरुद्वारा प्रबंधक कमेटी व शिरोमणि अकाली दल के दरबार साहब अमृतसर स्थित कार्यालयों में प्रवेश किया। उसके पास वहां छिपे घोषित अपराधियों के लिए सर्च वारंट थे। पुलिस ने दो गोलियां भी चलाईं। इस घटना से सिखों में व्यापक नाराजगी भड़की। नतीजतन पंजाब के मुख्यमंत्री श्री भीमसेन सच्चर को स्वर्ण मंदिर के अकाल तख्त के मंच से 10 नवंबर 1955 को क्षमा याचना करनी पड़ी। अंतत: श्री भीमसेन को त्यागपत्र देना पड़ा और उनका स्थान प्रताप सिंह कैरों ने लिया। मोर्चे में 8128 लोगों ने गिरफ्तारियां दी थीं। इसमें उनको यह छोटी सी जीत जरूर हासिल हुई कि पंजाबी सूबा का नारा लगाने पर से पाबंदी हटा दी गई। पट्टी के एक जाट सिख का मुख्यमंत्री की गद्दी पर बैठने के बाद पंजाब की राजनीति में दूरगामी परिवर्तन आया। मिशिगन विश्वविद्यालय से राजनीति शास्त्र के स्नातक प्रताप सिंह कैरों न केवल राजनीति में धन बल के संज्ञाता थे बल्कि वह अकालियों के गैर जाट सिख आधार को ध्वंस करने में भी सफल रहे।

2 अक्तूबर 1956 को मास्टर तारा सिंह की अध्यक्षता में अकाली दल ने कांग्रेस में अपना विश्वास जताने का निर्णय लिया। यह भी फैसला किया गया कि दल अपने आप को सिखों के आर्थिक, धार्मिक, शैक्षणिक, सांस्कृतिक उत्थान के कार्यों तक सीमित रखेगा। अकाली दल ने अपने संविधान में संशोधन करके पृथक सिख राज्य के विचार से संबंधित सारी धाराएं उसमें से निकाल दीं।

24 अक्तूबर 1956 को अकाली दल क़ा एक प्रतिनिधिमंडल ज्ञानी करतार सिंह के नेतृत्व में दिल्ली में प्रधानमंत्री से मिला। इसमें सरदार हुकुम सिंह, ज्ञान सिंह राड़ेवाला और प्रिंसिपल जोध सिंह शामिल थे। उन्होंने कथित क्षेत्रीय समिति स्कीम प्रस्तुत की। अकाली दल ने कांग्रेस में शामिल होने का निर्णय लिया। लेकिन यह मास्टर तारा सिंह को मंजूर न था। कांग्रेस अकाली गठबंधन ने 1957 का चुनाव जीता। मास्टर तारा सिंह का अलग हुआ गुट चुनाव में कोई अस्तित्व कायम न कर सका।

लेकिन कांग्रेस अकाली गठबंधन ज्यादा दिन न टिक सका। शहरी सांप्रदायिक हिंदू नेता, जिनको कैरों मंत्रिमंडल में स्थान नहीं मिला था, उन्होंने 'हिंदी बचाओ' आंदोलन छेड़ दिया। इसकी प्रतिक्रिया में अकालियों ने 12 अक्तूबर 1958 को अमृतसर में पंजाबी सूबा सम्मेलन किया। जनवरी 1960 में मास्टर तारा सिंह ने शिरोमणि गुरुद्वारा प्रबंधक कमेटी के चुनाव जीते। अप्रैल 1960 में उन्होंने पंजाबी सूबे के लिए एक मोर्चा खोला। अकाली दल के उपाध्यक्ष संत फतह सिंह को मोर्चे का डिक्टेटर बनाया गया। अकालियों ने बड़ी सख्या में गिरफ्तारियां दीं। सरकारी आंकड़ों के अनुसार कुल 26056 लोग गिरफ्तार हुए। मास्टर तारा सिंह और संत फतह सिंह दोनों ने आमरण अनशन किए। लेकिन बाद में सरकार की तरफ से उनकी मांगों पर सहानुभूतिपूर्वक विचार करने का आश्वासन पा कर उन्होंने अपने अनशन भंग कर दिए।

अक्तूबर 1965 में संत फतह सिंह ने एक बार फिर इसी उद्देश्य के लिए आत्मदाह की धमकी दी। लेकिन भारत पाक सशस्त्र संघर्ष को देखते हुए उन्होंने इसे वापस ले लिया। युद्ध के दौरान भारतीय सेना को सप्लाई बनाए रख कर देशभक्ति की शानदार मिसाल कायम की। उनकी इसी देशभक्ति के फलस्वरुप 1 नवंबर 1966 को सिख बहुल पंजाबी सूबा अस्तित्व में आया।

1967 का चुनाव अकालियों ने जीता और स. गुरनाम सिंह के मुख्यमंत्रित्व में सर्वप्रथम अपनी सरकार बनाई। 1969 का मध्यावधि चुनाव भी अकालियों ने जीता। उनकी तीसरी सरकार 1977 में कांगेस के विरुद्ध लहर के दम पर बनी जो 1975 की इमरजेंसी का नतीजा थी। इमरजेंसी लागू करने पर अकालियों ने संत हरचरण सिंह लोंगेवाला के नेतृत्व में एक मोर्चा भी चलाया था। हालांकि यह मार्चो सांकेतिक था, कांग्रेस अकाली संबंध फिर कभी पहले जैसे मधुर नहीं हुए।

यह तो कहावत ही बन गई कि जब तक अकाली सत्ता में रहते हैं, वे नरम होते हैं। लेकिन सत्ता की डोर छूटते ही वे उग्र हो जाते हैं। यह वास्तविकता अकालियों की राजनीति का सच है। अपने अस्तित्व के लिए अकालियों को या तो सत्ता चाहिए या फिर वे शोर मचाएंगे कि पंथ खतरे में है। उनकी सत्ता की भूख कभी संतुष्ट नहीं होती। यह उग्रवाद सिख मानसिकता से उपजा है, उत्पीड़न लक्षण और शहीदी जिसके दो स्तंभ हैं। इसकी वास्तविकता यह है कि या तो वे सत्ता में बने रहें या फिर वे ऐसी परी कथाएं गढ़ेंगे कि उनके खिलाफ भेदभाव हो रहा है। ऐसे हालात पैदा करेंगे जिसमें केंद्रीय सरकार खलनायक बन जाए और वे खुद शहीद। अकालियों को अनन्य सत्ता की चाह रहती है। सत्ता की राजनीति रोग की तरह चिपटती है। इसने अकालियों और कांग्रेस दोनों को विषाक्त किया है।

लिहाजा जब अकाली सत्ता से बाहर थे तो उन्होंने 16-17 अक्तूबर 1973 को आनंदपुर साहब प्रस्ताव पारित किया। लुधियाना में अक्तूबर 1978 में हुए एक सम्मेलन में इसमें संशोधन किया गया क्योंकि 1977 में अकालियों ने चुनावी युद्ध में विजय पा ली थी। इसे 12 प्रस्तावों के रूप में पारित किया गया था। इसे शिरोमणि अकाली दल का नया कार्यक्रम बताया गया। इसमें आर्थिक, राजनीतिक, सांस्कृतिक, धार्मिक आदि विभिन्न विषयों से संबंधित प्रस्ताव थे। इसके आर्थिक प्रस्ताव में जाट सिख किसानों के हितों के अनुरूप सब कुछ था जो अकाली दल का मेरुदंड हैं। प्रस्ताव में सब ही सिखों को एक राष्ट्र के रूप में बताया गया। इसमें कुछ बातें युक्तिसंगत भी थीं जैसे केंद्र राज्य संबंधों को फिर से परिभाषित करना। वैसे उनका अंतिम लक्ष्य 'खालसा जी का बोलबाला,' हासिल करना था। जबकि उनकी अन्य मांगों के बारे में

वार्ता हो सकती थी और उनकी कुछ शिकायतें जायज भी थीं, लेकिन सिखों को 'राष्ट्रीयता' का दर्जा देने पर विरोध प्रकट किया गया। यह तो भारतीय लोकतंत्र के अंतर्गत एक धर्मतंत्र स्थापित करने की मांग सरीखा था। इस के लिए यह तर्क दिया जाता है कि धर्मतंत्र न केवल लोकतंत्र का, जो कि अपने सभी नागरिकों को समान दर्जा देता है, विलोम है, बल्कि यह सिख सिद्धांतों के भी खिलाफ है जो पूरी तरह से समतावादी हैं।

1992 के पंजाब विधानसभा चुनावों का अकालियों ने बहिष्कार किया क्योंकि उग्रवादियों ने उनसे ऐसा करने या फिर उनकी गोलियों का सामना करने की धमकी दी थी। 1994 में उग्रवाद काफी हद तक कम हो गया था। पंजाब के कांग्रेसी मुख्यमंत्री बेअंत सिंह की शहीदी ने स्थिति को फरवरी 1997 के चुनावों को शांतिपूर्वक संपन्न कराने के अनुकूल बना दिया। उग्रवाद असफल हो गया था। अत: अकालियों ने सत्ता में आने के लिए मतपत्र का सहारा लिया। उसी भारतीय संविधान के अंतर्गत जिसकी उन्होंने सिख उग्रवाद की चढ़ती के समय भर्त्सना और बहिष्कार किया था।

●

❖ 8 ❖

खालिस्तान आंदोलन की शुरुआत

खालिस्तान के लिए आंदोलन 1970 में काफी सक्रियता के साथ शुरू हुआ। इसके मुख्य प्रस्तावक हताश सिख युवक, सेवानिवृत्त सिख प्रशासक और वे हताश सिख राजनीतिज्ञ थे जिनको अकाली सरकारों में मंत्री पद नहीं दिया गया था। इन्होंने सिख होमलैंड के लिए आंदोलन आरंभ कर दिया ताकि सरदार प्रकाश सिंह बादल के नेतृत्व वाली अकाली सरकार परेशानी में पड़े। पंजाब में आम धारणा यह है कि कांग्रेस नेताओं ने अकाली सरकार को अपदस्थ करने के लिए इन अकाली संगठनों को शह दी।

इस संदर्भ में हमें दल खालसा और नेशनल काउंसिल फार खालिस्तान के उद्‌भव व भूमिका का अध्ययन करना होगा।

दल खालसा

यह 'यंग सिख असोसिएशन' के नाम से एक छोटा सा संगठन था। इसका मुख्यालय चंडीगढ़ में था। अगस्त 1978 में चंडीगढ़ में एक सेमिनार हुआ जिसमें सिख सिद्धांतियों के सभी छिटपुट गुटों को एक मंच पर लाया गया। ये सभी इकाइयां एक नए संगठन दल खालसा में विलयित हो गईं। यह एक ऐतिहासिक नाम था जिसके अंतर्गत सभी युद्धरत सिख मिसिल एकत्र हुए थे। इस सेमिनार में सिख साहित्य के सभ्याचानी

केंद्र ने पूरा सहयोग दिया। यह कट्टरपंथियों का एक छोटा सा सेल था जिसका कार्यालय चंडीगढ़ के गुरुद्वारा अकाल गढ़ में था। सरदार जसबीर सिंह इसके सचिव थे।

दिसंबर 1979 में गुरुदासपुर में दल खालसा की शीर्ष समिति की बैठक हुई। इसके अनुसार निम्न पंचों को सिखों को खालिस्तान के भाग्यपथ पर चलने के निर्देशन का कार्य सौंपा गया :

1. हरसिमरन सिंह, चंडीगढ़, मुख्य पंच।
2. गजिंदर सिंह, चंडीगढ़, पंच।
3. सतनाम सिंह, पाउंटा साहब, जिला नाहन (हि.प्र.), पंच।
4. ठेकेदार जसवंत सिंह, जिला लुधियाना।

इनके अलावा दल में कुछ और कट्टरपंथी सदस्य भी थे।

दल खालसा के दो उद्देश्य थे :

1. सिख धर्म की उसके विरोधियों से रक्षा करना।
2. खालसा राज की स्थापना करना।

दल में अधिकांश गैरजाट शहरी धर्मांध सिख शामिल थे। ये लोग बाद में विमान अपहरण, गायों के सिर काट पर हिंदुओं के धार्मिक स्थलों पर फेंकने और इधर-उधर बम विस्फोट करने के कामों में लगे रहे। गौरतलब है कि यह संगठन उस समय बना जब पंजाब में अकाली सरकार थी। एक पंथक कमेटी के अध्यक्ष डा. सोहन सिंह ने दल की गतिविधियों में मुख्य भूमिका निभाई। इसके अधिकांश सक्रिय सदस्य चंडीगढ़ केंद्र शासित प्रदेश से थे। उन की बैठकें भी वहीं होती थीं। लेकिन न तो केंद्र शासित प्रदेश के प्रशासन ने और न ही गृह मंत्रालय ने, जिसके अधीन केंद्र शासित प्रदेश आता है, इस संगठन की गतिविधियों पर कोई ध्यान दिया। हालांकि इसने पहली बार खुले आम खालिस्तान के लिए आंदोलन किया था और विमान अपहरण आदि हरकतों में लिप्त रही जिसकी चर्चा हम आगे करेंगे।

20 जनवरी 1980 को अकाली मंत्रिमंडल के पूर्व मंत्री डा. जगजीत सिंह चौहान की सरपरस्ती में दल खालसा ने एक सेमिनार का आयोजन किया।

1 फरवरी 1981 को दल खालसा के सक्रिय कार्यकर्ताओं ने सिख सोफिस्टिकेट्स फोरम के एक सेमिनार में भाग लिया। इसकी अध्यक्षता दिल्ली की जामा मस्जिद के इमाम सैयद अब्दुल्ला बुखारी ने की। यह एक सरकारी इमारत, पंचायत भवन में हुआ। इस फोरम में खालिस्तान के निर्माण के लिए आवाहन किया गया। सिख बुद्धिजीवी और सेवानिवृत्त सिख अधिकारी इसमें शामिल हुए जिनमें डा. सोहन सिंह प्रमुख थे। उसके बाद से दल खालसा के सदस्य खुलेआम खालिस्तान समर्थक गतिविधियों में लग गए। मार्च 1981 में चंडीगढ़ में 45वीं सिख एजूकेशनल कांफ्रेंस हुई। इसमें भी उन्होंने खालिस्तान समर्थक नारे लगाए।

अफवाह गर्म थी कि दल खालसा कांग्रेस, खासतौर पर ज्ञानी जैल सिंह ने सत्तारूढ़ अकाली सरकार को परेशानी में डालने की गरज से बनाया है। अगर वह 1979 में चुनाव जीत जाती है तो इससे उसकी बर्खास्तगी का रास्ता बन जाएगा। गजिंदर सिंह पंछ की अगुआई में दल खालसा के पांच सदस्यों ने 29 सितंबर 1981 को दिल्ली से श्रीनगर जाने वाले विमान का चंडीगढ़ में अपहरण कर लिया और उसे लाहौर ले गए। पाकिस्तानी कमांडो दल अपहरणकर्ताओं पर काबू पाने में सफल रहा। बोइंग 737 विमान उसके 107 यात्रियों के साथ सुरक्षित भारत को लौटा दिया गया। परन्तु अपहरणकर्ताओं को भारत को नहीं दिया गया। भारत के अनेक बार विरोध प्रकट करने पर लाहौर में एक विशेष अदालत ने पांचों अपहरणकर्ताओं को आजीवन कारावास की सजा सुनाई।

इस अपहरण कांड के बाद पंजाब व चंडीगढ़ की पुलिस ने दल के विरुद्ध कार्रवाई करते हुए उसके लगभग सभी सदस्यों को गिरफ्तार कर लिया। इससे पहले हरसिमरन सिंह ने स्वर्ण मंदिर में एक पत्रकार सम्मेलन करके डींग मारी थी कि मुख्य पंच की हैसियत से वह ऐसे और भी अपहरणों का बंदोबस्त करेंगे। इस पर दरबारा सिंह मंत्रिमंडलल ने गृहमंत्रालय पर दबाव डालना आरंभ किया कि दल खालसा को गैरकानूनी घोषित करके उस पर प्रतिबंध लगाया जाए। जितनी बार भी यह अनुरोध किया गया, मंत्रालय ने इसे अस्वीकार कर दिया। क्या यह मंत्रालय का आकलन था कि दल खालसा पर प्रतिबंध लगाने की आवश्यकता नहीं है या फिर ऐसा दरबारा सिंह मंत्रालय को अस्थिर करने

के लिए किया जा रहा था? उल्लेखनीय है कि 7 जून 1981 को गृहमंत्री ज्ञानी जैल सिंह ने दरबारा सिंह मंत्रालय को खालिस्तानी तत्वों के साथ नर्मी बरतने पर बर्खास्त करने की धमकी दी थी। दरबारा सिंह और ज्ञानी जैल सिंह के मतभेद ने पंजाब में संकट की स्थिति उत्पन्न कर दी थी।

दल खालसा के प्रति उनके अलग-अलग रवैये पर *इकोनामिक एंड पोलिटिकल वीकली* ने अपने मई 1982 के अंक में इस तरह टिप्पणी की:

"इस तरह जबकि केंद्रीय गृहमंत्री राज्य सभा में चर्चा के दौरान पंजाब की स्थितियों पर यह तर्क दे रहे थे कि दल खालसा की समस्या को राजनीतिक तरीके से सुलझाया जाना चाहिए ... उसी दिन राज्य के मुख्यमंत्री अमृतसर में कह रहे थे कि उनकी सरकार एक बार फिर केंद्र से दल खालसा पर प्रतिबंध लगाने की सिफारिश करेगी।"

यह एक विडंबना और स्वार्थसाधक राजनीतिक की अतिशयता ही है कि पंजाबी सूबा का विचार डा. भीमराव अंबेडकर ने दिया और कांग्रेसी नेतृत्व ने अकाली सरकार को अस्थिर करने के उद्देश्य से उसे शह दी।

नेशनल काउंसिल फार खालिस्तान

यह अपेक्षाकृत काफी बड़ी उम्र के लोगों का लघु संगठन था, जबकि दल खालसा युवाओं का संगठन था। इस का संगठन होशियारपुर के जगजीत सिंह चौहान और तरन तारन के बलबीर सिंह सिद्धू ने किया था। डा. जगजीत सिंह ने अमृतसर से एम.बी.बी.एस. की उपाधि हासिल की थी और वह पेशे से डाक्टर थे। वह पंजाब विधान सभा के लिए तीन बार चुने गए। उनको जस्टिस गुरनाम सिंह की पंजाब की पहली अकाली सरकार में वित्त मंत्री का पद दिया गया। वह 1967 से 1969 तक इस पद पर रहे। 1969 के मध्यायवधि चुनाव के बाद उनको दूसरी अकाली सरकार में स्थान नहीं मिला। वह सिख होमलैंड की विचारधारा के प्रचार के लिए इंगलैंड, अमेरिका और कनाडा गए। 1977 में अकालियों के फिर से सत्ता में आ जाने पर वह स्वदेश लौट आए और उन्होंने खुद को सिख राजनीति में पुनर्स्थापित करने का प्रयत्न किया। वह सफल न हो सके और उनको सरकार में कोई स्थान नहीं मिला। हताश हो कर उन्होंने इंकलाबी अकाली दल का गठन

किया लेकिन अनुयायी नसीब न हुए। उन्होंने घोषणा की कि सिखों को 1980 का वर्ष खालिस्तान के वर्ष के रूप में मनाना चाहिए। उनको कुछ सेवानिवृत्त सिख अधिकारियों व बुद्धिजीवियों का समर्थन मिला। ये लोग उनके द्वारा स्वर्ण मंदिर में एक खिलौना ट्रांस्मीटर लगाने में सफल होने से प्रभावित हो गए थे।

बलदेव सिंह सिद्धू अमृतसर के गुरु अर्जुन देव खालसा स्कूल में टीचर थे। बाद में वे गुरुदयाल सिंह ढिल्लों के कहने पर श्री गुलजारी लाल नंदा के भारत सेवक समाज में शामिल हो गए। बलबीर सिंह सिद्धू ने जालंधर के पंचायती राज ट्रेनिंग सेंटर में प्रिंसिपल के तौर पर भी काम किया। 1968 में केंद्र के बंद हो जाने पर वह डा. जगजीत सिंह के संपर्क में आए जो खुद भी बेरोजगार थे। 1977 में डा. जगजीत सिंह के पंजाब लौटने पर उन्होंने कोई नया कार्यक्रम बनाने पर विचार किया। हालांकि 1977 में डा. जगजीत सिंह ने इस लेखक को बताया था कि उन्होंने राजनीति छोड़ दी है और अपना सारा समय सिख धर्म के प्रचार में लगाएंगे। 1978 में किसी समय डा. जगजीत सिंह और बलबीर सिंह ने इकट्ठे अक्ल भिड़ाई। उस वक्त जब प्रकाश सिंह बादल ने उनको सरकार में कोई पद नहीं दिया। हताश हो कर उन्होंने नेशनल काउंसिल फॉर खालिस्तान बना डाली। मई 1980 में डा. जगजीत सिंह विदेश चले गए। वहां उन्होंने न केवल अपने स्थायी मुख्यालय इंगलैंड में नेशनल काउंसिल फार खालिस्तान को स्वरूप दिया बल्कि उसकी शाखाएं बनाने और धन एकत्रित करने के लिए अमेरिका व कनाडा भी गए।

भारत में बलबीर सिंह नेशनल काउंसिल फार खालिस्तान के स्वयंभू महासचिव थे। (अध्यक्ष डा. जगजीत सिंह थे।) 13 अप्रैल 1981 के बैसाखी वाले दिन उन्होंने एक व्यक्ति गोपाल सिंह शहीदी को दरबार साहब में खालिस्तान का पासपोर्ट भी दिया। इससे पहले 20 अगस्त 1980 को इंगलैंड के खालिस्तान सरकार के शिविर कार्यालय से सब अखबारों को एक तीस पैसे की खालिस्तान सरकार की डाक टिकट भी भेजी गई थी।

3 नवंबर 1980 को एक मीटिंग में बलबीर सिंह सिद्धू ने बताया कि डाक्टर जगजीत सिंह 151 सदस्यों की खालिस्तान काउंसिल का गठन कर रहे हैं। इनमें से 100 सदस्य पंजाब, हरियाणा, हिमाचल प्रदेश और दिल्ली से होंगे।

शेष 51 अन्य देशों से होंगे। बाद में उन्होंने बताया कि नेशनल काउंसिल आफ खालिस्तान ने 4 दिसंबर 1980 से टोरोंटो, कनाडा में अपना कार्यालय खोल लिया है।

स्वर्ण मंदिर के सुरक्षित परिसर से अपनी गतिविधियां चलाने वाले बलबीर सिंह सिद्धू ने सभी बिखरे हुए खालिस्तानी गुटों को एकत्र करने का प्रयास किया। दल खालसा ने उनके साथ पूरे सहयोग से काम करना शुरू कर दिया क्योंकि दोनों का लक्ष्य एक ही था।

काउंसिल फार खालिस्तान ने दावा किया कि उसने वाशिंगटन, न्यूयार्क, टोरोंटो, विनिंग, सैन फ्रांसिस्को, लॉस एंजेल्स, ह्यूस्टन और यूवा सिटी में अपने काउंसिलेट्स खोल लिए हैं। काउंसिल फॉर खालिस्तान में बहुत से वयोवृद्ध लोग भी थे। उनमें से दो, उजागर सिंह रंधावा और मास्टर हजारा सिंह मिसरीवाला मरने के कगार पर थे। उनसे कहा गया कि 18 अप्रैल 1981 को भारत-पाक सीमा पार करके खालिस्तानी झंडा फहराएं। बाद में इन दोनों को पुलिस ने गिरफ्तार कर लिया।

जिम्मेदार अकाली नेताओं ने बलबीर सिंह सिद्धू के कारनामों को 'विदूषक की हरकतें' कह कर उनकी भर्त्सना की। उन्होंने काउंसिल के गठन के लिए कांग्रेस को जिम्मेदार बताया जिसने सिखों में फूट डालने और अकालियों को बदनाम करने के लिए यह हरकत की थी। लेकिन यह तो सच है कि शिरोमणि गुरुद्वारा प्रबंधक कमेटी ने बलबीर सिंह सिद्धू को गुरु नानक निवास में कमरा नंबर 32/25 देकर वहां शरण दी थी। बलबीर सिंह को गिरफतारी का इतना खौफ था कि वह कभी स्वर्ण मंदिर परिसर से बाहर नहीं निकले। डा. जगजीत सिंह के अनुसार बलबीर सिंह सिद्धू आपरेशन ब्लू स्टार के दौरान भाग निकले थे और उन्होंने पाकिस्तान में जाकर शरण ली।

जिस तरह कांग्रेस में मतभेद हैं उसी तरह अकाली राजनीति भी गुटबाजी से ग्रस्त है। इसका पंजाब की जनता पर बहुत ध्वंसकारी प्रभाव पड़ा है। उनकी गुटबाजी उग्रवाद की प्रतिस्पर्धा और एक-दूसरे से बेहतर दिखने में है। इसने अकाली दल को टुकड़ों में बिखेर दिया और पंजाब को अभूतपूर्व संकट में

धकेला। गिरिलाल जैन ने टिप्पणी की, ''गुटबाजी अकालियों के लिए अपने आप में उसी तरह एक लक्ष्य बन गया है जैसे उनकी पद लिप्सा।''

सिख राजनीति में गुटबंदी की शुरुआत 1962 से मिलती है। तब तक मास्टर तारा सिंह सिखों के एकछत्र नेता थे। लेकिन तब उनके प्रभुत्व को संत फतह सिंह ने चुनौती दी। संत फतह सिंह ने एस.जी.पी.सी. और अकाली दल पर अपना कब्जा जमा लिया। उनके मतभेद बहुत गंभीर हो गए। इससे पंजाब की राजनीति पर गहरा दुष्प्रभाव पड़ा जो नवंबर 1967 में मास्टर तारा सिंह के निधन तक जारी रहा।

अकालियों ने पहले पहल 1967 में अपनी सरकार बनाई, जो युनाइटेड फ्रंट की सरकार कहलाती थी। (8.3.67 से 14.11.67 तक)। संत फतह सिंह ने मुख्यमंत्री जस्टिस गुरनाम सिंह पर नाक-भौं सिकोड़नी शुरू कर दी। उनको ईमानदार समझा जाता था लेकिन उन्होंने अकाली सरकार की सरपरस्ती में पैसा बनाने वाली एक महिला की गतिविधियों के प्रति अपनी आंखें मूंद रखी थीं। सरकार को गद्दीनशीन हुए मुश्किल से आठ महीने ही हुए थे कि मास्टर तारा सिंह गुट के एक लोक निर्माण विभाग के ठेकेदार लक्ष्मण सिंह गिल कांग्रेस के फुसलाने में आ गए। उन्होंने गुरनाम सिंह सरकार गिरा दी। लेकिन लक्ष्मण सिंह गिल की सरकार भी अधिक दिन न टिक सकी। पर इससे कांग्रेस अकालियों में फूट डालने में कामयाब रही। 1969 में मध्यावधि चुनाव हुए। इनमें भी कांग्रेस को विजय का मुंह देखना नसीब न हुआ। अकालियों और बीजेपी ने मिल कर वहां संयुक्त सरकार बनाई। यह 14 महीने तक टिकी रही। एस. गुरनाम सिंह को कांग्रेस का पिट्ठू होने के आरोप में अकाली दल से निकाल दिया गया। कांग्रेस ने एक और गैर कांग्रेसी सरकार बनाने से रोकने का भरसक प्रयास किया लेकिन प्रकाश सिंह बादल मार्च 1970 में दो गैर अकाली मंत्रियों बीजेपी के बलराम टंडन और स. बलवंत सिंह के साथ सरकार बनाने में सफल रहे।

1977 में प्रकाश सिंह बादल ने अकाली जनता सरकार बनाई। केवल एक साल यह सरकार ठीकठाक चली। लेकिन उसके बाद प्रकाश सिंह बादल से शिरोमणि अकाली दल के अध्यक्ष जगदेव सिंह तलवंडी खफा हो गए। यह गुटबाजी की राजनीति का खेदजनक उदाहरण था कि अकाली दल

ने अकाली सरकार की ही बर्खास्तगी का आवाहन किया। इसके लिए 26 सितंबर 1979 को जत्थेदार तलवंडी और गुरचरण सिंह तोहड़ा अकाल तख्त के प्रमुख संधू सिंह भौरा से मिले। उन्होंने केशगढ़ के गुरदयाल सिंह अजनोहा और अन्य तख्त प्रमुखों के साथ मिलकर अकाली गुटों को अपने मतभेद भुलाने को कहा।

अंततः सरदार प्रकाश सिंह बादल, जत्थेदार हरचरण सिंह लोंगेवाल और जत्थेदार गुरचरण सिंह तोहड़ा इस संघर्ष में विजयी रहे। जगदेव सिंह तलवंडी ने अपना अलग गुट बना लिया। इसे शिरोमणि अकाली दल (तलवंडी) नाम दिया गया। 1981 के बैसाखी वाले दिन आनंदपुर साहब में जगदेव सिंह तलवंडी ने आनंदपुर साहब प्रस्ताव के अनुरूप पंजाब देश काल के गठन का आवाहन किया। उन्होंने नई दिल्ली में एक सांकेतिक सत्याग्रह भी आरंभ किया। लोगों ने पूछा कि वह 1981 और 82 में किसके हाथों में खेल रहे थे?

●

❖ 9 ❖

कट्टरपंथ को भड़काना

संत बाबा दयाल दास (1783-1855) ने निरंकारी पंथ का प्रवर्तन किया था। वह महाराजा रणजीत सिंह के समसामयिक थे। वह पेशावर में सोने-चांदी का व्यापार करते थे। उनके पूर्वज काबुल से आए थे। वह मूलत: हिंदू थे पर बाद में सिख बन गए। असल में महाराजा रणजीत सिंह के शासन काल में अफगानिस्तान और पश्चिम पंजाब के हिंदू बड़ी संख्या में सिख धर्म के प्रभाव में आए। जिन्होंने दीक्षा ली। वे सिख समुदाय में शामिल हो गए। बाकियों ने हिंदू देवी देवताओं की पूजा करनी और वेद पाठ छोड़ कर गुरुद्वारे जाना और गुरु ग्रंथ साहब का श्रवण-अध्ययन आरंभ कर दिया। इन हिंदुओं में एक बेटे को केशधारी सिख बनाने की प्रथा चल गई। निरंकारियों के आधे हिंदू आधे सिख समुदाय में खत्री, अरोरा और बनिया जाति के अधिक थे। इनमें से बहुत से बाबा दयाल दास के अनुयायी बन गए। इस तरह निरंकारियों में गैर जाट सिख और हिंदू अधिक थे। उनमें कुछ सुनार, बढ़ई आदि जातियों के भी थे। 1947 मे उनका प्रभाव उत्तर पश्चिम सीमाप्रांत और कश्मीर तक सीमित था।

बाबा दयाल दास मूर्ति पूजा के विरोधी थे। वह साधु संतों का अत्यधिक आदर करने और ब्राह्मणों के कर्मकांड के भी विरोधी थे। उनका कहना था कि परमात्मा निराकार है। इसी से उनके मत का निरंकारी नाम पड़ा।

निरंकारियों का केंद्र रावलपिंडी से चार किलोमीटर दूर दयालसर में था। भारत विभाजन के बाद उनका केंद्र अमृतसर में और बाद में चंडीगढ़ स्थानांतरित हो गया। 13 जनवरी 1855 को बाबा दयाल दास के स्वर्गवास के बाद उनके अग्रज पुत्र बाबा दरबारा सिंह ने मिशन के नेतृत्व का काम संभाला। 1870 तक वह मिशन के दूसरे गुरू रहे। 56 साल की अवस्था में उन्होंने अपने छोटे भाई रतन चंद (1830-1909) को अपने पुत्र पर तरजीह देते हुए गद्दी का वारिस बनाया। रतनजी ने पूरी निष्ठा के साथ सुधार कार्य को आगे बढ़ाया।

साहब रतन जी के बाद बाबा गुरदित सिंह निरंकारी प्रमुख हुए। वह शिरोमणि गुरुद्वारा प्रबंधक कमेटी के सदस्य थे। वह गुरुद्वारों में सुधार के प्रबल समर्थक थे।

स्वाधीनता के बाद साहब हारा सिंह (1887-1971) ने चंडीगढ़ में मिशन के केंद्र की स्थापना की। उन्होंने देश भर में बिखरे निरंकारियों को संगठित करने का कार्य किया। 1971 में उनके स्वर्गवास के बाद उनके बड़े सुपुत्र बाबा गुरबक्श सिंह निरंकारी प्रमुख बने। डा. मानसिंह को साहब हारा सिंह ने परामर्शदाता नियुक्त किया था। वह निरंकारी दरबार के अध्यक्ष बनाए गए।

निरंकारियों के एक पृथक गुट निरंकारी मंडल की सिख विरोधी विचारधारा के कारण काफी आलोचना हुई है। दिल्ली में मुख्यालय वाले मंडल की स्थापना बाबा अवतार सिंह ने की थीं। यह गुट बाबा गुरदित सिंह जी के समय में अलग हो गया था।

बाबा गुरबचन सिंह के समय में सिख-निरंकारी विवाद बहुत बढ़ा। इस समय उनके पुत्र बाबा हरदेव सिंह संप्रदाय के प्रमुख हैं।

निरंकारियों के सिखों से मतभेद इस प्रकार हैं :

1. गुरु गोविंद सिंह ने हुक्म दिया था कि उनके बाद कोई गुरु नहीं होगा। उन्होंने आगे आदेश दिया था कि गुरु ग्रंथ साहब को प्रकट गुरु की देह समझा जाए और उसकी वाणी को गुरू का संदेश माना जाए।

लेकिन निरंकारियों ने अपने प्रमुख को गुरु पुकारने का आग्रह किया। गुरु ग्रंथ साहब के स्थान पर इस देहधारी गुरु को मानने से अमृतधारी सिख भड़क उठे।

2. गुरूपद से गुरू ग्रंथ साहब का बहिष्कार।
3. संपूरन अवतार बानी में अवतार सिंह ने अपने आप को गुरू कहा और खुद को गुरू नानक देव के बराबर बताया।
4. निरंकारी प्रमुख अवतार सिंह ने कहा कि निरंकारियों के लिए केश और दाढ़ी रखना अनिवार्य नहीं।
5. सिख जो अमृत चखते हैं उसे दोधारी तलवार से पवित्र किया जाता है जैसाकि गुरू गोविंद सिंह जी ने बैसाखी वाले दिन 1699 में किया था। इसे खांडे का अमृत कहते हैं। निरंकारी मंडल ने इसके स्थान पर चरण अमृत का प्रचलन किया। वह पानी जिससे निरंकारी गुरू के चरण धोए गए हों।
6. नाम सिमरन की अस्वीकृति।
7. सिखों के पांच प्यारों के स्थान पर सात प्यारों या सात सितारों का प्रचलन।

निरंकारियों ने गुरदासपुर और अमृतसर में अपने मत का प्रचार बहुत जोरशोर से आरंभ कर दिया। तब एक आई. एस. अधिकारी सरदार निरंजन सिंह वहां डिप्टी कमिश्नर थे। उस समय पंजाब के मुख्य सचिव भी निरंकारी थे। 1975-76 के उस काल में पंजाब की कांग्रेसी सरकार ने गुरूदर्शन प्रकाश गुरूद्वारा से दमदमी टकसाल की शिकायतों की अवहेलना की। यह गुरूद्वारा मेहता में गुरूदासपुर और अमृतसर जिले की सीमा पर था। टकसाल वालों को निंरकारी अधिकारयों द्वारा परेशान किए जाने की शिकायतें थीं। खासतौर पर गुरूदासपुर के डिप्टी कमिश्नर सरदार निरंजन सिंह द्वारा। वह सात सितारों में से एक थे। इस तरह ज्ञानी जैल सिंह के नेतृत्व वाली पंजाब सरकार ने अपनी अवहेलना से सिख निरंकारी संघर्ष की बुनियाद डाल दी। इससे क्षुब्ध दमदमी टकसाल और अखंड कीर्तनी जत्था ने हथियार उठा

लिए। सिखों को इस तरह उकसा कर कट्टरपंथ की तरफ धकेलने की जिम्मेदारी पंजाब की तत्कालीन कांग्रेसी सरकार और निरंकारियों की है। इन्हीं लोगों ने संत जरनैल सिंह भिंडरांवाले को फ्रैंकेस्टीन बनाया ओर सिखों के दिलों में पंथ को खतरे में होने का शक पैदा किया।

1978 के बाद की घटनाएं

1978 और 1984 ये दो साल अंधेरे में घिरे पंजाब के इतिहास के जलविभाजक वर्ष हैं। 1978 में पंजाब में सिख कट्टरपंथ उभरा जो 1984 के आपरेशन ब्लू स्टार के बाद अलगाववाद में बदल गया। 1984 से पहले खालिस्तान की मांग मुट्ठी भर लोग कर रहे थे। लेकिन उसके बाद अधिकांश सिख यह सोचने लगे कि उनका हित अलग होमलैंड बनाने में ही है।

निरंकारियों और अखंड कीर्तनी जत्थे व दमदमी टकसाल के बीच सुलगता संघर्ष 13 अप्रैल 1978 के बैसाखी के दिन भड़क उठा। उस दिन सरदार प्रकाश सिंह बादले के नेतृत्व वाली अकाली सरकार ने निरंकारियों को अमृतसर के रेलवे मैदान में सम्मेलन करने की अनुमति दे दी थी। इससे अखंड कीर्तनी जत्थे वालों और दमदमी टकसाल को लगा कि सरकार ने उनके साथ दगा की है। वित्त मंत्री सरदार जीवन सिंह उमरानांगल ने अनुमति का औचित्य सिद्ध करने की कोशिश की तो भाई अमरीक सिंह ने अखंड कीर्तनी जत्थे को अपने आग उगलने वाले भाषणों से भड़काया क्योंकि वह उमरानांगल की वजह से शिरोमणि गुरूद्वारा प्रबंधक कमेटी का चुनाव हार जाने से जले-भुने बैठे थे। अखंड कीर्तनी के सदस्यों और निरंकारियों के बीच हुई गोलीबारी में जत्थे के 13 सदस्य मारे गए।

इसमें तीन निरंकारी और दो राहगीर भी मारे गए। इस गोलीकांड में मरने वालों में पंजाब सरकार का एक कृषि इंस्पेक्टर फौजा सिंह भी था। उसकी विधवा अमरजीत कौर ने वहीं पर निरंकारियों से अपने पति की मौत का बदला लेने की शपथ ली। इस तरह निरंकारियों ने सिख उग्रवाद की आग भड़काई और खुद को बेगुनाह, मासूम बताते रहे।

पंजाब सरकार ने फौजा सिंह व अन्य की हत्या के आरोप में निरंकारी प्रमुख व उनके साथ इस वारदात में लिप्त अन्य लोगों के खिलाफ मामला दर्ज किया। हमेशा की तरह मुकदमा बहुत विलंब तक चलता रहा और अंततः करनाल की सेशन अदालत ने निरंकारी प्रमुख गुरबचन सिंह को आरोप से मुक्त कर दिया। संत भिंडरांवाले ने अपनी योजना तैयार कर रखी थी। कुछ उग्रवादियों ने मध्यप्रदेश में निरंकारी गुरू को ट्रक भिडंत में मारने की कोशिश की। अंत में निरंकारी गुरू गुरबचन सिंह की 20 अप्रैल 1980 को नई दिल्ली में उनके अपने ही आवास पर पूर्वनियोजित तरीके से हत्या कर दी गई। मामला सीबीआई के सुपुर्द किया गया। जांच करके सीबीआई ने कुछ अपराधियों को पकड़ा। वे इस निष्कर्ष पर पहुंचे कि इस हत्या के पीछे संत भिंडरांवाले का हाथ था। एक बार उनसे स्वर्ण मंदिर में पूछताछ करने के बाद सीबीआई ने सारा मामला पंजाब सरकार को सौंपने के सिवा और कुछ नहीं किया। ऐसा सरदार दरबारा सिंह को परेशानी में डालने के लिए किया गया था। निरंकारी प्रमुख की हत्या के इस मामले में सिर्फ भाई रनजीत सिंह को सजा हुई। बाकी सब को बरी कर दिया गया। भाई रनजीत सिंह ने जो अकाल तख्त के मुख्य ग्रंथी थे, अंततः गुजराल सरकार से क्षमादान पा लिया।

इन दोनों संगठनों ने किसी भी निरंकारी या हिंदू की हत्या न की होती अगर बाबा गुरबचन सिंह व उनके साथ के अन्य आरोपियों का मुकदमा तेजी से चलाया जाता और उसके फलस्वरूप उनको सजा होती। लेकिन ऐसा नहीं हुआ। कुछ प्रभावशाली हिंदुओं ने निरंकारी प्रमुख को बचाने की कोशिश की। इस पर कट्टरपंथियों ने 1978 को बैसाखी के दिन अपना प्रण पूरा करने का संकल्प लिया।

यह आग अकाल तख्त से 10 जून 1978 को सिखों के लिए जारी किए गए एक हुकमनामे ने भी भड़काई। इस हुकमनामे में सिखों को निंरकारियों का बहिष्कार करने के लिए कहा गया था। इसका सबसे संगीन हिस्सा वह था जिसमें निरंकारियों के उत्थान को 'किसी भी जायज तरीके से रोकने' का आदेश दिया गया था। दमदमी टकसाल और अखंड कीर्तनी जत्थे

के अनुयायियों के मुताबिक इस जायज तरीके में हत्या करना भी शामिल था। लिहाजा उन 13 निरंकारियों की एक हिट लिस्ट बनाई गई जिन पर दमदमी टकसाल और अखंड कीर्तनी जत्था के अनुगामियों पर गोली चलाने का शक था। इन सभी 13 निरंकारियों की सितंबर 1981 से 1982 के अंत तक मोटरसाइकिल सवार उग्रवादियों ने हत्या कर दी।

●

❖ 10 ❖

सिख कट्टरपंथ के उपकरण

13 अप्रैल 1978 के बैसाखी वाले दिन के हत्याकांड के बाद दमदमी टकसाल और अखंड कीर्तनी जत्था दोनों ने अपने अनुयायियों को निरंकारियों से बदला लेने के इरादे से हथियारों का प्रशिक्षण देना आरंभ कर दिया। यह एक ऐसा हत्याकांड था जिसने पंजाब को एक दशक से अधिक समय तक के लिए खून से लथपथ हत्याओं का मैदान बना दिया।

हिंसा के उस दौर में, जो अगस्त-सितंबर 1981 के बाद पंजाब में चला, अखंड कीर्तनी जत्थे, दमदमी टकसाल और शिरोमणि गुरूद्वारा प्रबंधक कमेटी का सिख कट्टरपंथ के ज्वालामुखी के फटने मे विशेष हाथ रहा। अकाली दल के पृथकतावादी गुट दल खालसा और काउंसिल फॉर खालिस्तान और पाकिस्तान की उनको मदद ने मिल कर भारत की अखंडता के लिए गंभीर खतरा पैदा कर दिया।

इसलिए अगर हमें इस त्रासदी से सही सबक सीखने हों तो इन संगठनों के बारे में जानना जरूरी है।

अखंड कीर्तनी जत्था

इसकी स्थापना लुधियाना जिले के नारंगवाल गांव के भाई रणधीर सिंह ने 1908 में की थी। उन्होंने एक जत्था बनाया और बाद में वहां एक खालसा

हाई स्कूल भी खोला। 1909 में उन्होंने पंथ खालसा दीवान की स्थापना की। आज जिसे हम अखंड कीर्तनी जत्था कहते हैं, ये उसके पूर्वगामी थे। इसका मूल नाम पंथ खालसा दीवान था। भाई रणधीर सिंह एक धर्मानुरागी सिख थे। उनके विचार से सिख धर्म की शुद्धता को बनाए रखना बहुत आवश्यक है। एक रूढ़िवादी सिख होने के कारण उन्होंने कभी भी अपने बड़े सरकारी अधिकारियों की भी परवा नहीं की जिनके मातहत वह काम करते थे। उन्होंने तरक्की के प्रस्ताव भी ठुकरा दिए ताकि पंथ खालसा दीवान का काम भली भांति देख सकें।

उग्रवादी परंपरा

पहले विश्वयुद्ध के जमाने में कभी उन्होंने दिल्ली के गुरुद्वारा रकाब गंज की चारदीवारी के एक हिस्से का निर्माण करने के लिए सफल आंदोलन चलाया। बाद में उन्होंने और उनके अनुयायियों ने फिरोजपुर छावनी की सेना को विद्रोह के लिए उकसाने की साजिश में गहरी दिलचस्पी ली। उनका भांडा फूट गया तो रणधीर सिंह को गिरफ्तार कर लिया गया। उन्हें 15 साल की सजा हुई।

विभाजन के समय दीवान के सदस्यों ने सिखों और उनके स्मृति चिन्हों की रक्षा के लिए अनेक कदम उठाए।

1947 में किसी समय पंथ खालसा दीवान का नाम बदल कर अखंड कीर्तनी जत्था कर दिया गया। उस समय ये मुख्य लक्ष्य निर्धारित किए गए :

लक्ष्य :
1. गुरबानी का प्रचार करना।
2. सिख पंथ के सिद्धांतों व परंपराओं को बनाए रखना और उनको पुष्ट करना।
3. समाज सेवा करना, (कीरत)।
4. किसी भी कीमत पर सिख पंथ और उसके धर्मग्रंथों की आलोचना सहन न करना।
5. लोहे के बर्तनों में भोजन करना।

वेश : उन्होंने स्त्री और पुरुषों के लिए अलग पोशाक का निर्धारण किया। यह परंपरागत सिख पोशाक से जरा भिन्न थी। स्त्रियों को अपने सिर पर एक काली पगड़ी सी पहननी होती थी और उसके ऊपर काला दुपट्टा। यह अन्य सिख महिलाओं से भिन्न था जिनको अपने सिर पर कुछ पहनने की आवश्यकता न थी। पुरुषों को अकालियों की नीली पगड़ी की जगह काली पगड़ी पहनने का आदेश हुआ।

भक्तिभाव: अखंड पाठ, कीर्तन और नाम जप पर बहुत अधिक जोर दिया गया।

1961 में रणधीर सिंह का निधन हुआ। उनके बाद तरनतारन के माल सिंह जत्थेदार बने। उनका निधन 1979 में हुआ। मालसिंह के समय में, विशेषत: 70 के दशक के मध्य में, निरंकारियों व परंपरावादी सिखों के बीच तनाव आरंभ हो गया था। गुरदासपुर के डिप्टी कमिश्नर निरंजन सिंह निरंकारी पंथ के अनुयायी थे। उनकी सरपरस्ती में गुरदासपुर में निरंकारियों ने अपने मत का जोरशोर से प्रचार-प्रसार किया। इधर अखंड कीर्तनी जत्थे के एक बहुत कट्टर अनुयायी सरकारी कर्मचारी फौजा सिंह थे। चक मामयां गांव में उनकी काफी जमीन थी। उनका फार्म अखंड कीर्तनी जत्थे की गतिविधियों का केंद्र बना। मार्च 1977 में वहां एक प्रशिक्षण कैंप लगाया गया। इसमें धार्मिक प्रशिक्षण के अलावा कीर्तनी जत्थे के सदस्यों को पंथ की रक्षा के लिए अग्नेयास्त्रों के प्रयोग का प्रशिक्षण भी दिया गया। अप्रैल 1978 में अमृतसर में निरंकारियों के साथ हुई गोलीबारी में मरने वाले 13 लोगों में 11 अखंड कीर्तनी जत्थे के थे। इसे अपने पंथ की रक्षा के लिए अखंड कीर्तनी जत्थे द्वारा कानून को अपने हाथों में लेने की शुरुआत कहा जा सकता है।

गतिविधियों की शुरुआत

फौजा सिंह की विधवा बीबी अमरजीत कौर निरंकारियों से बदला लेने की पथप्रदर्शक बनीं। उन्होंने 1979 में चक मामयां गांव में एक और प्रशिक्षण शिविर का आयोजन किया। इसमें शस्त्रों के प्रयोग का प्रशिक्षण दिया गया और शिविर में भाग लेने वालों से हर कीमत पर अपने धर्म व परंपराओं की रक्षा

करने को कहा गया। अमरजीत कौर ने भारी मात्रा में धन एकत्र किया और हथियार जमा करने शुरु कर दिए।

भारतीय वायुसेना के एक सेवानिवृत्त सक्वाड्रन लीडर भाई राम सिंह ने जत्थे का नेतृत्व संभाला। उस समय से और उसके बाद अखंड कीर्तनी जत्था बहुत से हथियार जमा करने में सफल रहा। ये सभी हथियार सुखदेव सिंह देसुवाल की देखरेख में स्वर्ण मंदिर के गुरू नानक निवास के एक कमरे में रखे गए।

हिंसा की कार्रवाइयों के लिए बनाया गया विशेष गुट : अखंड कीर्तनी जत्थे के प्रशिक्षित सदस्यों में से एक विशेष दस्ता उग्रवादी गतिविधियों के लिए गठित किया गया। इसमें सम्मिलित थे :

1. छत्तर सिंह, पुत्र सुजान सिंह, खत्री, निवासी कृष्ण नगरी, अमृतसर।
2. सुखदेव सिंह नागोक, अमृतसर।
3. सुरिंदर सिंह नागोक, अमृतसर।

इन सभी ने 1981 और 1982 की हिंसक वारदातों में भाग लिया।

दमदमी टकसाल

दक्षिण की ओर जाने की अपनी वेला में गुरू गोविंद सिंह जी ने बाबा दीप सिंह और भाई मनी सिंह को क्रमशः गुरुद्वारा दमदमा साहब, जिला भटिंडा और अमृतसर की देखरेख का काम सौंपा। (प्रसंगवश गुरू गोविंद सिंह जी कभी अमृतसर नहीं गए।) उन्होंने नौ महीनों में गुरू ग्रंथ साहब लिखवाया। जिसे भाई मनी सिंह ने लिखा। गुरूजी ने 48 सिखों को गुरूबानी कीर्तन करना सिखाया। इस कार्य को बाद में भाई मनी सिंह और बाबा दीप सिंह ने अपने हाथों में लिया। इन दोनों के नामों का सिख शहीदों में विशेष रूप से उल्लेख किया जाता है। बाबा दीप सिंह ने गुरू गंथ साहब की प्रतियां बनवा कर उनमें से प्रत्येक को हर तख्त पर रखवा दिया। यानी अकाल तख्त साहब अमृतसर, श्री केशगढ़ साहब, श्री पटना साहब और दमदमा साहब पर। बाबा दीप सिंह ने स्वर्ण मंदिर क्षेत्र में अहमद शाह अब्दाली की सेना से जूझते हुए मृत्यु को गले लगा लिया।

गुरू ग्रंथ साहब की प्रतियां बनाने और उसका प्रचार करने के लिए 'गुरमत विद्या टकसाल' की स्थापना की गई। अमृतसर में भाई मनी सिंह ने ग्रंथ साहब की व्याख्या करने और सिख इतिहास की गाथाएं सुनाने के कार्य पर ध्यान केंद्रित किया। टकसाल का गठन ऐसे प्रशिक्षित लोगों का जत्था बनाने के लिए किया गया था जो गुरू ग्रंथ साहब का पाठ कर सकें, उसका प्रचार कर सकें और दूसरों को भी इस काम में प्रशिक्षित कर सकें। इसका योगदान श्री ग्रंथ साहब की प्रतियां बनाने, उनकी व्याख्या लिखने और उस जमाने में पोथियां बनाने में है, जब मुद्रण नहीं होता था।

टकसाल का विभाजन शाखाओं और उपशाखाओं में हो गया। एक ऐसी ही शाखा संत बिशन सिंह मुरलेवाला के अधीन हुई। उन्होंने चोपाल में चिनाब नदी के तट पर अपना स्थान बनाया। बाद में 1905 में संत बिशन सिंह ने संत सुंदर सिंह को अपना उत्तराधिकारी चुना। वह जिला फिरोजपुर के गांव भिंडरांकलां से थे। इस तरह टकसाल को भिंडरांवाला, दमदमी टकसाल और चक्रवर्ती गुरमत प्रचार जत्था भिंडरां भी कहा गया। विभिन्न संतों के गद्दीनशीन होने को निम्न चार्ट में दिखाया गया है:

सुंदर सिंह भिंडरांवाले (1883-1930)

ज्ञानी गुरबचन सिंह (1930-1969)

संत करतार सिंह (1969-1977)

संत जरनैल सिंह भिंडरांवाले (1977-1984)

इस टकसाल की स्थापना ऐसे प्रशिक्षित लोगों का जत्था बनाने के लिए की गई थी जो गुरू ग्रंथ साहब का पाठ कर सके, उसका प्रचार करे और दूसरों को भी इसके लिए प्रशिक्षित कर सके। लेकिन शीघ्र ही इसे एक उग्रवादी संगठन के रूप में उभरना था।

ज्ञानी गुरबचन सिंह प्रचार करने के अतिरिक्त गुरूद्वारों के निर्माण में भी लग गए। उन्होंने श्री हरगोविंदपुर में एक सरोवर, गांव भाम में एक नया गुरूद्वारा और पंजोखड़ा साहब में एक सरोवर बनवाया।

31 जनवरी 1967 को पटना साहब में गुरू गोविंद सिंह जी की त्रिशताब्दी के अवसर पर ज्ञानी गुरबचन सिंह ने संत करतार सिंह को अपना वारिस घोषित

किया। संत करतार सिंह का जन्म 1932 में जिला अमृतसर की पट्टी तहसील के गांव भूरे गोहना में हुआ था। 1957 तक उन्होंने थोड़े अर्से तक मुक्तसर में पटवारी के तौर पर काम किया। वह ज्ञानी गुरबचन सिंह के पास आए और उनके पास रह कर गुरू ग्रंथ साहब का अध्ययन किया। संत करतार सिंह ने ही चौक मेहता जिला अमृतसर में गुरूद्वारा गुरूदर्शन प्रकाश का निर्माण करवाया। वह उग्र स्वभाव के थे और उनके समय से ही निरंकारियों व दमदमी टकसाल में वैर-विरोध आरंभ हुआ। उधर पड़ोस के जिले गुरदासपुर में अति उत्साही निरंकारी सरदार निरंजन सिंह डिप्टी कमिश्नर थे।

1975 में भारत सरकार द्वारा आपाद स्थिति लागू करने के समय में संत करतार सिंह गुरू तेग बहादुर के शहीदी दिवस पर जलूस निकालना चाहते थे। अनुमति न मिलने पर उन्होंने अपने जत्थे के साथ जिलाधीश अमृतसर का निवास घेर लिया और करीब दो सौ गोलियां चलाईं। बाद में एक कार दुर्घटना में उनकी मृत्यु हो गई।

वह अपने पीछे न केवल गुरूद्वारा गुरूदर्शन प्रकाश छोड़ गए जो उग्रवादियों की शरणस्थली बना बल्कि दो बेटे अमरीक सिंह और मंजीत सिंह भी छोड़ गए जो ऑल इंडिया सिख स्टूडेंट्स फेडरेशन के अध्यक्ष बने। संत करतार सिंह की तीसरी विरासत संत जरनैल सिंह भिंडरांवाले थे। वह बरार जाट सिख परिवार में जन्मे थे और अपने पिता करतार सिंह के सातवें बेटे थे। उनका जन्म जिला फरीदकोट (पहले फिरोजपुर) के पी.एस. बग्गा पुराना के रोड़े गांव में हुआ था। उन्होंने केवल पांचवीं कक्षा तक शिक्षा पाई। जरनैल सिंह ने भारत सरकार और निरंकारियों के विरुद्ध उग्रवाद में अपने पूर्वग संत करतार सिंह से आगे बढ़ने का प्रयास किया।

शिरोमणि गुरूद्वारा प्रबंधक कमेटी

फरवरी 1956 में हुए शिरोमणि गुरूद्वारा प्रबंधक कमेटी के चुनावों में मुकाबला संत फतह सिंह के नेतृत्व वाले अकाली दल और मास्टर तारा सिंह के नेतृत्व वाले अकाली दल के बीच था। 140 सीटों के लिए हुए इस चुनाव में संत फतह सिंह के अकाली दल ने 105 सीटें जीतीं। मास्टर तारा सिंह गुट को केवल 35 सीटें मिलीं। एसजीपीसी पर नियंत्रण के लिए हुए इस मुकाबले

में हार ने मास्टर तारा सिंह के अकाली राजनीति में अंतिम पराभव की शुरुआत की। एसजीपीसी पर जिसका नियंत्रण हो, अकाली राजनीति पर उसी का नियंत्रण होता है। सिखों की राजनीति का केंद्र स्वर्ण मंदिर अमृतसर ही है।

शिरोमणि गुरूद्वारा प्रबंधक कमेटी के 155 सदस्य हैं। इनमें से 140 का पंजाब, हिमाचल प्रदेश और हरियाणा से चुनाव होता है। 10 का नामांकन होता है। इनके अलावा पांच तख्तों के पांच जत्थेदार इसके पदेन सदस्य होते हैं। इनको मतदान का अधिकार नहीं होता।

अधिनियम की धारा 43 में बोर्ड के गठन का प्रावधान किया गया है। धारा 45 चुने गए सदस्यों की अर्हता का निर्धारण करती है। धारा 49 चुनाव करने वालों की पात्रता का निर्धारण करती है। इस महत्वपूर्ण संस्था की चुनाव प्रक्रिया को समझने के लिए इन धाराओं का अध्ययन करना आवश्यक है।

शिरोमणि गुरूद्वारा प्रबंधक कमेटी के 1979 के चुनाव

1979 के शिरोमणि गुरूद्वारा प्रबंधक कमेटी के चुनाव अत्यंत महत्वपूर्ण थे। इन चुनावों में 33 उम्मीदवार निर्विरोध निर्वाचित हुए। इनमें सांसद जत्थेदार गुरुचरण सिह तोहड़ा, सांसद व शिरोमणि अकाली दल के अध्यक्ष जगदेव सिंह तलवंडी, मोहन सिंह तूर और सांसद बसंत सिंह खालसा शामिल थे। सभी निर्विरोध चुने गए सदस्य शिरोमणि अकाली दल द्वारा मनोनीत थे। 107 सीटों के लिए हुए इस चुनाव के लिए 349 उम्मीदवार मैदान में थे। इन चुनावों का महत्व इसलिए है कि संत जरनैल सिंह भिंडरांवाले ने अपने और डा. जगजीत सिंह के बनाए पंथ खालसा के तहत 70 उम्मीदवार खड़े किए थे। यह प्रतिष्ठा का मुकाबला ब्यास चुनाव क्षेत्र में हुआ। वहां से एसजीपीसी के महासचिव जत्थेदार जीवन सिंह उमरानांगल शिरोमणि अकाली दल के उम्मीदवार थे। वह पंजाब मंत्रिमंडल से इस्तीफा देने के बाद यह चुनाव लड़ रहे थे। उनका सीधा मुकाबला ऑल इंडिया सिख स्टूडेंट्स फेडरेशन के अध्यक्ष और संत जरनैल सिंह भिंडरांवाले के नामित उम्मीदवार भाई अमरीक सिंह से था। कांग्रेस पार्टी और दिल्ली के जत्थेदार संतोष सिंह और जत्थेदार रछपाल सिंह भाई अमरीक सिंह का समर्थन कर रहे थे। अमरीक सिंह चुनाव हार गए। लेकिन जरनैल सिंह भिंडरांवाले ने प्रतिदान में लोकसभा

चुनावों में अमृतसर व गुरदासपुर चुनाव क्षेत्रों में कांग्रेस (आई) के उम्मीदवारों का समर्थन किया। लेकिन भाई अमरीक सिंह बहुत क्षुब्ध हुए। उनके मन में व्यवस्था के प्रति सदा के लिए घृणा भर गई।

एसजीपीसी के चुनाव वयस्क सिख मतदान के आधार पर हर पांच साल में एक बार होते हैं। इनका बहुत महत्व है क्योंकि ये चुनाव 155 लोगों पर समुदाय का नेतृत्व सौंपते हैं। पॉल वैलेस के अनुसार यह सिख राजनीति की कुंजी है। हर पंजाबी इस तथ्य से परिचित है। अकाली दल की सेहत एसजीपीसी के साधनों के बल पर ही बनी है और यह इतनी प्रबल शक्ति बन कर उभरा है। आरंभ में अकाली दल एसजीपीसी की सहायता करने वाला स्वयंसेवकों का एक दल था। इसका काम गुरूद्वारों पर नियंत्रण पाने में एसजीपीसी की सहायता करना था। लेकिन मास्टर तारा सिंह के नेतृत्व में अकाली दल ने अपनी खुद की गतिशीलता हासिल की। पर यह एसजीपीसी की सरपरस्ती से बाहर कभी पनप नहीं सकता। न ही उससे जुड़ी पोषक नलिका से संबंध विच्छेद कर सकता है। एसजीपीसी को जो चढ़ावे की राशि मिलती है वह अनेक अकाली गुटों और उग्रवादियों को उसे अपने नियंत्रण में लेने के लिए लालायित करती है। लिहाजा जब केंद्र सरकार ने जैन संत मुनि सुशील कुमार की सेवाओं का उपयोग किया तो उन्होंने जरनैल सिंह भिंडरांवाले के भतीजे जसबीर सिंह रोडे को मार्च 1988 में अकाल तख्त का प्रमुख बनवा दिया। इस उम्मीद में कि इससे वह गुरजीत सिंह व अन्य ऑल इंडिया सिख स्टूडेंट्स फेडरेशन को अपनी तरफ कर सकेंगे। नवंबर 1985 में खुद जसबीर सिंह ने पाकिस्तान में ननकाना साहब में अत्यंत उग्र भाषण देकर खालिस्तान का समर्थन किया था। लिहाजा उग्रवादियों और अकालियों ने मिल कर शांति स्थापना के इस प्रयास को विफल बनाने की कोशिश की। यह अत्यंत दुखद है कि जिस एसजीपीसी ने उग्रवादियों को पनाह और सहायता दी वह उन्हीं का शिकार बन गई। स्वर्ण मंदिर को उग्रवादियों का अड्डा बना कर एसजीपीसी ने अपने खुद के अस्तित्व को खतरे में डाल लिया। एसजीपीसी के सचिव भाई मान सिंह की उग्रवादियों ने हत्या कर दी। यह एसजीपीसी की राजनीति की सबसे शर्मनाक घटना है।

88 सिख गुरूद्वारे सीधे एसजीपीसी के प्रबंधानाधीन हैं। 700 अन्य गुरूद्वारों का प्रबंध वह गुरूद्वारा अधिनियम की धारा 87 (एलए) और धारा 87 (एलओबी) के तहत करती है। यानी 800 गुरूद्वारे एसजीपीसी के प्रबंध के अधीन हैं। एसजीपीसी द्वारा प्रबंधित 11 मुख्य गुरूद्वारों से उसे 3,67,68,963 रुपए की आमदनी हुई थी। 1980 में एसजीपीसी का बजट 6,50,25,31200 रुपए था। पिछले पांच सालों में यह 577.41 प्रतिशत बढ़ा है। इस तरह एसजीपीसी के पास किसी भी समकक्ष संस्था के मुकाबले बहुत अधिक फंड है। उसके पास बहुत बड़ी संख्या में वेतनभोगी हैं। इनमें ग्रंथी, ढाढी, रागी, प्रचारक, दीक्षा देने वाले और ड्राइवर आदि हैं। इस तरह एसजीपीसी सत्ता के अंदर सत्ता है। उसके अध्यक्ष की स्थिति वेटीकैन के पोप के समान है। रागी, ढाढी और प्रचारक एसजीपीसी के निर्देशानुसार प्रचार करते हैं। इस तरह एसजीपीसी का श्रद्धालुओं के मनोभावों पर शासन चलता है। वह उनके मनोभावों को जिधर चाहे मोड़ सकती है।

1972 में सरदार गुरचरन सिंह तोहड़ा ने सरदार मोहन सिंह तूर से एसजीपीसी की अध्यक्षता हासिल कर ली। तब से उन्होंने एसजीपीसी को राष्ट्र की मुख्य धारा से दूर उग्रवाद की ओर मोड़ा। वह उस उग्र विचारधारा के थे कि केंद्र सरकार सदा सिख विरोधी रही है। जनता पार्टी के शासनकाल में भी, जब केंद्र में दो अकाली मंत्री थे, वह उच्च स्तर पर वार्ता करने के बजाय धमकियां देने को बेहतर समझते थे।

एसजीपीसी का बढ़ता बजट इस सिद्धांत को गलत साबित करता है कि सिक्खों की पहचान में कमी आ रही है। चढ़ावे की राशि में निरंतर बढ़ोतरी श्री के.एस. दुग्गल के इस विचार को सही साबित करती है कि सिख घरों में विदेशी उपकरणों की भरमार के बावजूद वे भारी संख्या में गुरुद्वारों में आते रहेंगे। इस तरह आम सिख जनता की धर्मिकता से एसजीपीसी और उसकी राजनीति को लाभ पहुंच रहा है।

गौरतलब है कि गुरुद्वारों की संख्या बराबर बढ़ रही है। गुरुद्वारे उग्रवादियों द्वारा भड़काऊ भाषण देने के आदर्श मंच और उनके लिए सुरक्षित पनाह भी हैं। गुरूद्वारा ग्रामीण सिखों के जीवन का केंद्र है। वे वहां से धार्मिक प्रेरणा ग्रहण करते हैं। लेकिन यहीं से उनको दिल्ली दरबार के विरुद्ध व्याख्यान भी

सुनने को मिलते हैं। इस बारे में यह भी समझना आवश्यक है कि सभी गुरूद्वारे ऐतिहासिक नहीं हैं। ऐतिहासिक गुरूद्वारे केवल वे हैं जहां सिख गुरू कभी ठहरे या उन्होंने वहां से उपदेश दिए। अन्य गुरूद्वारों को उतना पवित्र नहीं माना जा सकता।

कुछ न्यायविदों ने धर्मनिरपेक्ष राष्ट्र में गुरूद्वारा अधिनियम के कानूनी औचित्य पर सवाल उठाया है। हमारे संविधान की प्रस्तावना के अनुसार भारत एक धर्मनिरपेक्ष राष्ट्र है। सवाल उठता है कि किसी धर्मनिरपेक्ष राष्ट्र पर किसी धार्मिक संस्था के चुनावों का खर्च उठाने और उसका निरीक्षण करने की जिम्मेदारी कैसे डाली जा सकती है? एसजीपीसी के उग्रवाद और अलगाववाद का फ्रैंकेंस्टीन बनने के बाद से 1925 के सिख गुरूद्वारा अधिनियम को निरस्त करने की मांग की जा रही है।

अकाली दल ने एसजीपीसी की मदद से धार्मिक उन्माद बढ़ाने की तरकीबों में महारत हासिल कर ली है। दमदमी टकसाल, अखंड कीर्तनी जत्था और शिरोमणि गुरूद्वारा प्रबंधक कमेटी, इन तीन संगठनों ने मिल कर सिख कट्टरपंथ को बढ़ावा दिया। इसी के कारण व्यापक पैमाने पर हिंसा फैली जो अंततः भारत की प्रधानमंत्री की हत्या का कारण बनी।

●

❖ 11 ❖

नियंत्रित अव्यवस्था

जनवरी 1980 में जब कांग्रेस सत्ता में आई तो उस समय पंजाब में सरदार प्रकाश सिंह बादल की अकाली सरकार काफी लोकप्रिय थी। लेकिन कांग्रेस क्षेत्रीय दलों को सदा अभिशाप समझती रही है। कांग्रेस की राजनीतिक संस्कृति ने कभी भी इस बात को नहीं समझा कि भारत जैसे बहुलवादी राजतंत्र में उपराष्ट्रवाद को उचित सम्मान दिया जाना चाहिए। लिहाजा बादल सरकार को बर्खास्त कर दिया गया और पंजाब में नए सिरे से चुनाव कराए जाने का आदेश हुआ।

तब सारे देश में इंदिरा लहर चल रही थी। उसी का लाभ उठाते हुए कांग्रेस पंजाब में भी विजयी हुई। सरदार दरबारा सिंह कांग्रेस विधायक दल के नेता चुने गए। वह मुख्यमंत्री बने और उन्होंने अपने आप को सरदार प्रताप सिंह कैरों का अवतार साबित करते हुए अकालियों को दूर रखने की कोशिश की। कैरों साहब ने मास्टर तारा सिंह को पटखनी देने के लिए संत फतह सिंह को बढ़ावा दिया था। सरदार दरबारा सिंह ने अकालियों के तोहड़ा-लोंगोवाल -बादल गठबंधन को तोड़ने के लिए जगदेव सिंह तलवंडी को बढ़ावा देना शुरू किया। हिंदुओं में उन्होंने हिंद समाचार ग्रुप के लाला जगत नारायण के प्रभाव को संतुलित करने के लिए जालंधर से उर्दू प्रताप के प्रकाशक श्री वीरेंद्र का सहारा लिया। अपने विरोधियों का सामना करने के लिए उन्होंने ट्रिब्यून के श्री प्रेम भाटिया को भी अपने पक्ष में करने का प्रयास किया। कांग्रेस में और उसके

बाहर अपने विरोधियों का सामना करने के लिए उनकी समरनीति इस उठापटक में शामिल होने वालों का पर्दाफाश करने की थी।

सरदार दरबारा सिंह एकमात्र ऐसे सिख मुख्यमंत्री थे जो पहले अकाली नहीं रहे थे। इसके अलावा वह इतने ज्यादा अकाली-विरोधी थे कि उनको सिखों की जबरदस्त प्रतिक्रिया झेलनी पड़ी। वह ऐसे श्रद्धालु सिख थे कि हर रोज चार घंटे जप करने में बिताते थे। उन्होंने जगदेव सिंह तलवंडी की सहायता की जिन्होंने दिल्ली में आनंदपुर साहब प्रस्ताव को स्वीकृति दिलाने के लिए सांकेतिक सत्याग्रह किया था। इससे हरचंद सिंह लोंगेवाल हाशिए पर आ गए तो उन्होंने 45 सूत्री मांगों वाला धर्मयुद्ध छेड़ने का सहारा लिया। इनमें कुछ समुचित थीं तो शेष तुच्छता का घालमेल ही थीं। यह कांग्रेसी मुख्यमंत्रियों के अकालियों में फूट डाल कर असंतुलन पैदा करने के जोश का एक और उदाहरण था। अगर दरबारा सिंह समझदार होते तो वह ऐसे खतरनाक रास्ते पर चलने से बाज आते जो उनके खुद के निकाले जाने के अलावा इस सीमावर्ती राज्य के लिए घोर विपत्ति का कारण बना।

पंजाब में अकालियों के मोर्चों और आंदोलनों का एक लंबा दुखद इतिहास है। जब-जब वह सत्ता से बाहर होते हैं, ऐसा ही करते हैं। लगभग हरेक कांग्रेसी मुख्यमंत्री ने उनको निष्प्रभावी करने, कमजोर करने या तुष्ट करने के अपने-अपने तरीके से प्रयास किए। लेकिन दरबारा सिंह और ज्ञानी जैल सिंह की आपसी खींचतान ने मुख्यमंत्री के लिए युक्तिचालन का कोई रास्ता न छोड़ा। मुख्यमंत्री और ज्ञानी जैल सिंह दोनों में संत जरनैल सिंह भिंडरांवाले को अपनी ओर करने की होड़ लगी थी। कहा जाता है कि सरदार दरबारा सिंह ने जरनैल सिंह भिंडरांवाले से गुरबानी का ज्ञान पाया था तो जैल सिंह संत के चरण छूते थे। इन दोनों की आपसी खींचतान इतनी बदनाम हुई कि मीडिया में भी उसके बहुत चर्चे रहे।

अपने एक लेख *आइलेस इन पंजाब* में निखिल चक्रवर्ती ने लिखा, "बताया जाता है कि पिछले दो सालों से भी ज्यादा समय से केंद्रीय गृहमंत्री ज्ञानी जैल सिंह पंजाब के मुख्यमंत्री दरबारा सिंह को हटाने के लिए जमीन-आसमान एक कर रहे हैं। कांग्रेस के अंदर साजिशें रचने और मीडिया को पक्ष में करने की कोशिशों के अलावा ज्ञानी ने अकालियों के साथ सांठगांठ

की शर्मनाक हरकतें भी की हैं। ...यह भारत का कैसा गृहमंत्री है जो अपनी ही पार्टी के मुख्यमंत्री को हटाने के चक्कर में अकालियों के दुराग्रह के प्रति नर्मी बरत रहा है?''

अपने 6 नवंबर 1981 के विशेषांक में *इकोनामिक एंड पोलिटिकल वीकली* ने टिप्पणी की, "खालिस्तान जैसे नासमझी के नारे से सिख समुदाय को अहित के सिवा कुछ मिलने वाला नहीं है। यह नारा बाहर से आने वाले तत्वों ने आयात किया है।... लेकिन अब यह कार्ड खेला जाएगा क्योंकि यही राज्य पर सिख प्रभुत्व कायम करने का एकमात्र रास्ता रह गया है। ज्ञानी जैल सिंह सरीखे सीमित गृहमंत्री और पंजाब के धर्मनिरपेक्ष मुख्यमंत्री सरदार दरबारा सिंह के बीच की खींचतान ने सिखों का आक्रोश भड़का कर उनको अलगाववाद की तरफ धकेला है।"

सरदार दरबारा सिंह और ज्ञानी जैल सिंह के बीच खींचतान ने न केवल पंजाब के कांग्रेसियों को विभाजित किया बल्कि इससे प्रशासकों में भी विभाजन हो गया। पंजाब व दिल्ली के कुछ अधिकारी ज्ञानीजी के साथ वफादारी निभाते रहे। कुछ इस सोच में थे कि अगर ज्ञानीजी की पंजाब में राष्ट्रपति शासन लागू करवाने की धमकी सच हो जाती है तो क्या होगा! अगर अकाली सत्ता में आ जाते हैं तो स्थिति क्या होगी। हम उस समय क्या करेंगे! पुलिस और प्रशासन में इस ऊहापोह ने अकर्मण्यता का वातावरण पैदा कर दिया।

पंजाब में कांग्रेस के भाग्य का सितारा पंजाब कांग्रेस कमेटी के अध्यक्षों के बार-बार बदले जाने के कारण भी मद्धम पड़ा। सरदार दरबारा सिंह पंजाब के मुख्यमंत्री और पंजाब प्रदेश कांग्रेस कमेटी के अध्यक्ष भी थे। ज्ञानी गुट ने उनको संगठन के इस पद से हटाने के लिए जोरदार प्रचार किया। मैं उस समय वहां मौजूद था जब अखिल भारतीय कांग्रेस कमेटी की अध्यक्ष श्रीमती इंदिरा गांधी ने कहा कि जब पंजाब में सरकार इतनी प्रभावहीन है तो मैं मुख्यमंत्री को राज्य की कांग्रेस के अध्यक्ष पद की जिम्मेदारी कैसे सौप सकती हूं। मुख्यमंत्री ताड़ गए कि आगे क्या होने वाला है। उन्होंने पंजाब प्रदेश कांग्रेस कमेटी के अध्यक्ष पद से त्यागपत्र दे दिया। कुमारी सरला पराशर दरबारा सिंह के स्थान पर पंजाब कांग्रेस कमेटी की अध्यक्ष बनीं। उनके बाद श्री हंसराज

शर्मा को इस पद पर आसीन किया गया। फिर निस्तेज प्रकाश में श्री सरदार संतोष सिंह आए। यानी बहुत परिवर्तन हुए क्योंकि पंजाब में कांग्रेस अपंगता व निरुत्साहिता की स्थिति को पहुंच चुकी थी। चुनाव होने तक पंजाब में कांग्रेस निष्क्रिय रहती। उसके बाद गहमागहमी हो जाती। अकालियों की तरह कांग्रेस की सत्ता के बिना अपना अस्तित्व बनाए रखने में खुद को असमर्थ पाती। शक्ति संतुलन में परिवर्तन के साथ इसका जनाधार भी खिसकता रहता।

कांग्रेसी मुख्यमंत्रियों की कार्यशैली का राज्य के भाग्य पर बहुत प्रभाव पड़ा। सरदार प्रताप सिंह कैरों कांग्रेस को जाट सिखों तक ले गए। उनको खुद पर इतना भरोसा था कि उन्होंने जाटों की मदद से मास्टर तारा सिंह को हटवा दिया। उनका विचार था कि वह जाटों को अपने प्रभाव में ले लेंगे। अगर जाटों ने उनका साथ पूरी तरह नहीं छोड़ा तो इसका भी कारण था। वह उनको देहात की उन्नति का कर्णधार मानते थे। मास्टर तारा सिंह को निकालने के बाद जाटों ने अकाली दल और शिरोमणि गुरुद्वारा प्रबंधक कमेटी पर पूरा आधिपत्य जमा लिया। हर कांग्रेसी मुख्यमंत्री का एक ही सीमित लक्ष्य था, अकालियों में फूट डाल कर उनको कमजोर करो। इसका नतीजा चरमपंथ के रूप में सामने आया जिसने अकालियों को राष्ट्र की मुख्य धारा से विमुख कर दिया। अदूरदृष्टि वाली इस नीति की शुरुआत सरदार प्रताप सिंह कैरों ने की थी। लेकिन ज्ञानी जैल सिंह ने इसे और ही शक्ल दे दी। वह अपने आप को अकाली ही समझ बैठे। सिख पंथ के संरक्षक के तौर पर वह उनसे सरोपा लेने में गर्व का अनुभव करते थे। पंजाब की घटनाओं से श्रीमती इंदिरा गांधी बहुत चिंतित थीं। उन्होंने कई बार ज्ञानी जी को समझाया कि वह अब पंजाब के मुख्यमंत्री नहीं, भारत के गृहमंत्री हैं। पर उन पर इसका भी कोई असर नहीं हुआ।

दरबारा सिंह और ज्ञानी जैल सिंह में ऐसी होड़ लगी थी कि उन्होंने निरंकारियों और दमदमी टकसाल में हो रहे समझौते को भी रोक दिया। कहा जाता है कि निरंकारी प्रमुख संत जरनैल सिंह भिंडरावाले की शर्तें मानने को तैयार हो गए थे। लेकिन दरबारा सिंह इसका श्रेय लेने के लिए इतने व्यग्र थे कि उन्होंने सारा जोर लगा कर ज्ञानी जी को इससे दूर कर दिया। इस तरह समझौता होते-होते रह गया।

अक्तूबर 1983 में दरबारा सिंह सरकार के पतन और राष्ट्रपति शासन लागू होने पर *इंडियन एक्सप्रेस* के चंडीगढ़ स्थित विशेष संवाददाता श्री बी.के. चम ने टिप्पणी की, ''पिछले वर्षों में अपने अंदर की किसी बुरी प्रतिभा के चलते (पंजाब की कांग्रेसी सरकार ने) नियंत्रित अव्यवस्था की नीति का विकास किया। इसे गलतफहमी थी कि इस तरह यह अपने आप को निरंतर सत्ता में रख सकती है। ये शुभेच्छु भूल गए कि नियंत्रित अव्यवस्था राजनीति में अनियंत्रित घटनाओं को जन्म देती है।''

जो सरकार खुद को सत्ता में बनाए रखने के लिए नियंत्रित अव्यवस्था का सहारा लेती है वह नैतिकताहीन ही नहीं सामान्य सूझबूझ से भी विहीन ही होती है। पंजाब सरकार की इस नीति ने राज्य के हिंदुओं और सिखों को गर्त के कगार तक पहुंचा दिया।

●

❖ 12 ❖

अलगाववादी हरकतें

हालांकि यह सुनने में अविश्वसनीय सा लगता है लेकिन सच यही है कि केंद्र शासित प्रदेश चंडीगढ़ में जब अलगाववादी हरकतें शुरू हुईं तो केंद्र सरकार ने उस पर अपनी उंगली हिलाने की भी जरूरत नहीं समझी। पहले तो केंद्र सरकार ने इस मामले में ऐसी निष्क्रियता दिखाई और बाद में पंजाब में सरदार दरबारा सिंह की विधिवत निर्वाचित सरकार को दंडित किया। यह उचित नहीं था। पंजाब की किसी भी सरकार को चंडीगढ़ में होने वाली सिखों की अलगाववादी गतिविधियों के लिए जिम्मेदार नहीं ठहराया जा सकता। क्योंकि चंडीगढ़ केंद्र शासित प्रदेश का शासन केंद्रीय गृहमंत्रालय के अधीन है।

जैसा कि हम अध्याय 8 में पहले बता चुके हैं, आरंभिक खालिस्तानी आंदोलन चंडीगढ़ से आरंभ हुआ था। उन दिनों वहां होने वाली गतिविधियों की चर्चा उस अध्याय के अंतर्गत की गई है।

1972 के पंजाब विधान सभा के चुनावों दौरान जब प्रधानमंत्री पटियाला जिला के बस्सी में भाषण देने के लिए आईं तो दल खालसा के सदस्यों ने वहां श्रोताओं में सिख होमलैंड का समर्थन करने वाले पर्चे बांटने शुरू कर दिए। उस समय वहां बड़ी संख्या में आसूचनाकर्मी मौजूद थे। पर उन्होंने इनको रोकने या पकड़ने की कोई कोशिश नहीं की।

मार्च 1974 में गजेंदर सिंह और हरसिमरन सिंह ने चडीगढ़ के सेक्टर 17 और 22 की दीवारों पर 'सिख पंथ की रक्षा के लिए खालिस्तान' लिखवाया था।

दल खालसा के एक अतिसक्रिय सदस्य अमेंदर सिंह एक समय में पंजाब सरकार के कर्मचारी थे। किसी भी सरकारी कर्मचारी को सरकार विरोधी या राष्ट्र विरोधी हरकतें करने की इजाजत नहीं दी जा सकती। इसी तरह हरसिमरन सिंह चडीगढ़ के अनेक महत्वपूर्ण लोगों के काफी करीब थे। उनका नाम एक सरकारी नौकरी के लिए प्रतीक्षा सूची में था।

स्वर्ण मंदिर, अमृतसर में अपना मुख्यालय बनाने वाली काउंसिल फार खालिस्तान की गतिविधियों पर अंकुश लगाने की भी केंद्र सरकार ने कोई कोशिश नहीं की। कांउसिल ने खालिस्तानी डाक टिकट जारी किए और कनाडा में मुद्रित खालिस्तानी पासपोर्ट तक बांटे। कनाडा और इंगलैंड में चल रही काउंसिल की हरकतों को रोकने के लिए हमारे विदेश मंत्रालय ने कुछ भी नहीं किया जबकि पंजाब सरकार ने इन देशों से इस बारे में कुछ कार्रवाई करने का अनुरोध किया। पंजाब सरकार के कुछ अधिकारी जब इस बारे में अपनी चिंता जताने गए तो नई दिल्ली के विदेश मंत्रालय में वातानुकूलित कक्षों में बैठे आला अधिकारियों ने उनकी खिल्ली उड़ाई।

ऐसा कहना उचित ही होगा कि चंडीगढ़ और नई दिल्ली में बैठे अधिकारियों की काउंसिल फार खालिस्तान और दल खालसा की हरकतों के प्रति ऐसी उदासीनता यही दर्शाती है कि वे शायद खालिस्तान दोगुनी रफ्तार से अस्तित्व में आए।

●

❖ 13 ❖

दोपहर में अंधेरा

इस अध्याय में हम ब्लू स्टार से पूर्व पंजाब में हुए आतंकवाद की चर्चा करेंगे।

पांचवे अध्याय में सिखों की प्रकृति पर चर्चा करते समय हमने कहा था कि बहादुर सिख जब कभी अपनी धार्मिक पहचान को खतरे में देखते हैं तो हथियार उठा लेते हैं। विदेशों में अन्य संगठनों द्वारा अपनाई आतंकवादी युक्तियों को पंजाब में सिखों ने भी अपनाया। पंजाब सांप्रदायिक एकता व सौहार्द और कृषि में उन्नति के लिए जाना जाता था। लेकिन वही पंजाब स्वाधीनता बाद के अभूतपूर्व हिंसा व अविश्वास की तस्वीर बन गया। इस फलते-फूलते राज्य के उग्रवाद के शिकंजे में होने की बुनियाद सांप्रदायिकता थी। इसकी शुरुआत तो आर्यसमाज और जनसंघ के भड़काने पर पंजाबी हिंदुओं के अपनी भाषा हिंदी लिखवाने से हुई थी। लेकिन अगर अकालियों व कांग्रेसियों की बेशर्म अवसरवादी राजनीति ने उसे और हवा न दी होती तो शायद यह सब शांत हो जाता।

सरदार दरबारा सिंह की सरकार के पहले साल के अंत तक सिखों के विभिन्न मतांतरों के साथ संघर्ष की बुनियाद एक लेख ने रखी जो मई 1981 में दैनिक प्रताप(उर्दू) में प्रकाशित हुआ था। इसमें किसी जसवंत राय ने गुरू गोविंद सिंह जी को योद्धा संत के बजाय एक विलासी राजा की तरह बताया

था। जबकि उन्होंने सिखों को एक नई पहचान दी और उनको अत्याचार के विरुद्ध लड़ने का साहस प्रदान किया।

मुझे यह लेख बहुत ही अरुचिकर लगा। इसमें सिखों की धार्मिक भावनाओं को बड़ी बेशर्मी से ठेस पहुंचाई गई थी। कानून के मुताबिक सरकार ही ऐसी हरकत के खिलाफ अपराधिक कार्रवाई शुरू कर सकती है। लिहाजा मैंने मुख्यमंत्री से श्री जसवंत राय और प्रताप के मालिक श्री वीरेंद्र के विरुद्ध कार्रवाई करने की अनुमति मांगी। बाद में मुझे पता चला कि सरदार दरबारा सिंह हिंद समाचार ग्रुप के लाला जगतनारायण के खिलाफ संतुलन बनाने के लिए प्रताप ग्रुप के साथ अपने संबंध बढ़ाते रहे हैं। नतीजतन वह मुझसे सहमत नहीं हुए और मुझे अपराधियों के खिलाफ कोई कार्रवाई करने की इजाजत नहीं मिली।

अकाली कार्यकारिणी के एक सदस्य और अकाली मंत्रिमंडल के पूर्व मंत्री सरदार सुखजिंदर सिंह ने एक जवाबी लेख लिखा। इसमें उन्होंने आनंदपुर साहब में हिमाचल के राजाओं की गुरु गोविंद सिंह जी के खिलाफ भूमिका की आलोचना की थी।

इसी बीच ऑल इंडिया सिख स्टूडेंट्स फेडरेशन ने मांग की कि अमृतसर को धार्मिक शहर घोषित किया जाए और वहां धूम्रपान और मांस-मदिरा के सेवन का निषेध हो।

अकालियों ने एक प्रस्ताव पारित करके मांग की कि भारत सरकार बनारस व हरिद्वार की तरह अमृतसर को भी पवित्र नगरी घोषित करे। उन्होंने यह मांग भी की कि अमृतसर आने वाली रेलगाड़ियों में धूम्रपान की मनाही होनी चाहिए।

जब यह मांग सार्वजनिक हुई तो अमृतसर के हिंदुओं ने प्रतिकूल प्रतिक्रिया दिखाते हुए एक जुलूस निकाला। उन्होंने यह कहते हुए कि उनको धूम्रपान का अधिकार है, अकालियों व आल इंडिया सिख स्टूडेंट्स फेडरेशन की मांग का विरोध किया। हिंदुओं का रवैया ऐसा था जो किसी भी समझदार व्यक्ति को अच्छा न लगता। उन्होंने तंबाकू विरोधी अभियान चलाने वालों के खिलाफ नारेबाजी भी की। उन्होंने मांस-मदिरा के सेवन को भी अपना जन्मसिद्ध अधिकार बताया।

सरदार गुरचरण सिंह तोहड़ा अभी अपने पत्ते नहीं खोलना चाहते थे। उन्होंने संत भिंडरांवाले को इसके जवाब में जलूस निकालने दिया। इसमें ऑल इंडिया सिख स्टूडेंट्स फेडरेशन और दल खालसा के सक्रिय सदस्यों ने अत्यधिक भड़काने वाले सांप्रदायिक नारे लगाए। पर सबसे ज्यादा भड़काऊ हरकत संत जरनैल सिंह भिंडरांवाले के जत्थे ने की। इसके सदस्यों ने अस्त्रशस्त्र का प्रदर्शन किया। इनमें अनेक 319-राइफलें थीं। लेकिन ज्यादातर प्रदर्शनकारी तलवारें दिखा रहे थे। पुलिस दुविधा में थी। अगर वे हथियारबंद जत्थे को पकड़ने की कोशिश करते तो सशस्त्र संघर्ष की आशंका थी जिसमें कुछ बेगुनाह लोगों सहित कई लोग हताहत होते। उसने जलूस को चुपचाप निकल जाने दिया। लेकिन बाद में कुछ लौटते प्रदर्शनकारियों ने तंबाकू की दुकानों में आग लगाने की कोशिश की तो पुलिस को उनसे सख्ती से निपटना पड़ा। अकालियों ने पंजाब सरकार की कड़ी आलोचना की। हिंदुओं ने पुलिस पर कमजोर होने का आरोप लगाया। अकाली तो चाहते ही यह थे कि पुलिस गोली चलाए ताकि उनको आंदोलन को और भड़काने का मौका मिले। दैनिक *ट्रिब्यून* के संपादक श्री प्रेम भाटिया ने 24 जून 1981 के अपने पत्र में लिखा–

"अकाली सरकार की तरफ से गंभीर प्रतिक्रिया चाहते हैं। दल खालसा व आल इंडिया सिख स्टूडेंट्स फेडरेशन के साथी भी यही आस लगाए हुए हैं। अत्यधिक बल प्रयोग से बढ़कर और कोई चीज आवेश आधारित आंदोलन की सहायता नहीं करती। हिंसा से कुछ आंदोलनकारियों की मौत हो जाती है या वे गंभीर रूप से घायल हो जाते हैं।'' एक अकाली नेता ने कहा, ''हमें कुछ मृत शरीर चाहिए जो पुलिस की गोलियों से बिंधे हों। फिर हम दरबारा सिंह और इंदिरा गांधी से निबट लेंगे।" पुलिस ने उनकी मुराद पूरी नहीं की।

लाला जगत नारायण की हत्या

आम धारणा यह है कि पंजाब में आतंकवाद की शुरुआत दैनिक हिंद समाचार श्रृंखला के संपादक लाला जगत नारायण की हत्या से हुई। असल में पंजाब में उग्रवादी दौर की शुरुआत तलविंदर सिंह परमार के मोटरसाइकिल वाले गिरोह के कारनामों से हुई थी। तलविंदर सिंह मूलतः कपूरथला जिला के गांव पनछट्टा का रहने वाला था। वह कनाडा चला गया था। वह वहां से भारत

में धन और हथियार लाने में सफल रहा। उसने कुछ जोंगा और मोटरसाइकिल खरीदे। उसके अपने जोंगा पर लिखा था, "जो अड़े सो मिटे।" यानी जो इस अखंड कीर्तनी सिख से भिड़ेगा, वह खत्म हो जाएगा। पूर्व-नक्सली सिखों को दीक्षित करना तलविंदर सिंह की विशेषता थी। इन्हीं से उसने अपना हत्यारा गिरोह बनाया। उसने जिला कपूरथला के कालासंघियां गांव के एक सिख तरसेम सिंह को भी अपने साथ शामिल कर लिया था। वह बहुत पक्का निशानची था। उसने पंजाब पुलिस के तीन हेड कांस्टेबलों, सेवा सिंह, गुरनाम सिंह और अमरदीप सिंह के साथ मिलकर 1970 में चुनिंदा निरंकारियों की हत्या की। 1970 में हेड कांस्टेबल सेवा सिंह और गुरनाम सिंह फरीदकोट पुलिस लाइन में संत जरनैल सिंह भिंडरांवाले के लिए सिपाही श्रोता एकत्र किया करते थे। तरसेम सिंह, हेड कांस्टेबल सेवा सिंह, गुरनाम सिंह और अमरदीप सिंह का गिरोह 'खूनी जत्था' के नाम से जाना जाने लगा। इस जत्थे का पहला शिकार शादी लाल आंगड़ा हुए। वह नगरपालिका समिति के अध्यक्ष और आनंदपुर साहब के निरंकारी प्रमुख थे। पूर्व नक्सली तरसेम सिंह ने उनकी गोली मार कर हत्या कर दी।

इन हत्यारों के दूसरे शिकार कोट शमीर, जिला भटिंडा के मास्टर गुरचरण सिंह थे। उन्होंने गुरु ग्रंथ साहब को पैरों से छू लिया था। नशे में उनसे हुई इस भूल के बारे में उनकी श्रद्धालु बीवी ने बहुत हो-हल्ला मचा कर सबको खबर दी। 18 अगस्त 1981 को वह एक बस में सवार हो रहे थे। तभी तरसेम सिंह, सेवा सिंह और सुरजीत सिंह ने उनकी गोलियां मार कर हत्या कर दी। पंजाब में मोटरसाइकिल वालों का उग्रवाद इस तरह शुरू हुआ था।

निरंकारी प्रमुख के खिलाफ हत्या के मामले में बचाव पक्ष के गवाह होने और उनके खालिस्तान विरोधी होने के कारण दल खालसा ने लाला जगत नारायण के विरुद्ध घृणा प्रचार बड़े जोरशोर से चलाया था। मामूल निरंकारियों की हत्या का काम अखंड कीर्तनी जत्थे ने अपने हाथों में लिया था। संत जरनैल सिंह भिंडरांवाले के अनुयायियों ने उनकी भाषा में 'सामरिक दृष्टि से महत्वपूर्ण' निशानों का काम अपने हाथों में लिया था।

24 अप्रैल 1980 को नई दिल्ली में बाबा गुरबचन सिंह की हत्या करने के बाद खालिस्तान विरोधी लाला जगत नारायण की बारी थी। 9 सितंबर 1981

को पटियाला से जालंधर आते समय ग्रांड ट्रंक रोड पर उनकी हत्या कर दी गई। पुलिस ने पीछा करके एक हत्यारे को पकड़ लिया। बाकी दो भागने में सफल रहे थे। लाला जगत नारायण की हत्या से हिंदुओं में बहुत रोष उत्पन्न हुआ।

विश्व सिख सम्मेलन : 45 मांगों का घोषणापत्र

संत लोंगेवाल ने 26 जुलाई 1981 को स्वर्ण मंदिर के मंजी साहब में विश्व सिख सम्मेलन बुलाया। इसमें आनंदपुर साहब प्रस्ताव को स्वीकार किए जाने की मांग की गई जिसमें सिखों को एक अलग राष्ट्र और सिखों के खिलाफ भेदभाव व उनकी शिकायतें दूर करने की मांग की गई थी।

इसमें अंतिम प्रस्ताव सरदार प्रकाश सिंह बादल ने प्रस्तुत किया। सम्मेलन ने 45 मांगों का घोषणापत्र पेश किया। संत हरचंद सिंह लोंगेवाल ने घोषणा की कि 31 अगस्त 1981 तक प्रतीक्षा करेंगे। उसके बाद धर्मयुद्ध छेड़ा जाएगा। इसकी शुरुआत 7 सितंबर को दिल्ली में पहले प्रदर्शन के साथ होगी। इन 45 मांगों में से कुछ बहुत सीधीसादी व सरल थीं। उनको स्वीकार कर लेना चाहिए था। लेकिन न तो पंजाब सरकार ने और न ही केंद्रीय सरकार ने इन पर गौर किया। न ही अकालियों को बातचीत के लिए बुलाया गया। 31 अगस्त गुजर जाने के बाद अकालियों ने 7 सितंबर 1981 को दिल्ली में प्रदर्शन करने की तैयारियां शुरू कर दीं। हरियाणा व पंजाब के पुलिस प्रमुखों को दिल्ली बुलाकर कहा गया कि अकालियों को दिल्ली आने से रोका जाए। खासतौर पर उनको जो रेलगाड़ी में बिना टिकट यात्रा कर रहे हों, या जो सड़क परिवहन का दुरुपयोग कर रहे हों। ऑल इंडिया सिख स्टूडेंट्स फेडरेशन के सदस्य बड़ी संख्या में अमृतसर से बिना टिकट रेलगाड़ी में सवार हुए।

अभियुक्त नछत्तर सिंह (वह संत भिंडरांवाले के रोडे गांव का रहने वाला था) को हत्या के स्थान से गिरफ्तार किया गया। सघन पूछताछ के बाद उसने बताया कि हत्या संत भिंडारांवाले के एक भतीजे स्वर्ण सिंह ने दलबीर सिंह के साथ मिलकर की थी। उसने हत्या की साजिश का पूरा विवरण भी दिया और बताया कि इस साजिश में जरनैल सिंह भिंडरांवाले शामिल थे। हत्या इससे वास्ता न रखने वाले युवक, उनके भतीजे और जागीर

सिंह के बेटे स्वर्ण सिंह ने करनी थी। उसका दूसरा साथी हत्यारा दलबीर सिंह था जो निरंकारी बाबा गुरबचन सिंह की हत्या के मामले का घोषित अपराधी था। परिवहन का प्रबंध परसन सिंह के जिम्मे था। लाला जगत नारायण का कुसूर यह था कि वह 13 अप्रैल 1978 को अमृतसर में हुए निरंकारियों व संत जरनैल सिंह भिंडरांवाले के अनुयायी अखंड कीर्तनी जत्थे के सदस्यों में हुए संघर्ष में संत जरनैल सिंह भिंडरावाले को हमलावर बता रहे थे। नछत्तर सिंह पहला नक्सली था। उसने पहले एक व्यक्ति अजायब सिंह की हत्या की थी पर उस मामले में बरी हो गया था। फिर वह नक्सलवादी से अफीम का तस्कर बन गया। उसके इन सारे 'गुणों' की जानकारी रखने के कारण ही उसे इस काम के लिए चुना गया। नछत्तर सिंह ने निरंकारी बाबा गुरबचन सिंह की हत्या करने के कारण संत जरनैल सिंह को रंजीत सिंह व कबूल सिंह की प्रशंसा करते सुना था। उसने यह भी सुना था कि जो भी उनका काम करता है उसे गिरफ्तार नहीं होने देते। कानून के भगोड़ों के परिवार को 1500 रुपए महीना पंथ की तरफ से मिलता है। सही समय आने पर संत जी रंजीत सिंह व कबूल सिंह को सोने में तोलेंगे। उनके परिवार वालों का सरोपा दे कर सम्मान किया गया था। इन सब बातों से नछत्तर सिंह को हत्या करने की प्रेरणा मिली। इससे पहले 29-31 जुलाई को लाला जगत नारायण की कुरुक्षेत्र में हत्या करने का असफल प्रयास किया गया था। मलेरकोटला में किया गया दूसरा प्रयास भी विफल रहा क्योंकि मोटरसाइकिल की बैटरी ऐन वक्त पर बैठ गई थी और उसका अगला टायर पंचर हो गया था। लेकिन उनको लाला जगत नारायण की कार का नंबर पता चल गया था। उनको मारने की तीसरी कोशिश 19.8.81 को यमुनानगर में की जानी थी। लेकिन लाला जगत नारायण वहां गए ही नहीं। निरंकारी बाबा गुरबचन सिंह की हत्या के केस का घोषित अपराधी गुरमुख सिंह संत जरनैल सिंह भिंडरावाले के मंच पर आया। भिंडरांवाले ने कहा कि जो कोई उनके जत्थे में शामिल होगा, कोई उसे छू भी नहीं सकता। उन्होंने संगत से कहा कि 'बचना' की हत्या के बाद कुछ भी नहीं हुआ। उनके जत्थे में शामिल होने वाले को पुलिस छुएगी भी नहीं। लाला जगत नारायण 9 सितंबर 1981 को पटियाला आने वाले थे। तय हुआ कि तभी यह मिशन

पूरा किया जाएगा। नछत्तर सिंह मोटरसाइकिल चला रहा था। स्वर्ण सिंह और दलबीर सिंह पीछे बैठे थे। उनके पास .32 बोर और .455 बोर के रिवाल्वर थे। इनसे उन्होंने लुधियाना और फिल्लौर के रास्ते में लाला जी की हत्या की। नछत्तर सिंह ने आगे बताया कि उसे लाला जगत नारायण से किसी तरह की निजी रंजिश न थी। वह तो संत जरनैल सिंह के प्रेरणादायी आदेश के कारण इस अपराध में शामिल हुआ।

नछत्तर सिंह ने पूछताछ के दौरान जो कुछ बताया यह उसका सार-संक्षेप है। यह मिशन की तरकीबों का पर्दाफाश करती है और अकालियों के इस झूठे आरोप का भी भांडा फोड़ती है कि पुलिस ने अभियुक्तों को अकारण फंसाया है।

संत जरनैल सिंह की गिरफ्तारी

इस खुलासे के बाद लुधिययाना पुलिस के पास सभी अभियुक्तों व षड़यंत्रकारियों के खिलाफ गिरफ्तारी वारंट हासिल करने के सिवा और कोई विकल्प न था।

12 सितंबर 1981 को संत जरनैल सिंह हिसार जिले के चंडूकलां गांव में ठहरे हुए थे। पंजाब और हरियाणा के मुख्यमंत्रियों की एक बैठक हरियाणा के मुख्यमंत्री के आवास पर हुई। बैठक में लिए गए निर्णय के अनुसार पुलिस की एक टुकड़ी गांव चंडूकलां में गिरफ्तारी के लिए भेजी गई क्योंकि आशंका थी कि उनके अनुयायी सशस्त्र प्रतिरोध कर सकते हैं। लेकिन जब तक पंजाब पुलिस वहां पहुंची संत जी वहां से भाग निकले। उनके अनुयायियों ने पुलिस पर गोलीबारी की ताकि वे संत जी का पीछा न कर सकें। इस गोलीबारी में जत्थे की कुछ गाड़ियों और कुछ धार्मिक पोथियों में आग लग गई।

सवाल उठता है कि पुलिस के आने की खबर संत जी को किसने दी? अगर इस पर विश्वास भी कर लिया जाए कि जालंधर रेडियो ने अपने शाम के बुलेटिन में गिरफ्तारी वारंट जारी करने का समाचार प्रसारित किया था तो भी उनके बच निकलने को इससे नहीं जोड़ा जा सकता था। संत जी तो 'बचना' की हत्या करने के लिए कबूल सिंह और रंजीत सिंह को सोने में

तौलने वाले थे। फिर उनको भागने और गुरद्वारा गुरदर्शन प्रकाश मेहता में जा कर छिपने की क्या जरूरत थी? असल में पंजाब पुलिस को किसी ने धोखा दिया था? वह व्यक्ति कौन था? जाहिर है कि वह नहीं चाहता था कि संत जी को कोई हाथ भी लगाए।

13 सितंबर 1981 को मुझे गृहमंत्री ज्ञानी जैल सिंह ने फोन करके कहा कि मैं संत जी को गिरफ्तार करने के मामले पर फिर से गौर करूं। मैंने उनको बताया कि पुलिस अदालत के आदेश से बाध्य है। 13 सितंबर की सुबह तक भिंडरांवाले ने गुरूद्वारा गुरूदर्शन प्रकाश में शरण ले ली थी। पुलिस बल असफल हो कर लौट आया था। मुख्यमंत्री दरबारा सिंह ने मुझे और सीआईडी के डीआईजी स्वर्गीय जे.एस. आनंद को भावी कार्रवाई पर विचार करने को मीटिंग के लिए बुलाया। मुख्यमंत्री को बताया गया कि पुलिस अदालत के आदेशानुसार संत जी को गिरफ्तार करने को बाध्य है। क्योंकि गुरदर्शन प्रकाश कोई ऐतिहासिक गुरूद्वारा नहीं और वह हाल ही में बना है इसलिए अगर जरूरी हो जाए तो पुलिस उसमें प्रवेश कर सकती है। हालांकि पुलिस को गुरूद्वारे के अतिपवित्र कक्ष में प्रवेश नहीं करना चाहिए। मुख्यमंत्री ने तर्क दिया कि अगर पुलिस किसी गुरूद्वारे में प्रवेश करती है तो उनको इस्तीफा देना पड़ेगा। उन्होंने याद दिलाया कि किस तरह 1956 में भीमसेन सच्चर को त्यागपत्र देना पड़ा था। मैंने मुख्यमंत्री से कहा कि मैं भी स्वर्ण मंदिर में पुलिस के प्रवेश के विरुद्ध हूँ। वह तो सिखों और हिंदुओं दोनों के लिए परमपावन स्थान है। ऐसी आस्था रखने वालों में मैं भी शामिल हूँ। लेकिन हमें महान गुरूओं से संबंधित गुरूद्वारे और हाल ही में बने किसी गुरूद्वारे के भेद को समझना चाहिए। श्री जे.एस. आनंद ने बीच में हस्तक्षेप करते हुए कहा कि पुलिस को किसी भी गुरूद्वारे में प्रवेश नहीं करना चाहिए। इस पर मैंने जवाब दिया कि मैं जानता हूं कि कानून के आदेश का केसे पालन किया जाता है। लेकिन मुख्यमंत्री अपनी बात पर अड़े रहे। उनको श्री जे.एस. आनंद का समर्थन मिला जिन्होंने कहा कि मैं संत भिंडरांवाले को आत्मसमर्पण के लिए राजी कर लूंगा। उन्होंने प्रस्ताव रखा कि वह मेहता चौक जाकर संतजी से मिलेंगे। लेकिन जब जे.एस. आनंद गुरूद्वारा गुरूदर्शन प्रकाश में संत भिंडरांवाले के सामने गए तो संतजी

ने उनसे बात करने से इनकार कर दिया। कारण यह बताया कि श्री आनंद अपनी दाढ़ी पर केंची का इस्तेमाल करते हैं। इस तरह हमारे डीआईजी सीआईडी खाली हाथ लौट आए। लेकिन पंजाब के मुख्यमंत्री की तरफ से गए राजनीतिक संदेशवाहक अधिक सफल रहे। अंततः संत भिंडरांवाले 20 सितंबर 1981 को आत्मसमर्पण के लिए राजी हो गए। शर्त यह थी कि उनको कोई अमृतधारी सिख आफिसर ही गिरफ्तार करे और उनको अमृतधारी सिख अफसरों की हिरासत में ही रखा जाए। लिहाजा एक सिख अफसर को इस काम पर लगाया गया जिसे खुद भिंडरांवाले ने ही दीक्षा दी थी। उसे भिंडरांवाले को हिरासत में ले कर लुधियाना लाना था। इस बीच गुरूद्वारा गुरूदर्शन प्रकाश के दीवान में अत्यंत उत्तेजक भाषण दिए गए और निम्नतम स्तर की भावनाओं को भड़काने का प्रयास किया गया। वहां भारी संख्या में भीड़ एकत्र होने लगी। अमृतसर के बहादुर वरिष्ठ एस.पी. श्री अजित सिंह अटवाल के आदेश पर स्थिति का सामना करने के लिए मेहता चौक में अतिरिक्त पुलिस बल भेजा गया। जालंधर रेंज के डीआईजी सरदार बी.एस. धालीवाल (जो बाद में अकाली मंत्रिमंडल के समय पंजाब पुलिस के महानिदेशक बने और बाद में श्री रेबेरो उनके स्थान पर आए।) से कहा गया कि वह भी मेहता चौक पर अपना शिविर लगाएं। आत्मसमर्पण से पहले श्री प्रकाश सिंह बादल के अलावा सभी अकाली नेता गुरूद्वारा गुरूदर्शन प्रकाश पहुँचे और उन्होंने वहां आग लगाऊ भाषण दिए। इनमें सब से ज्यादा गैरजिम्मेदाराना भाषण दिल्ली के जत्थेदार संतोष सिंह ने दिया जिनको दिल्ली की केंद्रीय सरकार के अति निकट माना जाता था। जत्थेदार संतोष सिंह किस के कहने पर यह खेल खेल रहे थे, यह ऐसी गुत्थी है जो आज तक नहीं सुलझी।

वही हुआ जिसका डर था। भड़की हुई भीड़ ने बंदूकों और तलवारों के साथ पुलिस के शिविर पर हमला कर दिया। जैसे ही संत भिंडरावाले की कार उनके चहेते एस.पी. के साथ वहां से गई, भीड़ ने पुलिस की गाड़ियों और तंबुओं में आग लगानी शुरू कर दी। श्री अजीत सिंह अटवाल के नेतृत्व में पुलिस ने बहुत धैर्य व साहस से काम लिया। उन्होंने धर्मांध आक्रमणकारियों से जड़तापूर्ण गोलीबारी और दंगा रोकने की अपील की। लेकिन उसका कोई

असर नहीं हुआ। दीवान में उन्होंने जो भड़काऊ भाषणे सुने थे उनका नशा भीड़ पर पूरी तरह तारी था। फलस्वरूप पुलिस को आत्मरक्षा में गोली चलानी पड़ी। नतीजतन बहुत से पुलिस अफसर और सिपाही घायल हो गए। भीड़ में से सात लोग मारे गए। इसका सबसे दुखद पहलू यह रहा कि केवल एक किलोमीटर दूर शिविर लगाए डीआईजी ने मौका ए वारदात पर आ कर पुलिस बल का नेतृत्व करने का कष्ट नहीं किया।

हिंसा का अंत नहीं हुआ था। बल्कि वह तो शुरू हुई थी। 20 सितंबर 1981 की रात को मोटरसाइकिल सवार तीन सिख युवकों ने जालंधर के बाजार में स्टेनगन से अंधाधुंध गोलीबारी शुरू कर दी। इसमें चार बेगुनाह व्यक्ति मारे गए और 12 घायल हुए। अगली रात ऐसी ही हिंसक वारदात तरनतारन में हुई जिसमें सिख युवकों ने इसी तरह की गोलीबारी करके 2 सिखों सहित 13 व्यक्तियों को घायल कर दिया। पुलिस ने एक सुराग के बल पर अपराधियों का पता लगा लिया।

नवंबर के तीसरे सप्ताह तक बब्बर खालसा के इन सभी अपराधों का पुलिस को पता लग गया था।

प्रधानमंत्री का आगमन

इससे पहले कि हम तलविंदर सिंह और दूसरों को क्या हुआ इस बारे में बताएँ, यह कहानी सुनानी जरूरी है कि संत भिंडरांवाले की रिहाई केसे हुई। बहुत कुछ एकसाथ और तेजी से घट रहा था। प्रधानमंत्री ने चंडीगढ़ आना उचित समझा। वह 22 सितंबर को चंडीगढ़ पधारीं और दो घंटे वहां रुकीं। वहां उन्होंने अलग-अलग राय वाले लोगों से मुलाकात की। इसमें अकाली भी शामिल थे। जब मैं उनसे मिला तो मैंने कहा कि हमें किसी जांच का डर नहीं है। मैं खुद न्यायिक जांच का प्रस्ताव रखूंगा। इससे उनको राहत महसूस हुई। उनके जाने के तुरंत बाद मैंने मुख्यमंत्री से कहा कि प्रधानमंत्री मेहता में गोली चलने की जांच कराना चाहती हैं। मैं इसके लिए एक अनुरोध भेजूंगा। मैंने तदनुसार एक नोट बनाकर उसमें जांच आयोग के विचारार्थ विषय लिखे। पंजाब सरकार ने यह काम पंजाब उच्च न्यायालय के एक सेवानिवृत्त न्यायाधीश न्यायमूर्ति पी.एस. पत्तर को सौंपा। पंजाब सरकार यह काम एक

सिख जज को सौंपना चाहती थी ताकि जांच के काम की निष्पक्षता पर संदेह न हो। 10 मई 1984 के टाइम्स आफ इंडिया और ट्रिब्यून में प्रकाशित समाचारों के अनुसार आयोग ने पुलिस के गोली चलाने को उचित ठहराया था। चंडीगढ़ इंडियन एक्सप्रेस के संपादक प्रभाष जोशी ने लिखा, "अगर आज पंजाब आग की लपटों में नहीं है तो राज्य सरकार को इसका श्रेय श्रीमती इंदिरा गांधी के साथ बांटना चाहिए जो तुरंत विमान से वहां आई और अकालियों सहित सभी विपक्षियों से बात करके स्थिति को संभाला।"

संत जरनैल सिंह की रिहाई

यहां संत जरनैल सिंह से हुई पूछताछ के बारे में कुछ लिखना उचित होगा। उनका कहना था कि मुझसे सिर्फ कोई अमृतधारी सिख पुलिस अफसर ही पूछताछ करे। हमने भी ऐसा ही करना उचित समझा ताकि किसी तरह का आरोप न आए। अपनी पूछताछ के दौरान संतजी ने बता दिया कि वह दोहरी बात करने में माहिर हैं। उनका कहना था कि 'बचना' और लाला जगत नारायण ने सिख पंथ के विरुद्ध घोर पाप किए हैं जिनको वह सहन नहीं कर सकते। साथ ही उन्होंने यह भी कहा कि उन दोनों की हत्या में मेरा कोई हाथ नहीं है। संतजी से कहा गया कि वह गुरू ग्रंथ साहब पर हाथ रख कर यही बात कहें ताकि उनको और अन्य अभियुक्तों को रिहा किया जा सके। उन्होंने धार्मिक आधार पर ऐसा करने से इनकार कर दिया। उनको शक था कि पुलिस ने कमरे में टेप रिकार्डर लगा रखे हैं। उन्होंने सारे कमरे की बड़े ध्यान से छानबीन की। उनको जिस रेस्ट हाउस में रखा गया था, वहां उनके दर्शनों के लिए भारी भीड़ इकट्ठी हो गई। लिहाजा उनको दूसरे रेस्ट हाउस में ले जाने का फैसला किया गया। उन्होंने झूठा बहाना बना कर इसका विरोध किया कि पुलिस उनको यहां से जानबूझ कर ले जा रही है ताकि झूठी मुठभेड़ दिखा कर उनकी हत्या कर दे। पुलिस का पूछताछ करने वाला अधिकारी एक अत्यंत धार्मिक सिख था। उसने धर्मग्रंथ का हवाला दे कर संत जी को विश्वास दिलाया कि वह एक सच्चा सिख है। वह किसी भी छोटे से छोटे प्राणी को कोई हानि नहीं पहुंचा सकता। फिर उनके जैसे संत को हानि पहुंचाने का सवाल ही केसे पैदा होता है। बड़ी मुश्किल से संतजी को एक अन्य रेस्ट

हाउस में ले जाया गया जहां पुलिस को उनकी दर्शनार्थी भीड़ से निबटने में परेशानी न हो।

सीबीआई निदेशक ने पंजाब सरकार को लिखा कि सीबीआई निरंकारी बाबा गुरबचन सिंह की हत्या के सिलसिले में संत जरनैल सिंह से पूछताछ करना चाहती है। इस पर पंजाब सरकार ने केंद्र सरकार को लिखा कि वह समुचित न्यायालय में उनकी गिरफ्तारी का आदेश प्राप्त करने के लिए आवेदन करे। अधिकृत सूत्रों से यह पता चला है कि मंत्रिमंडलीय सचिव सहित सारी कार्यपालिका संतजी की गिरफ्तारी की अनुमति लेने के पक्ष में थी लेकिन गृहमंत्री ने इसे अस्वीकृत कर दिया। इसलिए हमें सीबीआई ने कहा कि वे संत जी का रिमांड नहीं लेंगे। इस मामले में गृहमंत्रालय के गलत व्यवहार को गृहमंत्रालय की फाइलें देख कर जाना जा सकता है। इसलिए पुलिस ने उनके लिए न्यायिक रिमांड लेने के बाद संत जरनैल सिंह भिंडरांवाले को फिरोजपुर जेल भेज दिया। बड़ी संख्या में भीड़ ने फिरोजपुर जेल पहुंचना शुरू किया।

इस बीच आल इंडिया सिख स्टूडेंट्स फेडरेशन ने अपनी गतिविधियां तेज कर दीं। भाई अमरीक सिंह और हरमिंदर सिंह संधू ने आतंक फैलाने की तरकीब सोची। हरमिंदर सिंह ने मेरठ के एक पटाखा बनाने वाले से संपर्क किया। सिख स्टूडेंट फेडरेशन के सदस्यों ने पटाखे बनाने का तरीका सीखा। बेसिक तकनीक समझ लेने पर उन्होंने देसी बम बनाने शुरू कर दिए। फिर वे विभिन्न स्थानों पर इनका विस्फोट करने लगे। जनता का कभी आतंकवाद से पाला नहीं पड़ा था। लोग आतंकित हो गए। एआईएसएसएफ के सदस्यों ने रेल की पटरियां भी उखाड़नी शुरू कर दीं। 27 सितंबर 1981 को इसी माहौल में संत लोंगेवाल ने लुधियाने के निकट ऐतिहासिक आलमगीर गुरूद्वारे में शहीदी कांफ्रेंस बुलाई। एआईएसएसएफ के अध्यक्ष ने अकाली नेताओं को धमकी दी कि अगर वे संत जरनैल सिंह भिंडरांवाले की बिना शर्त रिहाई नहीं कराते तो वह सिखों में अकालियों का बहिष्कार करवा देंगे। अकाली दल आतंकवाद से अपने आप को दूर रखे हुए था। लेकिन अब उसने घोषणा की कि अगर 17 अक्तूबर 1981 तक संत जरनैल सिंह को बिना शर्त रिहा नहीं किया जाता तो वे अपना धर्मयुद्ध तेज कर देंगे। इस तरह अकाली दल ने दिखा दिया कि वह भी हत्यारों का संरक्षक है। पंजाब

सरकार और केंद्र सरकार दोनों ने उनकी इस अंतिम तारीख को गंभीरता से लिया। संत हरचंद सिंह लोंगेवाल को वार्ता के लिए दिल्ली बुलाया गया। लेकिन अकाली दल के नेता ने कहा कि जब तक संत जरनैल सिंह को रिहा नहीं किया जाता वह किसी वार्ता में हिस्सा नहीं लेंगे। अकालियों के मस्तिष्क पर एआईएसएसएफ का दबाव बढ़ रहा था। पंजाब सरकार और केंद्र सरकार में मौखिक वार्ता हुई।

पंजाब सरकार ने राय दी कि अगर अकाली शांति वार्ता के लिए तैयार हो जाते हैं तो संत जरनैल सिंह के अभियोजन को स्थगित किया जा सकता है। फिर विचार-विमर्श के बाद पुलिस से कहा गया कि भिंडरांवाले को छोड़ दिया जाए। लुधियाना के एसएसपी ने बहुत सावधानी से अदालत के लिए एक नोट तैयार किया। इसमें कहा गया कि अभी पुलिस को भिंडरांवाले को और हिरासत में रखने की जरूरत नहीं है। समय आने पर उनके विरुद्ध आपराधिक कार्रवाई को आगे बढ़ाया जाएगा। इस तरह संत जरनैल सिंह भिंडरांवाले की 15 अक्तूबर 1981 की रात को रिहाई हुई। जात्थेदार गुरचरन सिंह तोहड़ा ने पहले ही समाचार फैला दिया था और संत के स्वागत की तैयारियां हो गई थीं! उनको कारों व ट्रकों के काफिले में गुरूद्वारा गुरूदर्शन प्रकाश ले जाया गया। पुलिस को इस के लिए भारी बंदोबस्त करना पड़ा। अगर रिहाई दिन में होती तो प्रबंध करना और भी कठिन हो जाता। संतजी ने अपनी रिहाई पर एक विचित्र रहस्योद्घाटन किया कि उनसे फिरोजपुर जेल में केंद्र सरकार के एक मंत्री आकर मिले थे। उन्होंने बताया कि संतजी की गिरफ्तारी पर केंद्र सरकार को बहुत खेद है। वाकई इस पवित्र देश में अनेक प्रकार के चमत्कार होते रहते हैं। संतजी की यह दोहरी वार्ता भी उसी चमत्कार का एक उदाहरण है।

ऐसा लगता है कि केंद्र सरकार अकालियों से वार्ता की बहुत इच्छुक थी। 16 अक्तूबर 1981 को अकालियों की प्रधानमंत्री से वार्ता हुई। इसमें अकालियों को भारी सफलता मिली। उन्होंने हत्या की साजिश के गंभीर अपराध को क्षमा करा लिया।

इससे एआईएसएसएफ का हौसला और बढ़ गया। उनकी बम फोड़ने की हरकतें और बढ़ गई। पुलिस ने उनका पीछा किया। बड़ी मुश्किल से

हरमिंदर सिंह संधू गिरफ्त में आया। लेकिन सरकार के रवैये के कारण पुलिस बल हतोत्साहित था। कोई भी पुलिस अधिकारी एआईएसएसएफ के किसी सदस्य से न तो पूछताछ करने का साहस जुटा रहा था और न ही अदालत से उसके रिमांड की प्रार्थना करने के लिए। काफी दिक्कत से उनमें से एक से पुलिस यह उगलवा पाई कि उन्होंने बम बनाने की तरकीब कहां से सीखी। इस तरह उनकी भूमिका सब के सामने आई। कुल मिला कर उन्होंने विभिन्न स्थानों पर 16 विस्फोट किए थे और इनके लिए जिम्मेदार अपराधियों में से दो को छोड़ सभी को गिरफ्तार कर लिया गया था।

29 नवंबर 1981 को गुरूद्वारा गुरूदर्शन प्रकाश में एक गंभीर बम विस्फोट हुआ। इस बात के वैज्ञानिक प्रमाण मौजूद थे कि या तो वहां बम बनाए जा रहे थे या फिर बम बनाने की सामग्री का भंडारण किया जा रहा था। लेकिन अभी भी पुलिस को वहां प्रवेश करने की अनुमति नहीं थी।

इससे पहले गोलियां चलाने के मामले में वांछित तरसेम सिंह और वधावा सिंह को पुलिस ने 19 नवंबर 1981 को लुधियाना जिले के गांव दहेड़ू में अमरजीत सिंह निहंग के घर पर घेर लिया। इंस्पेक्टर प्रीतम सिंह बाजवा के नेतृत्व में पुलिस दल ने बजाय युक्तियों से काम लेने के इस पर अधिक भरोसा किया कि प्रीतम सिंह ने तरसेम सिंह के साथ पहले कभी रियायत बरती थी। उनको विश्वास था कि इस कारण अपराधी आत्मसमर्पण कर देंगे। लेकिन आत्मसमर्पण करने के बजाय तरसेम सिंह ने घुमावदार सीढ़ियां चढ़ रहे प्रीतम सिंह और सिपाही सूरत सिंह पर गोलियां चला कर उन्हें मार डाला। इस तरह तरसेम सिंह भाग निकला। इस घटना के बाद तरसेम सिंह और तलविंदर सिंह ने भारत से चले जाने का फैसला किया। वे उत्तर प्रदेश की तराई, नेपाल और बांग्लादेश के रास्ते विदेश चले गए। पंजाब पुलिस ने सीबीआई के माध्यम से इंटरपोल से उनकी गिरफ्तारी का अनुरोध किया पर इसका कोई परिणाम न हुआ। कनाडा और जर्मनी की सरकारों ने भारत सरकार के इन अपराधियों के प्रत्यावर्तन के अनुरोध का पुराने कानूनों के आधार पर बहुत रूखा जवाब दिया। इससे यह तथ्य भी उजागर हो गया कि दोस्ती का जुबानी दम भरने वाला कोई भी पश्चिमी देश भारत आकर

आतंकी कार्यवाही करने वाले अपने किसी नागरिक के खिलाफ किसी कार्यवाही में सहायता करने को राजी नहीं है।

जनवरी 1982 में राज्यों के पुलिस डाइरेक्टर जनरलों व इंस्पेक्टर जनरलों का दिल्ली में सम्मेलन हुआ। प्रधानमंत्री ने सभी प्रतिनिधियों को अपने सरकारी आवास पर आमंत्रित किया। उन्होंने हरेक डाइरेक्टर जनरल से अलग से मुलाकात की। मुझसे बात करते समय उन्होंने कहा कि पंजाब के हिंदुओं ने शिकायत की है कि पुलिस सिखों की तरफदारी करती है। मैंने कहा कि इसमें संदेह नहीं कि कुछ पुलिस वालों में घुसपैठ की गई है लेकिन हम स्थिति को सुधारने के लिए कदम उठा रहे हैं। जालंधर के आर्यसमाजी समाचार पत्र चाहते थे कि पुलिस को स्वर्ण मंदिर से संबद्ध आवासों पर छापा मारना चाहिए। मैंने अपनी राय दी कि अगर पुलिस कभी स्वर्ण मंदिर परिसर में घुसी तो इसकी सिखों में तीव्र प्रतिक्रिया होगी और उनका रोष भड़केगा। वह मेरे उत्तर से संतुष्ट प्रतीत हुईं क्योंकि सिखों ने भी उनसे पुलिस द्वारा परेशान किए जाने की शिकायतें की थीं। मैंने कहा कि मैं सांप्रदायिक प्रेस की मांग के मुताबिक पुलिस बल में शामिल सिखों की औपचारिक छानबीन करने के बजाय अपना उत्तरदायित्व छोड़ना बेहतर समझूंगा। अगर सांप्रदायिक आधार पर निष्ठा को आघात पहुंचाया जाए तो कोई भी अनुशासित बल अपना काम नहीं कर सकता।

12 फरवरी 1982 को पुलिस ने दल खालसा के मुख्य पंच हरसिमरन सिंह को गिरफ्तार कर लिया। उससे पूछताछ से पता चला कि किस तरह 29 सितंबर 1981 को इंडियन एयरलाइन के विमान के अपहरण की योजना बनाई गई थी और किस तरह वह महत्वपूर्ण अकाली नेताओं से वित्तीय सहायता पा रहा था। 16 फरवरी 1982 को पुलिस भटिंडा जिले के एक गांव से संत जरनैल सिंह भिंडरांवाले के भतीजे स्वर्ण सिंह को गिरफ्तार करने में सफल रही। पूछताछ के दौरान उसने बताया कि वह गुरूद्वारों में रागी के तौर पर काम करता रहा है। लाला जगत नारायण सिखों के खिलाफ लिखते रहे हैं। उन्होंने अकाल तख्त के प्रमुख जत्थेदार गुरदयाल सिंह अजनोहा और एसजीपीसी के अध्यक्ष गुरचरन सिंह तोहड़ा की देशद्रोही कह कर आलोचना की है।

उसने और दलबीर सिंह ने इस पर लाला जगत नारायण को दंडित करने की योजना बनाई। उसने 13975 रुपए में एक मोटरसाइकिल खरीदी। लेकिन उसकी रसीद किसी कल्पित आदमी के नाम पर ली। दलबीर सिंह दो रिवाल्वर और प्रत्येक में छ: गोलियां ले कर आया। 9 सितंबर 1981 को लाला जगत नारायण एक नेत्र शिविर का उद्घाटन करने पटियाला गए थे। उनकी फिएट कार शाम चार बजे पटियाला से रवाना हुई। इन दोनों ने मोटरसाइकिल पर उसका पीछा किया। उसने इस बात से इनकार किया कि उसने रिवाल्वर से गोलियां चलाई थीं। उसके मुताबिक गोलियां दलबीर सिंह और नछत्तर सिंह ने चलाई थीं। (हालांकि नछत्तर सिंह ने खुद को बचाते हुए भिन्न बयान दिया था।) हत्या करने के बाद वे चंडूकलां आकर संत जरनैल सिंह भिंडरांवाला से मिले और उनको लाला जगत नारायण की हत्या की सूचना दी।

पुलिस ने सभी आतंकी गतिविधियों का पता लगा कर अपराधियों को गिरफ्तार कर लिया था। पर कुछ देश से भाग गए थे। वे इसी प्रकार भागते रहे। समाचार पत्रों ने इन स्थितियों पर गौर करना शुरू कर दिया था। 6 नवंबर 1981 को *ट्रिब्यून* ने एक संपादकीय लिखा, 'कनाडा में खालिस्तान'। उसी पत्र ने 23 नवंबर 1981 के अग्रलेख में 'मामलों में प्रगति की आशा' प्रकट की थी। हालांकि चार दिन पहले ही उसने अपने एक अन्य अग्रलेख में कपूरथला में हुए गोलीकांड के लिए पंजाब पुलिस व उसके प्रमुख की आलोचना की थी। दरअसल पुलिस ने उस मामले का पता लगा लिया था पर वह खामोश थी। वजह यह थी कि वह तलविंदर सिंह व तरसेम सिंह को गिरफ्तार करना चाहती थी। पुलिस की सफलता के मीडिया प्रचार ने पंजाब में राष्ट्रपति शासन लागू करवाने की कूटयोजना को विफल कर दिया था। लेकिन इसने दो षड्यंत्रकारियों और हत्यारों की विदेश भाग जाने में मदद भी की थी। फरवरी 1982 तक सभी मामलों की गुत्थी सुलझा ली गई थी। पंजाब सरकार ने कपूरथला हाउस नई दिल्ली में 22 फरवरी 1982 को सांसदों की एक बैठक बुला कर उनको एक प्रपत्र बांटा। इसका शीषर्क था, ''पंजाब की हिंसक वारदातों की पृष्ठभूमि।'' इस प्रपत्र में न केवल यह खुलासा किया गया था कि किस तरह साजिशें रची गईं और अपराधी पकड़े गए बल्कि यह दावा भी किया गया था कि स्वयं भारत सरकार के आंकड़ों के मुताबिक पंजाब में

अन्य राज्यों के मुकाबले अपराधों की संख्या सब से कम थी। इसके लिए सरकारी मशीनरी द्वारा सांप्रदायिक सौहार्द बनाये रखने का सिद्धांत अपनाया गया था। पुलिस कोई दमन-चक्र नहीं चलाएगी। यह जानकर कि मैं दिल्ली में हूं, गृहमंत्री ज्ञानी जैल सिंह ने मुझे अपने आवास पर बुला भेजा। 23 फरवरी की सुबह मैं उनसे मिला। वह इस बात से नाखुश थे कि मैंने दल खालसा के प्रमुख से पूछताछ के लिए एक जाट सिख डीआईजी को नियुक्त किया है जो उससे वैरभाव रखते थे। उन्होंने कहा कि मैं ही अकेला गैर जाट हूं जो पंजाब का मुख्यमंत्री और फिर भारत का गृहमंत्री बना। मैंने उनको बतया कि पंजाब पुलिस जाति के आधार पर कार्य नहीं करती और हरसिमरन सिंह के कुछ तथ्य उजागर करने से उनके चरित्र हनन का कोई सवाल पैदा नहीं होता। मैंने उनको यह भी बताया कि पंजाब पुलिस ने हरसिमरन सिंह से जो पूछताछ की थी उसकी विस्तृत रिपोर्ट आपको भेजी गई है। वह सुनकर हैरान हुए और बोले कि ऐसी कोई रिपोर्ट उनको पेश नहीं की गई। बाद में मैंने गृहमंत्रालय के सचिव भी टी.एन. चतुर्वेदी से अनुरोध किया कि वह हरनाम सिह से हुई पूछताछ का संक्षिप्त ब्योरा अपने गृहमंत्री को भेज दें ताकि इस बारे में उनकी गलतफहमी दूर हो।

यमुना-सतलुज संपर्क नहर योजना 1982 के हरियाणा के चुनावों की घोषणा होने तक ठंडे बस्ते में थी। हमें समाचार मिला कि प्रधानमंत्री इस कार्य के उद्घाटन के अवसर पर अंबाला सीमा के पास पटियाला जिले के कपूरी गांव में एक जनसभा को संबोधित करेंगी। वातावरण में आतंक व्याप्त था। अकालियों ने ऐलान किया कि वे कभी भी इस सिंचाई योजना को लागू नहीं होने देंगे। इसलिए हमें प्रधानमंत्री की जनसभा की सुरक्षा के कड़े प्रबंध करने पड़े जिसमें हरियाणा से भारी संख्या में जनता आ रही थी। इस गांव में एक गुरूद्वारा भी था। स्त्री अकाली दल की अध्यक्ष और मास्टर तारा सिंह की पुत्री डा. राजिंदर कौर ने कुछ औरतों के साथ मिलकर गुरूद्वारे में पटाखे फोड़ने शुरू कर दिए। बहरहाल प्रधानमंत्री की सभा बिना किसी अप्रिय घटना के समाप्त हो गई। कपूरी से हेलीकाप्टर द्वारा रवाना होने से पहले प्रधानमंत्री ने पूछा कि क्या पुलिस को गोली चलानी पड़ी थी? मैंने उनको बताया कि वह तो डा. राजेंद्र कौर ने भ्रम पैदा करने के लिए पटाखे चलाए थे। इस पर वह मुस्करा दीं।

अब नहर रोको आंदोलन आरंभ हुआ। सरकार ने खुदाई का काम शुरू किया। हमने अवरोध लगाए और आंदोलनकारियों से सीधे संघर्ष से बचने के लिए पुलिस को उनके अंदर रखा। इसने अकाली और माकपा कार्यकार्ताओं को दूर रखा। सांकेतिक नहर खोदना और सांकेतिक आंदोलन का सिलसिला जुलाई 1982 तक जारी रहा। पंजाब सरकार मामले को लंबा खींच रही थी। अकाली भी सदृश्यता बनाए हुए थे। फिर अगस्त में इसे अमृतसर स्थानांतरित कर दिया गया।

जैसा कि पहले कहा जा चुका है पुलिस 1982 तक बब्बर खलासा और एआईएसएसएफ पर हावी थी। लेकिन यह राहत अधिक दिनों तक न चल सकी। दल खालसा के बचे खुचे हिस्से ने हिंदू सिख दंगा भड़काने में कामयाबी हासिल कर ली। उन्होंने कटरा के शिव मंदिर के सामने दो गायों के कटे सिर डाल दिए थे। इससे दोनों समुदायों में तनाव बढ़ना शुरू हो गया। 27 अप्रैल 1982 को दोनों समुदायों मे पत्थरबाजी शुरू हो गई। इस पर पुलिस को गोली चलानी पड़ी जिसमें दो व्यक्ति घायल हो गए। कर्फ्यू लागू किया गया। श्री आर.एल. भाटिया ने जनता को शांत करने में बड़ी सकारात्मक भूमिका निभाई। पत्थरबाजी में अनेक पुलिसवाले भी घायल हुए थे। जांच करने पर पता चला कि गायों के सिर खरार में काटे गए थे। वहां दो गायों के सिर विहीन शरीर 22 अप्रैल को बरामद हुए। पुलिस ने अपराधियों की भी पहचान कर ली। इनमें से एक को एसजीपीसी ने वाहन दिया था और दूसरे को इंगलैंड भागने के लिए साधन मुहैया कराए थे।

30 अप्रैल 1982 को पटियाला के काली मंदिर के जंगले के बाहर एक गाय की पूंछ पड़ी पाई गई। इस पर क्षुब्ध हिंदुओं ने जलूस निकाला। उधर नौजवान खालसा दल ने भी एक जलूस निकाला। दोनों दलों में मुठभेड़ रोकने के लिए पुलिस को प्रयास करने पड़े। इसमें दो डीएसपी, तीन इंस्पेक्टर और अनेक अन्य रैंक घायल हुए। गौ हत्या के मामलों की जांच से पता चला कि हिंदू सुरक्षा समिति को कांग्रेस (आई) के विधायकों व नेताओं का समर्थन प्राप्त था। उसके अध्यक्ष पवन कुमार को बड़ी कठिनाई से गिरफ्तार किया गया। लिहाजा जब प्रधानमंत्री मई 1982 के अंतिम सप्ताह में हिमाचल के दौरे से आदमपुर आईं तो मैंने उनको बताया कि अगर कांग्रेसी

विधायकों को सांप्रदायिक हिंसा प्रायोजित करने की अनुमति दी जाएगी तो परिणाम बहुत त्रासद होंगे।

दल ख़ालसा की इन शरारती हरकतों को देखते हुए केंद्रीय सरकार ने कुछ निर्णायक कदम उठाने का निर्णय लिया। हमें एक बैठक के लिए बुलाया गया। इसमें निर्णय लिया गया कि दल खालसा और काउंसिल फार खालिस्तान पर पाबंदी लगाई जाए। इस तरह 1 मई 1982 को गृहमंत्री की अनुमति के बिना इन दोनों संगठनों पर प्रतिबंध लगा दिया गया। अगर गृहमंत्री वहां होते वह निश्चय ही इसे अस्वीकृत करते। उनकी प्रवृत्ति के बारे में सब को पता था। एआईएसएसएफ पर प्रतिबंध न लगाना एक गलती थी जो विघटनकारी गतिविधियों पर बुरी तरह आमादा थी। एक और महत्वपूर्ण निर्णय संत जरनैल सिंह भिंडरांवाले को बंबई में गिरफ्तार करने का लिया गया जहां वह अपने सशस्त्र जत्थे के साथ गए हुए थे। महाराष्ट्र सरकार इसके विरुद्ध थी। उसका प्रतिनिधि ऐसा करने के लिए अनिच्छुक था। उसका तर्क था कि इससे पंजाब की समस्या महाराष्ट्र स्थानांतरित हो जाएगी। फिर भी महाराष्ट्र सरकार से कार्रवाई करने को कहा गया। भारतीय सीमा बल का एक दल विमान से बंबई भेजा गया ताकि सशस्त्र जत्थे के प्रतिरोध करने पर स्थिति का सामना किया जा सके। चंडू कलां की तरह बंबई की योजना भी असफल रही। कारण यह था कि इस काम के लिए तैनात महाराष्ट्र पुलिस और विशेष दल बहुत दुराग्रही था और अनुयायी नहीं चाहते थे कि पुलिस उनके संत को परेशान करे। लिहाजा वह एक फिएट कार में पंजाब के लिए रवाना हो गए। यह कहना उचित नहीं कि ज्ञानी जैल सिंह ने बंबई आ कर संतजी के भागने में सहायता की।

बात यह थी कि पंजाब में संतजी के अनुयायियों की संख्या बहुत अधिक थी। पंजाब सरकार उनको पंजाब में गिरफ्तार करके इन अनुयायियों को उत्तेजित नहीं करना चाहती थी। लेकिन यह महसूस होने पर कि कोई भी राज्य सरकार उनको पकड़ने का साहस नहीं दिखाएगी, पंजाब सरकार ने संतजी और एआईएसएसएफ के खिलाफ पंजाब में ही कार्रवाई करने के संभावित परिणामों पर विचार किया। पुलिस के पास निश्चित सूचना थी कि भिंडरांवाले के जत्थे के पास लाइसेंसी कारबाइनें, .310 राइफलें, दोनाली व एक नाली की

बंदूकें और रिवाल्वर हैं। उनके पास बिना लाइसेंस के हथियार भी थे। सरकार इस निष्कर्ष पर पहुंची कि सीधे संघर्ष में अनेक लोग हताहत होंगे। अगर इसमें संतजी शहीद हो जाते हैं तो पंजाब आग की लपटों में होगा। उस समय तक जनता को जानकारी न थी कि जत्थे और एआईएसएसएफ ने कितनी हत्याओं और अपराधों को अंजाम दिया है। कोई भी जनसेवक खुलेआम इस बात की चर्चा नहीं करना चाहता था क्योंकि इससे उसका नाम भी हिट लिस्ट में आ जाता। पुलिस को भी इस तरह के हथियारबंद धर्मांध जत्थे से सीधी लड़ाई करने का कोई प्रशिक्षण न था जो आत्मसमर्पण करने के बजाय शहीद होना बेहतर समझता हो। मैं जत्थे और पुलिस बल दोनों का खून बहाने के विरुद्ध था।

इसलिए केंद्रीय रिजर्व पुलिस बल और सीमा सुरक्षा बल के दिशानिर्देश में एक कमांडो कंपनी तैयार करने का निर्णय लिया गया। यह भी तय किया गया कि हम अपनी गोलीबारी की क्षमता का ऐसा प्रभावी प्रदर्शन करें कि जत्था खुद हथियार डालने में बेहतरी समझे। जत्थे को घेरने का फैसला किया गया। इसके लिए गश्ती कारों की जरूरत थी। पता चला कि सीमा सुरक्षा बल के पास जो ऐसी पुरानी कारें थीं वह उन्होंने विखंडित कर दी थीं। इस पर मैं और श्री दरबारा सिंह लोकसभा के तत्कालीन अध्यक्ष श्री बलराम जाखड़ के पास गए। उन्होंने सारी बात सुनने के बाद आश्वासन दिया कि वह केंद्रीय गृहमंत्री व रक्षा मंत्री श्री आर. वेंकटरमन से इस बारे में बात करेंगे। लेकिन खेद का विषय है कि सेना ने सीमा सुरक्षा बल को कोई गश्ती गाड़ी नहीं दी। यह कितनी हैरानी की बात है कि देश का रक्षा मंत्री भी सेना को सीमा सुरक्षा बल को उधार या खरीदने के लिए कुछ गश्ती गाड़ियां देने के लिए राजी नहीं कर सका। इससे स्थिति और बिगड़ गई।

इस दौरान 13 अप्रैल 1973 को मारे गए अखंड कीर्तनी जत्थे के फौजा सिंह की विधवा बीबी अमरजीत कौर ने 22 मई 1982 को पट्टी में चार बेकसूर लोगों की गोली मार कर हत्या करवा दी। पुलिस की जांच से पता चला कि यह वही अपराधी गिरोह था जिसने 21 सितंबर 1981 को तरन तारन में गोलियां चलाई थीं। इनमें से कई अपराधी पकड़े गए। उनसे पूछताछ से इसमें बीबी अमरजीत कौर की लिप्तता और उसे अकाली नेताओं से मिले

आशीर्वाद का पता चला। वह तुरंत भूमिगत हो गई। इसके बाद वह कभी स्वर्ण मंदिर से बाहर नहीं निकली। आपेशन ब्लू स्टार होने पर ही उसने आत्मसमर्पण किया। संत हरचंद सिंह लोंगेवाल की रिश्तेदार होने के कारण बरनाला सरकार ने उसके साथ राजकीय अतिथि की तरह व्यवहार किया। 2 अक्तूबर 1985 को बीबी को बरनाला सरकार ने रिहा कर दिया। इस गिरोह का नेता फौजा सिंह का सहयोगी कृषि निरीक्षक सुरिंदर सिंह वारंग था। वह पाकिस्तान भागने में सफल रहा। अगर समय रहते कार्रवाई की जाती तो उसे गिरफ्तार किया जा सकता था। अफवाह है कि उसके भागने का इंतजाम किया गया था।

मैं अपने सारे करियर के दौरान झूठी मुठभेड़ों के खिलाफ रहा हूं। मेरी यही राय रही है कि अगर झूठी मुठभेड़ें कराई गईं तो सिख उग्रवाद की आग भड़क कर नियंत्रण से बाहर हो जाएगी। इसलिए मैंने सभी पुलिस सुपरिंटेंडेंट्स को किसी भी हालत में ऐसी मुठभेड़ों से गुरेज करने की हिदायत दी थी। लेकिन कई ऐसे लोग भी थे जो सोचते थे कि आतंकियों का खात्मा करके ही इस समस्या से निबटा जा सकता है। जब पुलिस पूर्व हेडकांस्टेबल सेवा सिंह और गुरनाम सिंह को गिरफ्तार करने या गोली मारने में असफल रही तो दीवाली 1981 की पूर्व संध्या को मुख्यमंत्री के आवास पर रात भर हमारी मीटिंग हुई। इस में मुख्य सचिव ने कहा कि मैं अपना उत्तदायित्व छोड़ दूं। इस पर मैंने कहा कि मैं कोई झूठी मुठभेड़ नहीं होने दूंगा जैसे कि संकेत दिए जा रहे हैं। मैं कल ही छुट्टी के लिए आवेदन कर देता हूँ। लेकिन मुख्यमंत्री ने रोका। वह अपने प्रार्थना वाले कमरे में गए। शायद गुरूग्रंथ साहब से निर्देश लेने के लिए। फिर लौट कर बोले कि आप को जाने की जरूरत नहीं है। दूसरी बात मैं उस समय अपना पद त्याग करने को तैयार हो गया था जब यह कहा गया कि सभी सिख पुलिसवालों की स्क्रीनिंग की जाए और धार्मिक आधार पर लोगों की भर्त्सना की जाए। मेरी राय में यह अत्यंत अरुचिकर विचार था।

जुलाई 1982 के पहले हफ्ते में भाई अमरीक सिंह को गिरफ्तार करने का फैसला किया गया। वह संत भिंडरांवाले की नकल पर अपनी जीप में हथियारबंद आदमियों को लेकर चलते थे और जगह-जगह पुलिस थाने के

स्टाफ को धमकाते फिरते थे। हमने अपने कमांडो और केंद्रीय रिजर्व पुलिस बल की एक कंपनी लुधियाना भेजी। वहां उन्हें एक अदालत में पेश होना था। नियत दिन पर वह नहीं आए। मैंने मुख्यमंत्री को सारी स्थिति की जानकारी दी। उनका जवाब सुनकर मैं हैरत में पड़ गया। उन्होंने बताया कि मैंने खुद अमरीक सिंह को चेता दिया था कि वहां पुलिस का जाल बिछा है, वह वहां न जाएं। मैं यह सोचकर पसोपेश में था कि आखिर मुख्यमंत्री क्यों चाहते हैं कि हम एआईएसएसएफ के खिलाफ कार्रवाई में कामयाब न हों? मैंने देखा था कि जरनैल सिंह भिंडरांवाले के भतीजे स्वर्ण सिंह की फरवरी 1982 में गिरफ्तारी के बाद से संतजी सरदार दरबारा सिंह की खुलेआम तीखी आलोचना कर रहे थे। स्वर्ण सिंह को गिरफ्तार करके पुलिस ने यह भ्रम तोड़ दिया था कि संत भिंडरांवाले के किसी रिश्तेदार या उनकी शरण में आए किसी व्यक्ति को पुलिस छू भी नहीं सकती। मेरी आशंका को उस समय और बल मिला जब मुख्यमंत्री सरदार दरबारा सिंह ने स्पष्ट कहा कि उन्होंने अमरीक सिंह को चेताया है। मेरे मन में यह संदेह भी पनपने लगा कि क्या हम लोग कभी वाकई आतंकियों पर हावी हो सकेंगे। मैंने दिल्ली में संबद्ध अधिकारियों से इस बारे में बातचीत की। उन्होंने कहा कि ऐसा संवादहीनता के कारण हो सकता है। मुझे पंजाब में अपना काम जारी रखना चाहिए।

जब मुख्यमंत्री शिमला गए हुए थे, भाई अमरीक सिंह को 19 जुलाई 1982 को अमृतसर पुलिस ने गिरफ्तार कर लिया। गिरफ्तारी के बाद ही उनको इसकी सूचना दी गई। इस की पूरी संभावना थी कि उनको चेताया जा सकता है। उनके साथियों को भी गिरफ्तार कर लिया गया। इस से संत भिंडरांवाले भड़क उठे। उन्होंने अपना मुख्यालय उसी दिन गुरू नानक निवास में स्थानांतरित कर लिया। वहां से उन्होंने ऐलान किया कि जब तक भाई अमरीक सिंह को रिहा नहीं किया जाता, उनका एक जत्था रोज गिरफ्तारी देगा। संत भाई अमरीक सिंह का कर्ज उतारना चाहते थे जिन्होंने अक्तूबर 1981 में उनको मुक्त कराया था। संतजी ने अपने जत्थों के लिए जितने लोगों को एकत्र किया था उनकी संख्या कोई विशेष प्रभाव नहीं रखती थी। लेकिन वह ब्लैकमेल करने और धमकी देने की कला में माहिर थे। इसके

दम पर उन्होंने पहले गुरचरन सिंह तोहड़ा और फिर संत हरचंद सिंह लोंगेवाल को अपने पक्ष में कर लिया। उन्होंने अपने धर्मयुद्ध का युद्धक्षेत्र कपूरी से अमृतसर स्थानांतरित कर लिया। स्वर्ण मंदिर ने सदा सिख समुदाय को बड़ी प्रतिक्रिया के लिए प्रेरित किया है। लिहाजा संत हरचंद सिंह के आवाहन पर रोज भारी संख्या में सिख गिरफ्तारी देने आने लगे।

मेरी सलाह थी कि हमें इन स्वयंसेवकों को गिरफ्तारी के बाद अमृतसर से थोड़ी दूरी पर मुक्त करना चाहिए। लेकिन पंजाब के गृह विभाग की सलाह पर राजनीतिक नेताओं ने मेरी बात को अमान्य कर दिया। उनका तर्क था कि जेलों में इतने लोगों को रखने का स्थान नहीं है। लोंगेवाल के मोर्चा शुरू करने पर संत जरनैल सिंह भिंडरांवाले और एआईएसएसएफ ने अपनी उग्रवादी गतिविधियां बढ़ा दीं। 4 अगस्त 1982 को हत्याओं के अपराध में वांछित एक सिख गुरबक्श सिंह ने इंडियन एयरबस का अपहरण कर लिया और उसे जबरदस्ती लाहौर ले गया। विमान को लाहौर में उतरने की अनुमति नहीं मिली। वह लौट कर फिर अमृतसर उतरा। गुरबक्श को हिरासत में ले लिया गया। उसने कुबूल कर लिया कि किस तरह आतंकवाद के प्रायोजकों ने विमान अपहरण की योजना बनाई थी।

20 अगस्त 1982 को पंजाब के मुख्यमंत्री ने रोहों में लड़कियों के एक उच्चतर माध्यमिक स्कूल का उद्घाटन करना था। उस समय स्कूल के मैदान में एक हथगोला फेंका गया। इससे मुख्यमंत्री व शिक्षा मंत्री हरचरन सिंह अजनाला समेत कुछ और लोग घायल हो गए। इनमें से एक अपराधी को अगले दिन जालंधर पुंलिस ने मुठभेड़ में मार गिराया। सीआईडी को इस बात की पूरी जानकारी थी कि इसके पीछे किसका हाथ है। लेकिन उच्च अधिकारियों ने किसी तरह की कार्रवाई की अनुमति नहीं दी।

उसी दिन एक व्यक्ति मंजीत सिंह उर्फ मुसीबत सिंह ने, जो पुतलीघर, अमृतसर में इलेक्ट्रीशियन था, जोधपुर से इंडियन एयरलाइन के विमान का अपहरण कर लिया और उसे लाहौर ले गया। इस बार भी लाहौर के अधिकारियों ने विमान को वहां उतरने की इजाजत नहीं दी। विमान अमृतसर में आकर उतरा। मुसीबत सिंह ने संत भिंडरांवाले की तरफ से अपनी मांगें

रखीं। पंजाब पुलिस के कमांडो दल ने एक सफल कार्रवाई में किसी भी यात्री को कोई नुकसान पहुंचाए बिना मुसीबत सिंह को गोली मारकर धराशायी कर दिया। उसकी मौत ने कुछ समय तक अपहरण की वारदातों को विराम लगा दिया।

स्वर्ण मंदिर परिसर के आवासों में छिपे संत जरनैल सिंह भिंडरांवाले और अन्य उग्रवादियों से निबटने के लिए हम कुछ समय से उच्च तकनीक के उपकरणों से सहायता लेने पर विचार कर रहे थे। इनमें से एक तरकीब इस परिसर में कुछ गुप्त कैमरे लगाने की थी जिनकी मदद से संतजी से मिलने जाते हुए या उनसे मिलकर लौटते हुए किसी व्यक्ति की फोटो खींची जा सके। इसकी तथा तत्संबंधी अन्य योजनाओं की पंजाब में सिर्फ तीन लोगों को जानकारी थी। मुझे, एक आईएएस अधिकारी जो अभी भी सेवारत हैं, और मुख्यमंत्री को। मुझे यह जानकार बहुत दुख हुआ कि इस योजना का भांडा बहुत ही विकृत रूप से फोड़ा गया कि हम लोग संत भिंडरांवाले व सरदार रणधीर सिंह चीमा के कक्षों में बम लगाने की योजना बना रहे हैं। अकाली मंत्रिमंडल के पूर्व लोक निर्माण विभाग मंत्री ने सार्वजनिक बयान दिया जिसे जालंधर के भाषायी पत्रों ने छापा। इसने मेरी रही-सही इच्छा शक्ति को भी तोड़ दिया। मुझे विश्वास हो गया कि संत भिंडरांवाले और उनके संगी-साथियों से निबटने की पुलिस की किसी भी योजना को पंजाब सरकार निजी कारणों से कभी सिरे नहीं चढ़ने देगी।

इसलिए मैंने गृहमंत्रालय के सचिव से अनुरोध किया कि मुझे पंजाब से स्थानांतरित कर दिया जाए। मैं प्रधानमंत्री से भी मिला। उनसे भी मैंने यही अनुरोध किया। साथ ही यह भी कहा कि वह पंजाब सरकार से कहें कि वह अमृतसर के मार्चा में गिरफ्तार अकाली स्वयंसेवकों को रिहा कर दे। उन्होंने पूछा कि इससे आगे की कार्रवाई क्या होगी? मैंने कहा कि सरदार स्वर्ण सिंह की अकाली नेता बहुत इज्जत करते हैं। वह कुशल वार्ताकार भी हैं। अगर उनको मध्यस्थता के लिए राजी कर लिया जाय तो शायद कोई हल निकले। उन्होंने मेरे प्रस्ताव पर विचार करने की अनुकंपा की।

जब मैं पंजाब से आकर दिल्ली में सीमा सुरक्षा बल के महानिदेशक का पद संभाल रहा था, पंजाब में आतंकवादी खामोश थे और पुलिस का पलड़ा

भारी था। मध्य अक्तूबर 1982 में जब एकबार अकाली स्वयंसेवकों को रिहा कर दिया गया तो लगा कि स्थिति सामान्य हो रही है। सरदार स्वर्ण सिंह और हरचरन सिंह सुरजीत (माकपा) ने मध्यस्थता आरंभ कर दी थी। समझौते के आसार बन रहे थे। मैं एशियाई खेलों के लिए आयोजन में व्यस्त था। पर पंजाब के मामले में मुझ से समय-समय पर सलाह ली जाती थी। खेद का विषय है कि जब समझौते का सारा स्वरूप तय हो गया, प्रधानमंत्री के परिवार के एक सदस्य ने हस्तक्षेप करके उसे ध्वस्त कर दिया। यह इतिहासकारों के लिए शोध का विषय है कि प्रधानमंत्री ने अपना विचार बदल लिया था या राजीव को तैयार किया गया था कि वह प्रधानमंत्री को इसके विरुद्ध सलाह दें। मैं कुछ जानता हूँ। क्योंकि नवंबर की एक रात सीमा सुरक्षा बल से कहा गया था कि वह अपना विमान अमृतसर उड़ान भरने के लिए तैयार रखे। इस योजना को अचानक रद्द कर दिया गया।

नवंबर 1982 के मध्य तक संत जरनैल सिंह भिंडरांवाले और लोंगेवाल को आस थी कि वार्ता फिर शुरू होगी। दरअसल संत जरनैल सिंह भिंडरावाले में थकान के लक्षण प्रकट हो रहे थे। कुछ अकाली नेताओं को मुझ पर भरोसा था क्योंकि कुछ पक्षों से दबाव पड़ने के बावजूद मैंने स्वर्ण मंदिर परिसर के आवासों में पुलिस भेजने से इनकार कर दिया था। वे यह भी जानते थे कि मैं कभी भी झूठी मुठभेड़ों के पक्ष में नहीं था और मैंने सदा ऐसे अनैतिक व दुष्परिणामी कृत्य का विरोध किया था। लिहाजा नवंबर के मध्य में उनका एक दूत मुझसे दिल्ली में मिला। उसने मुझ से अनुरोध किया कि मैं उच्चअधिकारियों से वार्ता पुनः शुरू करने के लिए कहूं। इससे कोई ऐसा सम्मानजनक फार्मूला निकाला जाए जिससे भिंडरांवाले और अकाली दोनों अपना आंदोलन वापस ले सकें। मैंने संबद्ध अधिकारियों तक यह बात पहुंचा दी क्योंकि प्रधानमंत्री से बार-बार मिलना उचित न था। ऐसा लगा कि अकालियों के पूर्व दुराग्रह की जगह अब सरकार के दुराग्रह ने ले ली थी। हरियाणा की भजनलाल सरकार ने एशियाई खेलों के लिए दिल्ली आने वाले हर सिख की तलाशी लेनी शुरू कर दी थी। आखिर भजनलाल को ऐसा करने के लिए किसने कहा था? इसके जवाब से कुछ रहस्यों पर से पर्दा उठ सकता है। इससे अकालियों का रवैया कठोर हो गया और संत

भिंडरांवाले भड़क उठे। झूठी मुठभेड़ों की नीति दोबारा चालू करने ने मामले को और भी भड़काया। पंजाब सरकार ने एक और गलती की। उन्होंने कुछ ऐसे अफसरों को अमृतसर जिले का एसपी बनाया जिनकी निष्ठा संदिग्ध थी। मैं तटस्थ रहा क्योंकि बीएसएफ को गुटनिरपेक्ष देशों के सम्मेलन (नैम) का काम सौंपा गया था।

फरवरी 1983 के पहले सप्ताह में मुझे खबर मिली कि अकाली दल इस निष्कर्ष पर पहुंचा है कि केंद्र सरकार उनको कोई रियायत नहीं देने वाली। लिहाजा उनको अपने संघर्ष को और तेज करना होगा। फरवरी के मध्य में मैं गोहाटी में था। प्रधानमंत्री वहां अपने विमान में जाने के लिए रुकीं तो मैंने उनको अकालियों के इस रवैये से अवगत कराया और अनुरोध किया कि अगर वे जी.एस. तोहड़ा से अलग से वार्ता करें तो आंदोलन समाप्त हो सकता है। उन्होंने इसमें अपनी अनिच्छा जताते हुए कहा कि मैं किसी दूसरे स्तर पर यह बात करूं। मैंने वह भी किया पर कोई परिणाम नहीं निकला क्योंकि इस बारे में फैसले किसी और ही स्तर पर किए जा रहे थे। उन लोगों के द्वारा जिनको सिखों की मानसिकता, भिंडरांवाले की कूट योजनाओं या पंजाब सरकार की कमजोरियों के बारे में कोई जानकारी न थी।

अप्रैल 1983 को राष्ट्रीय पुलिस अकादमी, हैदराबाद ने हमें पासिंग आउट परेड देखने के लिए आमंत्रित किया था। 25 अप्रैल 1983 को मैं हैदराबाद से लौट आया। लेकिन गृह सचिव वहां रुक गए थे। हालांकि उस दिन इतवार था लेकिन 11 बजे अमृतसर से मुझे फोन आया कि डीआईजी श्री अजित सिंह अटवाल की स्वर्ण मंदिर की सीढ़ियों पर गोली मार कर हत्या कर दी गई है। उस समय प्रधानमंत्री राजस्थान के दौरे पर गई हुई थीं। मैंने इस जघन्य हत्या की सूचना मंत्रिमंडलीय सचिव सी.आर.कृष्णमूर्ति राव साहब को दी। हत्यारों का पीछा करने के लिए कोई कार्रवाई नहीं की गई। सरदार दरबारा सिंह और उनके पुलिस महानिदेशक ने कहा कि उन्होंने दिल्ली से स्वर्ण मंदिर के आवासों में प्रवेश करके अपराधियों को पकड़ने के निमित्त अनुमति मांगी थी जिसे अस्वीकृत कर दिया गया। जब प्रधानमंत्री और गृह सचिव दिल्ली में नहीं थे तो यह निर्णय किसने लिया? इस बहादुर अधिकारी की मौत का बदला नहीं लिया गया न ही ठीक तरह से इस हत्याकांड की जांच की गई। श्री अटवाल

को उच्च स्तर पर संपर्क रखने का दावा करने वाले एक पुलिस अधिकारी और ब्रिगेडियर ने स्वर्ण मंदिर जाने के लिए बहकाया था। उनके खिलाफ कोई कार्रवाई क्यों नहीं हुई? यह भी एक रहस्य बना हुआ है।

भाई अमरीक सिंह गुरदासपुर जेल में थे। 6 अगस्त 1983 को उनको अमृतसर की एक अदालत में सुनवाई के लिए लाया गया। पुलिस के कुप्रबंध या उनके साथ सांठगांठ के कारण साथी आतंकवादी पुलिस की वहाँ मौजूदगी में उनको वहाँ से स्वर्ण मंदिर की सुरक्षित शरणस्थली में ले गए। इससे रही सही आस भी जाती रही। क्योंकि वह संत भिंडरांवाले से कहीं अधिक उग्र थे और भिंडरांवाले के साथ रहने वाले लोगों के मुकाबले कहीं अधिक चतुर थे। उसके थोड़े समय बाद 6 अक्तूबर 1983 को 6 हिंदू यात्रियों की हिंसा के एक नए दौर के तहत जीटी रोड पर ढिलवां के पास गोली मारकर हत्या कर दी गई। दिल्ली ने राष्ट्रपति शासन लागू करने का निर्णय लिया। हम में से जो सिख मानसिकता को समझते थे, उन्होंने दिल्ली को सिखों के साथ सीधे संघर्ष से बचने की सलाह दी। एक सिख मुख्यमंत्री का, उसके मंसूबे भले ही कुछ भी हों, बीच में होना बेहतर था। लेकिन हमारी सलाह को अमान्य कर दिया गया। दरबारा सिंह को हटाए जाने का जश्न उनके विरोधियों ने पंजाब में ही नहीं दिल्ली में भी मनाया। इसके बाद चंडीगढ़ में राज्यपालों व उनके सलाहकारों के काफिले का सिलसिला शुरू हुआ। हर संगीन वारदात के बाद उनको मैले कपड़े की तरह बदल दिया जाता था। कोई निश्चित नीति निर्धारित नहीं की जा सकी। राष्ट्रपति शासन के तुरंत बाद अक्तूबर में यह सलाह दी गई कि आवासीय परिसर व उनके जुटाए उपकरणों पर एक अर्धसैनिक बल कमांडो के साथ हमला करे। लेकिन निर्णय करने वाले फिर डगमगाए। यह सूरतेहाल देख कर मैं बेचैनी महसूस कर रहा था। पर मैं गोवा में होने वाले चोगम सम्मेलन की तैयारियों में व्यस्त रहा।

संत जरनैल सिंह और उनके जत्थे ने आवासीय परिसर छोड़ दिया और उन्होंने 15 दिसंबर 1983 को अकाल तख्त पर कब्जा जमा लिया। यह देखकर एक अर्धसैनिक बल ने, जो हमेशा अपने गुप्त मिशन का गर्व करती थी और जिसने अंततः सरकार को निराश किया, उसने सरकार से आवासीय परिसर और

स्वर्ण मंदिर के लंगर स्थल पर कब्जा करने की योजना प्रस्तुत की। यह सोचकर कि मुझे परिसर के बारे में जानकारी है, मुझसे सलाह ली गई। मुझे इसमें दो एतराज थे। आखिर उद्देश्य क्या था? संत परिसर छोड़ गए थे। फिर एक कंपनी अपर्याप्त थी। उसे अकाल तख्त और आसपास के भवनों से गोलीबारी करके नष्ट किया जा सकता था। 1984 के मध्य फरवरी तक मैं इस योजना को स्थगित रखने में सफल रहा। इस तरह मैंने उस अर्धसैनिक बल को अपने जवानों को मरवा डालने की अपरिपक्वता के आरोप से बचाए रखा।

अंतिम क्षणों की संधि वार्ता

अप्रैल 1984 में मुझसे कहा गया कि मैं संत भिंडरांवाले से गुपचुप संधि वार्ताएँ करूं। भाई अमरीक सिंह का कामकाज बाधित करने का रवैया अपना प्रभाव बनाए हुए था। मैं देख सकता था कि मैं इस मिशन में सफल नहीं हो सकता। संत भिंडरांवाले ने मुझसे कहा कि अमुक मंत्री के साथ वार्ता के लिए आप स्वर्ण मंदिर में आएं। हमारा प्रस्ताव था कि दमदमी टकसाल अमृतसर के सर्किट हाउस में आए। हम उनकी सुरक्षा की गारंटी लेते हैं। भाई अमरीक सिंह ने जिद की कि हम स्वर्ण मंदिर परिसर में ही आएँ। इस योजना को त्यागना पड़ा। इस बात की क्या गारंटी थी कि मुझे और मंत्रीजी को बंधक नहीं बनाया जाएगा? इस मामले में भिंडरांवाले का एक रिश्ते का भाई मध्यस्थता कर रहा था। वह कनाडा से आया था। बाद में पता चला कि कनाडा की पुलिस उसे उसकी पत्नी के ही गढ़े एक हत्या के आरोप में खोज रही थी। मानव विश्वासघात बड़ा भयावह होता है। मुझे पता चला कि उसकी पत्नी उसकी बहुत बड़ी संपत्ति को हथियाने के लिए उसे इस जाल में फंसाना चाहती थी। प्रधानमंत्री ने मुझे जिस शांति मिशन का उत्तरदायित्व सौंपा था, उसमें मैं असफल रहा। उनको निराशा हुई। लेकिन इस मामले में जो जोखिम थे, उनसे वह परिचित थीं।

अकाल तख्त पहुंचने के बाद भिंडरांवाले ने स्वर्ण मंदिर की किलेबंदी शुरू कर दी। इसके लिए उसको सलाह सेवानिवृत्त मेजर जनरल सहबेग सिंह और अमृतसर निवासी से.नि. ब्रिगेडियर महिंदर सिंह दे रहे थे। सहबेग सिंह को किन्हीं आरोपों के कारण सेवा से बर्खास्त कर दिया गया था। यह निश्चित

था कि संतजी ने अंदर की मोर्चाबंदी के साथ युद्ध करने का फैसला कर लिया था। सुरक्षा बलों और संतजी के आतंकियों में आए दिन गोलीबारी होती रहती थी। स्वर्ण मंदिर की पवित्रता भंग हो रही थी और भक्तजन मंदिर में जाने से डरने लगे थे। किसी भी आगंतुक को रेत के बोरे और गहन गोलीबारी के कारण पड़े निशान साफ दिखाई देते थे।

29 अप्रैल 1984 को सीमा सुरक्षा बल को मोगा के गुरूद्वारा केनी कौर, गुरूद्वारा सिंह सभा और गुरूद्वारा अलकसर को घेरने का आदेश दिया गया। इन गुरूद्वारों से उग्रवादी निरंतर गोलीबारी कर रहे थे जिससे कई नागरिक मारे गए थे। सीमा सुरक्षा बल से कहा गया था कि वह 2 मई 1984 को गुरूद्वारे में प्रवेश कर जाएँ। मैं जानता था कि किस तरह आखिरी क्षणों में आदेश बदल दिए जाते हैं। इसलिए मैंने सीमा सुरक्षा बल को कमांड कर रहे आई.जी. से कहा कि वह 2 मई को गुरूद्वारे में प्रवेश करने से पहले रात तीन बजे मुझसे इसकी एक बार और पुष्टि कर लें। मेरा अनुमान सही निकला। आधी रात को मुझे एक बैठक में बुलाया गया। उसमें मुझसे कहा गया कि सीमा सुरक्षा बल को मोगा गुरूद्वारे में प्रवेश न करने को कहूं। मैंने वहां एकत्र अधिकारियों से कहा कि गुरूद्वारे में सुरक्षा बल के प्रवेश को अब रोकना संभव न होगा क्योंकि सब अंतिम प्रबंध किए जा चुके हैं। उन्होंने तर्क दिया कि राजनीतिक स्थिति की समीक्षा की जा रही है और इस प्रवेश को किसी भी तरह रोकना आवश्यक है। उच्च अधिकारियों का यह दल अपनी बात से लगभग मुकर गया और खुद को असहाय बताने लगा। इस तरह मेरा अनुमान सच निकला। जब मेरे आई. जी. ने पूर्व निर्णय के अनुसार रात तीन बजे मुझे फोन किया तो मैंने उनको नए निर्णय की सूचना दी और कहा कि अपने कमांडो दल को वापस ले कर बेस पर जाने का आदेश दें। मैंने यह उदाहरण यह बताने के लिए दिया है कि किस तरह निर्णय भ्रम की स्थिति में लिए जाते थे और एक के बाद एक प्रतिकूल फैसले होते थे। 3 मई को हमने तीनों गुरूद्वारों को खाली करा लिया। वहां से हमें भारी संख्या में हथियार और गोला बारूद मिला।

मई 1984 में संत भिंडरांवाले के मोर्चाबंदी किए गिरोह और सुरक्षा बलों में दैनिक गोलीबारी खतरनाक हद तक पहुंच गई थी। स्थिति को बिगड़ता देख मैंने दो प्रस्ताव रखे। इसमें से एक में विदेशी मुद्रा का खर्च था। यह उस आदमी

ने मांगी थी जो जरनल जिया के दमनकारी शासन के काले दिनों में जुल्फिकार अली भुट्टो से जेल में मिला करता था। इस की अनुमति देर से मिली। दुर्भाग्य से उस आदमी के बेटे की मृत्यु हो गई और उसकी तरफ से भी देरी अपरिहार्य हो गई।

रविवार 13 मई 1984 को दोपहर बाद प्रधानमंत्री ने तीन अधिकारियों को अंतिम सलाह के लिए बुला भेजा। इनमें मैं भी शामिल था। उन्होंने हम सब को अलग-अलग सुनना था ताकि गोपनीयता व कानूनी पहलू अक्षुण्ण बने रहें। कानूनी पक्ष को लेकर उन्होंने आपत्ति की और राजी भी हुईं। मुझे पता नहीं कि चंडीगढ़ से आए सज्जन ने उनसे क्या कहा लेकिन मैंने उनसे कहा कि पुलिस को स्वर्ण मंदिर में प्रवेश नहीं करना चाहिए। हम संत भिंडरांवाले से भी निबट सकते हैं। मैं स्थान की स्थलाकृति से भली प्रकार परिचित था। हमें अलग-अलग सुनने के बाद उन्होंने मुझसे कहा कि मैं सलाहकार दल के तीसरे सदस्य सचिव से योजना पर चर्चा करूं। लेकिन उस व्यक्ति का उस संगठन पर कोई नियंत्रण न था जो मेरे द्वारा कल्पित कार्य पर अमल करने की क्षमता रखता था। संगठन के प्रमुख ने स्वीकार किया कि वह क्षमता रखते हैं लेकिन उन्होंने इस पर अमल करने में अपनी असमर्थता प्रकट की। उनका तर्क था कि अंततः इससे उनके संगठन का पर्दा खुल जाएगा। मैंने फिर से कहा कि यह योजना शक्य है। मेरे पास संत भिंडरांवाले के बारे में उनसे विरोध रखने वाले बहुत विश्वसनीय अकाली नेताओं से सूचनाएँ मिली हैं। उस दिन उस संगठन ने, जिसका बजट सैकड़ों करोड़ का है, इस कार्य को करने से इनकार कर दिया। ऐसा प्रतीत होता है कि इसके बाद ही स्वर्ण मंदिर में सेना भेजने का निर्णय लिया गया। क्योंकि मैं ऐसी कार्यवाही के खिलाफ था, इसलिए इसके बाद से मैं इसमें शामिल न था। उसके कुछ ही समय बाद मुझे पता चला कि चार घंटे की कार्यवाही में स्वर्ण मंदिर को सशस्त्र आतंकियों से मुक्त कराने की योजना है। इस कार्यवाही का नाम आपरेशन ब्लू स्टार रखा गया। लगता है चार घंटे की इस धारणा ने निर्णय लेने वालों को अभिभूत कर लिया था और फैसले पर मुहर लग गई। वही सरकार जिसने सिखों की भावनाओं को ध्यान में रखकर पुलिस को गुरूद्वारे में प्रवेश की अनुमति नहीं दी थी, जैसा कि गृहमंत्री श्री पी.सी. सेठी ने राज्य सभा में चर्चा के दौरान कहा था, उसीको स्वर्ण मंदिर

में सेना के प्रवेश के लिए राजी कर लिया गया था। उच्च अधिकारियों की वागविदग्धता और सेना की त्वरित कार्यवाही के आश्वासन ने ऐतिहासिक उदाहरणों पर आधारित सभी तर्क व तथ्य दरकिनार कर दिए। परिणाम सब के सामने है।

दमनकारी कानून

हमारे शासकों ने कठोर कानूनों की क्षमता के प्रति मिथ्या विश्वास व उत्साह प्रदर्शित किया। उनका विचार था कि कानून जितना सख्त होगा, समस्या से निबटना उतना ही आसान होगा। इस तरह काले कानून बनाने का सिलसिला शुरू हो गया। जैसे कि टाडा जिसमें गवाहों की गोपनीयता और सर्वोच्च न्यायालय में एक ही अपील का प्रावधान किया गया था। इस कानून के कारण पंजाब पुलिस को अंधाधुंध गिरफ्तारियां करने व आतंक का साम्राज्य फैलाने का मौका मिल गया। इसने पुलिस में शामिल अनैतिक तत्वों को थोथे आधार पर गिरफ्तारी और आपराधिक मामले बनाने की धमकी दे कर पैसा बनाने का बहाना भी दे दिया। इस तरह के आतंक के फलस्वरूप ग्रामीण जनता सरकार के विरुद्ध हो गई और यही कारण है कि नवंबर 1989 के चुनावों में उन्होंने एकजुट होकर उग्रवादियों के उम्मीदवारों के पक्ष में वोट दिए। दमनकारी कानून न केवल जनता को सरकार से दूर करते हैं, वे उनको लागू करने वालों को बुरी तरह भ्रष्ट भी करते हैं।

संविधान में 59वां संशोधन हमारे न्यायशास्त्र का सबसे काला चिन्ह है। इसके तहत सरकार को अनुच्छेद 21 को विलंबित करने का अधिकार दिया गया था। अनुच्छेद 21 का प्रावधान इस प्रकार है : "किसी भी व्यक्ति को उसके जीवन या स्वाधीनता से न्यायसम्मत प्रक्रिया के बिना वंचित नहीं किया जा सकता।" कांग्रेस ने 1975 में इसे निलंबित कर दिया था। फलत: वह 1977 में चुनाव हार गई। अप्रैल और जून 1984 में राष्ट्रीय सुरक्षा कानून में संशोधन करने के दो अध्यादेश जारी किए गए थे। 14 जुलाई 1984 को "आतंकवाद प्रभावित क्षेत्र (विशेष न्यायालय)" अध्यादेश जारी किया गया।

राष्ट्रीय सुरक्षा अधिनियम संशोधन अध्यादेश नं. 5 ने इस कानून की धारा 8 में संशोधन किया। इसमें हिरासत में लेने के आधार को 10 दिनों के बजाय 15 दिन किया गया जबकि सर्वोच्च न्यायालय ने अपने एक निर्णय में

यह व्यवस्था की थी कि आमतौर पर हिरासत में लेने के आधार को बंदीकरण आदेश के साथ ही दिया जाना चाहिए। इस संशोधन का प्रभाव यह हुआ कि कोई भी हिरासत में लिया गया व्यक्ति अपने पकड़े जाने के आधार को जाने बिना 15 दिन जेल में रहे। इस तरह वह बंदी प्रत्यक्षीकरण याचिका दायर करके अपने बंदी बनाए जाने को चुनौती देने के अधिकार से वंचित हो जाता था।

13 अप्रैल 1985 से पहले बंदी बनाए गए व्यक्तियों के लिए यह प्रावधान किया गया कि इस कानून की धारा 13 के अंतर्गत पहले के एक साल के बजाय किसी भी बंदी को दो साल तक कैद में रखा जा सकता है।

असंशोधित कानून की धारा 10 और 11 के अनुसार बंदी का मामला उसके बंदी बनाए जाने के तीन सप्ताह के अंदर सलाहकार बोर्ड के पास भेजा जाना चाहिए। सहालकार बोर्ड को उसके बंदी बनाए जाने के 7 सप्ताह के अंदर अपनी रिपोर्ट देनी होती थी। संशोधन के अनुसार 3 अप्रैल 1985 से पहले बंदी बनाए गए व्यक्तियों के मामले को 2 सप्ताह के बजाय 4 महीने के अंदर पेश किया जाना चाहिए। सलाहकार बोर्ड उसके बंदी बनाए जाने के 5 महीने और 3 सप्ताह बाद अपनी रिपोर्ट पेश कर सकता है। इस तरह जिस बंदी पर ये संशोधन लागू होते थे उसे जबरन कैद में रहना पड़ता था चाहे अंततः बोर्ड इस नतीजे पर पहुंचे कि उसकी हिरासत बेबुनियाद थी।

इसके अलावा संशोधित धारा 5-ए में प्रावधान किया गया कि भले ही बंदीकरण आदेश कई आधारों पर दिया गया हो, कानून यह मानकर चलेगा कि बंदीकरण इनमें से हरेक आधार पर पृथक रूप से किया गया है। इस तरह अगर कई आधारों में से कोई एक आधार भी बना रहता है तो बंदीकरण वैध माना जाएगा।

टाडा कानून में दंड प्रक्रिया संहिता को खारिज करके उसके स्थान पर धारा 6 के अंतर्गत विशेष अदालतों का प्रावधान किया गया है। इनमें अदालत का स्थान (धारा 10), विशेष अदालतों की प्रक्रिया व अधिकार (धारा 14) और गवाहों की सुरक्षा (धारा 14) शामिल हैं। इस तरह टाडा के अंतर्गत सुनवाई एक विशेष सुनवाई है। इसमें दंड प्रक्रिया संहिता की कार्रवाई को निरस्त किया

गया है। सवाल उठता है कि क्या इसमें दी गई प्रक्रिया कानून की समुचित प्रक्रिया से इनकार करना नहीं है?

हालांकि संविधान के 59वें संशोधन का कभी इस्तेमाल नहीं किया गया लेकिन क्या इस तरह अनुच्छेद 21 के लागू रहने को स्थगित करना उचित था?

सरकार ने अति कठोर कानून बनाने का रुझान दिखाया। लेकिन सार्वजनिक आलोचना के बाद उसने जल्दी ही उनको वापस भी लिया। पंजाब सीमा पर सुरक्षा बेल्ट बनाने के मामले में भी ऐसा ही हुआ।

राजनीतिक स्वार्थपरायणता

शासन करने की पद्धति में परिवर्तन का एकमात्र कारण राजनीतिक स्थार्थपरायणता ही थी। राजेंद्र सरीन दावा करते हैं कि उन्होंने बहुत पहले एक प्रपत्र पेश किया था और बाद की घटनाएं कमोबेश उसी के अनुरूप घटीं। लेकिन कोई कार्रवाई नहीं की गई।

दरअसल चाहे सरदार प्रताप सिंह कैरों रहे हों, श्री रामकिशन, ज्ञानी जैल सिंह या फिर सरदार दरबारा सिंह, पंजाब के हर कांग्रेसी मुख्यमंत्री ने, अकाली मुख्यमंत्री की ही तरह, दो ही बिंदुओं का कार्यक्रम अपने सामने रखा। ये थे अपने पद की सुरक्षा और अपनी उन्नति। हर कार्यवाही, हर सरकारी संसाधन, समाज के किसी भी वर्ग को उत्थान के लिए उठाया जाने वाला हर कदम इन दो वरीयताओं को पूर्ण करने के लिए ही होता था। आवश्यकता पड़ने पर इनके लिए नैतिक उपदेश और धार्मिक उक्तियों का प्रयोग भी किया जाता था। किसी भी कीमत पर सत्ता को हथियाना और सत्ता में बने रहना ही सब कुछ था। दशकों से बिगड़ती आ रही पंजाब की हालत पर राजनीतिक स्वार्थपरकता के अनुरूप कार्यवाही होती थी। इसी स्वार्थपरकता के चलते अकालियों ने राजनीति व धर्म का विस्फोटक मिश्रण बनाया। *इंडियन एक्सप्रेस* चंडीगढ़ के संपादक प्रभास जोशी ने लिखा, ''अकाली धर्म को निजी आस्था तक सीमित नहीं रख सकते। उनको किसानों में अपने आधार को बनाए रखने के लिए इसकी आवश्यकता है और वे इसे (धर्म को) संघर्ष के हथियार की तरह इस्तेमाल करते हैं।''

पुलिस के विरुद्ध सशस्त्र सेनाओं को अधिकतम बल का इस्तेमाल करके शत्रु को नष्ट करने का प्रशिक्षण दिया जाता है। जब देश के अपने नागरिकों का सैनिक तंत्र के साथ सीधा संघर्ष हो तो सवाल उठता है कि क्या हमारे अपने नागरिक, चाहे वे नागा, मिजो, सिख या कश्मीरी हों, उनको शत्रु माना जा सकता है जिसे सेना नष्ट करे। जनरल जे.एन. चौधरी ने नागरिक अधिकारिकी की सहायता के लिए सेना के अधिक प्रयोग के विरुद्ध चेतावनी दी थी।

●

❖ 14 ❖

विदेशी सशस्त्र कमांडो दिल्ली में नैम की मीटिंग

मार्च 1984 में दिल्ली के विज्ञान भवन में नैम देशों की मीटिंग हुई। तब मैं सीमा सुरक्षा बल का महानिदेशक था। इस मीटिंग की सुरक्षा व्यवस्था का कार्यभार प्रधानमंत्री के विशेष और निजी आदेश पर सीमा सुरक्षा बल को लेना पड़ा। मैंने विज्ञान भवन के आसपास के क्षेत्र में फूलों के गमलों से सजी रेत की बोरियों के साथ सुरक्षा प्रबंध कर के किया। पाकिस्तान के राष्ट्रपति जनरल जिया उल हक इससे बहुत प्रभावित हुए। उन्होंने हमारी प्रधानमंत्री से विशेष अनुरोध किया कि सुरक्षा व्यवस्था के महानिदेशक से उनकी मुलाकात कराई जाए। श्रीमती इंदिरा गांधी के निर्देश पर मैं और हमारे आई.जी. प्रशासन के.के. जुत्शी उनसे मिलने नई दिल्ली के होटल ओबराय इंटरकांटिनेंटल गए।

तब ईरान और इराक में युद्ध चल रहा था। दोनों देश अपने प्रतिनिधिमंडल में दो-दो सौ सशस्त्र कमांडो लेकर आए थे। इससे खूनखराबे की गंभीर आशंका बन गई। नई दिल्ली स्थिति इन दोनों देशों के दूतावासों में इन कमांडो दलों ने डेरा डाल रखा था। ऐसा विदेश मंत्रालय की चूक के कारण हुआ। भारत सरकार ने सेना से कहा कि वह इन कमांडो को अस्त्रहीन करे। इस पर सेना ने साफ इनकार कर दिया। उनका तर्क था कि इस तरह के दल को शस्त्रहीन करने के लिए एक ब्रिगेड सशस्त्र बल की आवश्यकता होगी जो नई दिल्ली के आसपास कहीं नहीं है। ऐसे में तत्कालीन गृह सचिव श्री एम.एम.

वली ने मुझ से यह दुष्कर कार्य करने को कहा। मैंने भी साफ इनकार कर दिया क्योंकि इसमें भयंकर खूनखराबे का अंदेशा था। उन्होंने प्रधानमंत्री को इसकी जानकारी दी। फलतः मुझे 1 अकबर रोड बुलाया गया। श्रीमती गांधी काफी हताश सी लग रही थीं। उन्होंने कहा कि क्या आप भी ऐसी स्थिति में मेरा साथ छोड़ कर अंतर्राष्ट्रीय बिरादरी में मेरी अवमानना कराना चाहते हो। अब मेरे पास उनकी बात मानने के सिवा कोई चारा न था। क्योंकि यह हमारी प्रधानमंत्री और देश की प्रतिष्ठा का सवाल था। मैंने मेजर जनरल ईश्वर्या से अनुरोध किया कि वह विज्ञान भवन छोड़ कर मुझ से मिलें। वह हमारे प्रशिक्षण संस्थानों के प्रमुख थे। मैंने उनसे कहा कि हमें कुछ समय के लिए सभी प्रशिक्षण संस्थान बंद करके सारे प्रशिक्षण पा रहे जवानों को तत्काल दिल्ली लाना होगा। इसके लिए हम अपने चार डकोटा विमानों सहित हर संभव परिवहन का प्रयोग करेंगे। इस तरह हम अगले दिन सुबह 10 बजे तक 1000 प्रशिक्षित व हथियारबंद जवानों को एकत्र करने में सफल रहे। हमने लोगों को इन दूतावासों में आने-जाने से रोक दिया। मेजर जनरल ईश्वर्या और मैं पहले इराकी राजदूत से मिले। मैंने महामहिम को बताया कि इराक गणतंत्र ने नई दिल्ली सशस्त्र कमांडो ला कर अंतर्राष्ट्रीय कानून का गंभीर उल्लंघन किया है। वह खामोश रहे। मैंने उनको बताया कि सीमा सुरक्षा बल के जवानों ने दूतावास को पूरी तरह बंद कर दिया है। किसी को यहां आने-जाने की अनुमति नहीं है। इस पर वह बोले कि मैं अपने कमांडो से अस्त्र समर्पित करने को कहूंगा बशर्ते ईरानी कमांडो भी हथियार डाल दें। मैंने उनको बताया कि ईरानी दूतावास भी इसी तरह सीमा सुरक्षा बल की घेराबंदी में है। उनके कमांडो के हथियार जब्त कर लेने के बाद हम ईरानी दूतावास जाएंगे। मेरे इस आश्वासन के बाद उन्होंने इराकी कमांडो से हथियार ले लिए और उनको दूतावास के एक कक्ष में रख कर ताला लगा दिया। हमने उस ताले पर अपनी सील लगा दी और सीमा सुरक्षा बल के पहरेदार बंद दरवाजे पर बैठा दिए। उसके बाद हम ईरानी दूतावास गए। वहां राजदूत महोदय से बात की। यह जानने के बाद कि इराकी कमाडो के हथियार हमारे कब्जे में हैं, वह अपने हथियार हमें समर्पित करने और उनको हमारे कब्जे में देने के लिए राजी हो गए। इस तरह गुटनिरपेक्ष सम्मेलन पर मंडराया एक गंभीर खतरा टल गया।

●

❖ 15 ❖

बहुत बड़ा विश्वासघात

प्रधानमंत्री श्रीमती इंदिरा गांधी के साथ हम सब ने विश्वासघात किया। वह स्वर्ण मंदिर अमृतसर में अड्डा जमाए आतंकवादियों के विरुद्ध एक स्वच्छ कार्रवाई के लिए हम सब पर निर्भर थीं।

इसकी शुरुआत मैं अपने ऊपर लगाए गए आरोप से करूंगा। कुछ लोगों ने मेरी आलोचना करते हुए कहा कि मुझे अक्तूबर 1982 में पंजाब नहीं छोड़ना चाहिए था क्योंकि मैंने आंदोलन को नियंत्रित रखा था और वह उस समय निचले स्तर पर था। सभी आतंकवादी वारदातों का पता लगा लिया गया था और अगस्त 1981 से सितंबर 1982 तक दो पुलिसवालों सहित कुल 13 व्यक्ति मारे गए थे। बहरहाल हम प्रचार नहीं चाहते थे और मैंने अपना ढोल खुद नहीं पीटा। कुछ लोगों ने यह शिकायत भी की कि उन दिनों पंजाब पुलिस निष्क्रिय थी। नहीं, निश्चय ही ऐसा नहीं था। उस अवधि में आतंकी वारदातें सब से कम हुईं। हम जानकर विनम्र बने रहे क्योंकि हम पंजाब में उग्रवाद को और भड़काना नहीं चाहते थे। हम नहीं चाहते थे कि पंजाब सांप्रदायिक स्तर पर विभाजित हो। उस समय पुलिस की कार्रवाई दिखावटी मुठभेड़ों और प्रचार के बजाय नितांत ठोस थी। सिखों की मानसिकता को समझने वाला हर व्यक्ति जानता है कि उनके साहसी कारनामों को चेतावनी दे कर अपनी सफलता का ढिंढोरा पीटना कितना खतरनाक हो सकता है। एक बार अगर किसी सिख को

ललकारा जाए तो वह तुरंत मुकाबला करने को तैयार हो जाता है और दुश्मनी की भावना पीढ़ियों तक चलती है।

जहां तक मेरे पंजाब छोड़ने का सवाल है, मुझे तबादले के लिए अनुरोध करना पड़ा। मैंने देखा कि मैं लोकतांत्रिक पद्धति से चुनी गई सरकार को सूचित किए बिना कोई बड़ी कार्रवाई नहीं कर सकता। मैं दिखावटी झूठी मुठभेड़ों में विश्वास नही रखता था। मई 1982 में पट्टी में गोलियां चलने के बाद से मुख्यमंत्री यह शिकायत लेकर नई दिल्ली जाते रहे कि मैं मुट्ठी भर उग्रवादियों से निबटने के लिए जिला पुलिस प्रमुखों को स्वतंत्र कार्रवाई नहीं करने देता। तथ्य यह है कि मैंने निश्चय ही जिला पुलिस अधीक्षकों को सरकार को खुश करने के लिए झूठी मुठभेड़ें करने से मना किया था। मेरा निश्चित मत था कि पट्टी की गोलीबारी की वारदात एक झूठी मुठभेड़ की प्रतिक्रिया थी जो मुझे बताए बिना एक जिले में चंडीगढ़ से मिले आदेश पर की गई थी। मैं कभी किसी वास्तविक मुठभेड़ों के खिलाफ नही रहा, लेकिन कभी जमीनी सच्चाइयों को न समझने वालों को खुश करने के लिए झूठी मुठभेड़ें करने के हक में भी न था।

निरंकारियों के खिलाफ छिटपुट आतंकी वारदातें हो रही थीं। अदालत ने ऐसे कई लोगों को बरी कर दिया था जिनके खिलाफ आतंकवाद के मामले दर्ज हुए थे। 1978 के बैसाखी वाले दिन निरंकारियों ने अखंड कीर्तनी जत्था के 13 और दमदमी टकसाल के 2 सदस्यों की हत्या कर दी थी। ये दो कट्टर संस्थाएं बदले में इतनी ही हत्याएं कर के हिसाब बराबर करने को कटिबद्ध थीं। दिखावटी मुठभेड़ करने वाली पुलिस के खिलाफ वे कभी भी एक हो जाते। निरंकारियों के खिलाफ बदले की ये कार्रवाइयां और पुलिस की झूठी मुठभेड़ों व सरकार के खिलाफ प्रतिक्रिया ने ही बढ़ कर इतना बड़ा हिंसक रूप धारण कर लिया जिसे हम 1983 के आतंकवाद के नाम से जानते हैं। इस तरह मैं मई 1982 से सितंबर 1982 तक पंजाब सरकार के साथ मतभेद की स्थिति में रहा। सरकार की नीति पर मेरा एतराज नैतिक भी था, और व्यावहारिक भी।

पंजाब सरकार ने अदूरदर्शिता और बचकाने कारणों से पंजाब पर नियंत्रण रखने के लिए 'नियंत्रित अव्यवस्था' की नीति अपनाई। पंजाब पुलिस के

महानिदेशक के तौर पर मैं इस तरह के जोखिम का हिस्सेदार नहीं बन सकता था। मुझे तो कानून और अपने पेशे के सिद्धांतों के अनुरूप कार्रवाई करनी थी। मैं जघन्य अपराध करने वाले हथियारबंद गिरोहों को सरेआम घूमने की इजाजत नहीं दे सकता था। जैसा कि पहले बताया जा चुका है जब पुलिस ने भाई अमरीक सिंह को लुधियाना आने पर गिरफ्तार करने की योजना बनाई तो स्वयं मुख्यमंत्री ने उनको चेताया ताकि वह वहां न जाएं।

नई दिल्ली में मैंने आसूचना ब्यूरो के निदेशक और मंत्रिमंडलीय सचिव को मुख्यमंत्री के इस कारनामे की जानकारी दी। कुछ लोगों को 'नियंत्रित अव्यवस्था' की नीति राजनीतिक चाल लग सकती है लेकिन वास्तव में यह एक आत्मपराजयी चाल थी।

ऐसे हालात में मेरा चंडीगढ़ से तबादला मांगना सर्वथा उचित था। लेकिन आपरेशन ब्लू स्टार का विरोध करने में मेरी असफलता मुझे आज भी सालती है। मैं इस आपरेशन से सहमत न था। अगर मेरे सुझाई दो गुप्त योजनाओं को कार्यान्वित किया जाता तो इसकी जरूरत न होती। लेकिन ऐसा नहीं हो सका।

20 मई 1984 के बाद जब मेरा प्रधानमंत्री से अंतिम विस्तृत विचार-विमर्श हुआ, वह भी मुझ पर अविश्वास करने लगीं। मुझे केवल जुलाई 1984 में बुलाया गया जब प्रधानमंत्री ने पंजाब के जख्मों पर मरहम लगाने का निश्चय किया।

उनकी इच्छानुसार हमने कुछ सिख नेताओं से संपर्क किया और उनकी प्रधानमंत्री से पृथक मुलाकातों का प्रबंध किया। आपरेशन ब्लू स्टार ने सिख मानसिकता को जो जख्म दिया था वह एक या दो बैठकों से भरने वाला न था। उनका मरहम काम करता इससे पहले ही 31 अक्तूबर 1984 को दुखद कांड हो गया।

मैं आपरेशन ब्लू स्टार की प्रतिक्रियाओं और प्रभावों के विस्तार में नहीं जाऊंगा। वे अब सर्वविदित ही हैं। लेकिन मैं प्रधानमंत्री के आपरेशन ब्लू स्टार से पहले की पंजाब की स्थिति के अनुबोध पर टिप्पणी अवश्य करना चाहूंगा। इस बारे में एक भ्रांत धारणा है जिसका निवारण होना चाहिए। धारणा यह है कि प्रधानमंत्री सिख विरोधी थीं। इसका एक उदाहरण मुझे उस समय देखने

को मिला जब एक सिख महिला, जो वरिष्ठ राजनीतिक नेता थीं, मेरे नार्थ ब्लाक कार्यालय में आईं तो जार-जार रोने लगी। उन का सुबकना किसी तरह कम नहीं हो रहा था। बड़ी मुश्किल से चुप कराने पर उन्होंने कहा कि प्रधानमंत्री सिख विरोधी हैं और उन्होंने आपरेशन ब्लू स्टार हिंदुओं के तुष्टीकरण के लिए करवाया।

हम सब अपनी धारणाओं के गुलाम होते हैं। ये धारणाएं और जो सूचनाएं हमें मिलती है उनके एकत्रीकरण और अपने वर्षों के अनुभवों के आधार पर हम बनाते हैं। प्रधानमंत्री सिख विरोधी न थीं। पर मैंने देखा कि वह अकाली विरोधी थीं। मई 1984 में उन्होंने मुझसे कहा था कि वह कभी भी पंजाब में अकालियों को सत्ता में नहीं आने देंगी क्योंकि वे अलगाववादियों से मिले हुए हैं। मैंने उनको इस धारणा से मुक्त कराने की कोशिश की लेकिन वह नहीं मानीं। वह इस बारे में कोई तर्क नहीं सुनना चाहती थीं। मुझे नहीं मालूम कि उनकी यह राय कैसे बनी। लेकिन उनकी यह राय बातचीत के जरिए शांति स्थापित करने में अलंघनीय बाधा थी।

प्रधानमंत्री के साथ पुलिस और सेना ने जो राष्ट्र के शत्रु समझे जाते थे, उनका विनाश करने में असफल हो कर विश्वासघात किया। सेना के आपरेशन रोजवुड के कारण सैकड़ों सिख युवकों को भाग कर पाकिस्तान जाना पड़ा। वहां से प्रशिक्षण पाकर और हथियार लेकर वे कुछ अर्से बाद वापस भारत में प्रवेश कर गए और खालिस्तान के सिपाही बने।

यहां मैंने कार्रवाई की असफलता की चर्चा की है। इसके अलावा अन्य असफलताएं व विश्वासघात थे जो भारत की पहले की नीतियों के कारण उपजे थे।

●

❖ 16 ❖

आपरेशन ब्लू स्टार

आपरेशन ब्लू स्टार एक अत्यंत दुखद घटना थी। एक अनिर्वचनीय भयानक भूल। अगर अकाल तख्त में कब्जा जमाए हथियारबंद उग्रवादियों के खिलाफ सैनिक कार्रवाई का औचित्य सिद्ध करने का कोई बहाना था, तो भी आपरेशन रोजवुड का किसी तरह का कोई औचित्य न था। सेना को गांवों में जा कर सिख युवकों को खोजने के पीछे क्या तुक थी जबकि गांवों में कोई सशस्त्र प्रतिरोध नहीं हो रहा था?

आपरेशन ब्लू स्टार में हमारे जवानों और अधिकारियों ने अपनी वीरता का श्रेष्ठ परिचय दिया। लेकिन इस आपरेशन की योजना आरंभ से ही त्रुटिपूर्ण थी। सेना के उच्च अधिकारियों ने अपनी महत्वाकांक्षा से प्रेरित होकर सरकार को आपरेशन ब्लू स्टार और आपरेशन रोजवुड एक साथ करने के लिए गुमराह किया। हमें भिंडरांवाले और उनके संगी-साथियों को दुश्मन की तरह नहीं समझना चाहिए था जिसे नष्ट करना होता है। उनको गलत रास्ते पर चल रहे युवकों की तरह समझना चाहिए था जिनको काबू करके सही रास्ते पर लाने की जरूरत थी। असल में जब भी सेना को बड़ी संख्या में जनसमूह के साथ निबटना होता है, उसका परिणाम दुर्भाग्यपूर्ण ही होता है।

अगर पूर्वी पाकिस्तान में अपने जनरलों के निर्देश के तहत सेना ने वहां की संवेदनशील जनता के विरुद्ध बर्बरता न की होती तो बांग्लादेश न बनता।

इसी प्रकार पंजाब में अलगाववाद का जन्म आपरेशन ब्लू स्टार और आपरेशन रोजवुड के कारण हुआ। सच तो यह है कि सेना को अपने देशवासियों से संघर्ष करने का प्रशिक्षण नहीं दिया जाता है। उनको विदेशी सेनाओं से युद्ध करने का प्रशिक्षण दिया जाता है जिनको उन्होंने नष्ट करना होता है। जब भी उनको कोई काम सौंपा जाता है, वे उसी प्रक्रिया का इस्तेमाल करते हैं।

क्या आपरेशन ब्लू स्टार पेशे के लिहाज से स्वप्रेरित न था। सेना ने आवश्यकता से अधिक बल का प्रयोग किया। इसके अलावा बच्चों और महिलाओं को हिरासत में लेने का क्या औचित्य था? फिर प्रतिष्ठा का सवाल बनाकर उनको मुक्त करने से इनकार करना तो रेजिमेंट वाले दिमाग की मिसाल है जो ड्रिल के मैदान से आगे की सोच नहीं रखता।

पंजाब के गावों में सेना का आपरेशन रोजवुड पूरी तरह से अनुपयुक्त था। ग्रामीण क्षेत्र में कोई विद्रोह नहीं हो रहा था। अतः सेना को उनको आश्वस्त व शांत करना चाहिए था। सेना ने भारत पाक सीमा पर अपनी ड्यूटी संभाल ली थी। सीमा सुरक्षा बल को सेना के नियंत्रण में कर लिया गया था। सेना सीमा पर पूरी नाकेबंदी करने में विफल रही। सीमा सुरक्षा बल अपने तरीके से काम नहीं कर सका। सेना का सीमा पर निगरानी का तरीका अपरिपक्व था। आपरेशन रोजवुड ने ग्रामीण सिखों के दिलों में कड़वाहट पैदा कर दी और आज भी यह उनके दिलों को सालता है। बी.एच. लिटिलहार्ट का कहना है कि सर्वश्रेष्ठता तो इसमें है कि बिना लड़े शत्रु के प्रतिरोध को तोड़ दिया जाए।

आपरेशन ब्लू स्टार के परिणाम

दोषपूर्ण योजना और गलत तरीके से कार्यान्वित किए गए आपरेशन ब्लू स्टार के खिलाफ सिख पलटवार की सभी को उम्मीद थी। इसके तीन विनाशकारी परिणाम थे। एक तो इसने सिख मानसिकता को ऐसा जख्म दिया जो कभी भरा नहीं जा सकता था। सिख महिलाओं, किशोरों, वृद्धजनों के साथ दुर्व्यवहार के कारण उत्पन्न आक्रोश उनमें दबा रहा जिसने अनेक प्रकार की साजिशों को जन्म दिया। इनमें से सब का यहां

खुलासा नहीं किया जा सकता लेकिन इनके फलस्वरूप श्रीमती इंदिरा गांधी की हत्या हुई।

दूसरा परिणाम सिख सैनिकों का बड़े पैमाने पर सेवा से भागना और विद्रोह था। सीमा सुरक्षा बल के वायरलेस पर कई संदेश आए कि जम्मू-कश्मीर, राजस्थान तथा अन्य स्थानों पर सिख सैनिक भगोड़े बन रहे हैं, या विद्रोह कर रहे हैं। पाकिस्तान ने भी ये संदेश सुने होंगे और उनको खुशी-खुशी एकत्र किया होगा। जब सीमा सुरक्षा बल ने ये संदेश सरकार के सामने रखे तो आतंकित-अविश्वास प्रकट किया गया। लेकिन विद्रोह को नजरअंदाज नहीं किया जा सकता था। सिख सैनिकों ने अनेक स्थानों पर भोजन नहीं किया। इतना ही नहीं रामपुर के सिख रेजिमेंट में विद्रोह हो गया। इसके फलस्वरूप 1 जून 1984 को ब्रिगेडियर पुरी को गोली मार दी गई। विद्रोहियों की तीन कानवाई अमृतसर के लिए रवाना हो गई। लेकिन उनको बिहार और उत्तर प्रदेश में रोक लिया गया। जौनपुर के पास हुई झड़प में उनमें से अनेक ने अपनी जानें गवां दी।

जम्मू के पास मीरां साहब में अपनी औरतों के तानों से उत्तेजित सिख बगावत पर उतर आए। उनमें से 80 विद्रोहियों को पंजाब में दीनानगर (गुरदासपुर के पास) रोका गया। 14 सिख रेजिमेंट में भी ऐसी ही स्थिति बनी। करीब 127 सिख सैनिकों ने अपने हथियारों व गोलीबारूद के साथ गाड़ियों में सवार हो कर यूनिट लाइनें छोड़ दीं। वे प्रधानमंत्री के खिलाफ नारे लगा रहे थे। उनकी गाड़ियों को महाराष्ट्र में ही रोक लिया गया। यहां विद्रोह की हर घटना की चर्चा करना हमारा उद्देश्य नहीं। उद्देश्य तो यह बताना है कि सेना के उच्च अधिकारियों ने आपरेशन ब्लू स्टार की योजना बनाते समय अपने ही लोगों को समझाने की महती आवश्यकता को नजरअंदाज किया। उन्होंने उनको नहीं समझाया कि ऐसी कार्रवाई करना कितना जरूरी हो गया है। अपनी माताओं, पत्नियों, बेटियों के ताने सुनकर वे बुरी तरह भड़क उठे। इन महिलाओं की दृष्टि में उनके परम पवित्र मंदिर को अपवित्र किया गया था। अनुमान है कि 2800 सिख सैनिकों ने विद्रोह किया था।

5 जून 1984 को शहीदी दिवस होने के कारण भारी संख्या में सिख परिवार स्वर्ण मंदिर में एकत्रित थे।

मेजर जनरल के.एस. बरार और जनरल के. सुंदरजी के स्टाफ प्रमुख रनजीत दयाल का कहना है उन्होंने सार्वजनिक घोषणा प्रणाली पर तीर्थयात्रियों से परिसर खाली करने की अनेक बार अपील की। मार्क तुली और सतीश जैकब के दिए विवरण के अनुसार, "आवासीय परिसर को अंततः मंदिर पर आक्रमण के मध्य में खाली कराया गया। मुक्ति अभियान के दौरान अनेक बेगुनाह लोग मारे गए, अनेक घायल हुए और अनेक अकारण गिरफ्तार किए गए।'" *प्रोब इंडिया* के अगस्त 84 के अंक के अनुसार :

"6 जून की सुबह स्वर्ण मंदिर परिसर किसी कब्रिस्तान की तरह लग रहा था। भवनों, परिक्रमा और सरोवर में हर जगह मृत शरीर थे। ... मैं खुद अपनी पीठ पर लाद कर तीन सैनिकों के शव ले गया। हरेक रेजिमेंट ने अपने जवानों के अंतिम संस्कार किए।

"करीब 1500 नागरिक इसमें मारे गए। उनके शवों को ट्रालियों में एक के ऊपर एक लादकर ले जाया गया। अनेक शवों को नदी में फेंक दिया गया।"

पंजाब में दमनकारी कानून लागू कर दिए गए, उन्होंने भारतीय संविधान में प्रदत्त मूलभूत अधिकारों को निरस्त कर दिया। पंजाब में मानव अधिकारों की हत्या हुई। इसकी शुरुआत आपरेशन ब्लू स्टार के साथ हुई। स्वर्ण मंदिर परिसर में ही महिलाओं, बच्चों और वृद्धजनों को अंधाधुंध गिरफ्तार किया गया। इसके लिए विशेष पुलिस एस्टेब्लिशमेंट, दिल्ली ने आरोप पत्र के पारा 7 में इस तथ्य को स्वीकार किया है। वह यहां उद्धृत है :

"5 जून 1984 को 16.30 बजे से सार्वजनिक घोषणा प्रणाली पर स्वर्ण मंदिर परिसर व उसके आसपास मोर्चे लगाए आतंकवादियों व अन्य को 17.30 बजे तक आत्मसमर्पण करने के लिए कहा गया। यह घोषणा पंजाबी में तीन स्थानों से की गई। इसे वे लोग आसानी से सुन सकते थे। इस घोषणा का जवाब 'खालिस्तान जिंदाबाद,' 'लड़ के लवांगे खालिस्तान' के नारों और बीच-बीच में गोलियों की बौछारों के साथ दिया गया। बहरहाल इस घोषणा

के फलस्वरूप 119 पुरुष, स्त्रियों और बच्चों ने 17.15 बजे तक पुलिस स्टेशन कोतवाली पर आत्मसमर्पण कर दिया।"

सवाल यह भी उठता है कि क्या आपरेशन ब्लू स्टार में प्रयुक्त बल पर्याप्त रूप से नियंत्रित था और क्या कार्रवाई जिनेवा सम्मेलन के अनुरूप की गई।

पंजाब की स्थिति का अध्ययन करने के बाद एमनेस्टी इंटरनेशनल ने अपने मापदंडों के अनुरूप विचार करने के बाद इन कार्रवाइयों की आलोचना की है। उसका कहना है, "यह संगठन सिद्धांततः विपक्षी गुटों सहित किसी के द्वारा भी बंदी बनाए गए व्यक्तियों को यातना देने या उनकी हत्या करने के विरुद्ध है। सरकार का कर्तव्य है कि वह जो हिंसा के लिए जिम्मेदार हों उनके खिलाफ न्यायिक कार्रवाई करे।"

जोधपुर में बंदी बनाए गए व्यक्तियों के बारे में एमनेस्टी इन्टरनेशनल ने रिपोर्ट दी : "हजारों सिख पुरुष, महिलाएं और बच्चों को जून 1984 में आपरेशन ब्लू स्टार के दौरान और उसके बाद गिरफ्तार किया गया। सरकार ने उनमें से अधिकांश को उसी साल या जुलाई 1985 में रिहा कर दिया। यह ऐलान किया गया कि राष्ट्रीय सुरक्षा कानून के तहत बंदी बनाए गए 379 व्यक्तियों के मामलों की सुनवाई आतंकवाद प्रभावित क्षेत्र अधिनियम, 1984, के तहत स्थापित विशेष अदालतों में की जाएगी। न्यायमूर्ति सी.एस. तिवाना ने इनमें से 60 को जोधपुर जेल ले जाने से पहले जिन परिस्थितियों में रखा गया उनकी जांच की तो पाया कि उनकी आरंभिक हिरासत गैरकानूनी थी। उनको कानून के मुताबिक 24 घंटे के अंदर किसी मजिस्ट्रेट के सामने पेश नहीं किया गया।"

इस तरह आपरेशन ब्लू स्टार सेना की एक बहुत बड़ी भूल थी। यह अनुचित रूप से बंदी बनाए गए वृद्धजनों, महिलाओं और बच्चों के लिए घोर विपत्ति ले कर आया।

●

❖ 17 ❖

प्रधानमंत्री की हत्या

जून 1984 में जब आपरेशन ब्लू स्टार हुआ, मेरी पत्नी टोरोंटो, कनाडा में थीं। वह एक सिख जाट परिवार के साथ रह रही थीं। उन्होंने मुझे फोन पर बताया कि कनाडा में सिख स्वर्ण मंदिर में सेना की कार्रवाई के कारण बहुत आहत हुए हैं। उन्होंने कइयों को दरबार साहब में सैनिक कार्रवाई करवाने के लिए प्रधानमंत्री की हत्या की योजना बनाते सुना है। मैंने संबद्ध लोगों को इसकी जानकारी दी। लेकिन मुझे यह कह कर झिड़क दिया गया कि दूसरों के काम में टांग न अड़ाऊं।

मुद्दे की बात यह थी कि अगर पुलिस से कहीं अधिक अनुशासित सेना में सिख विद्रोह कर सकते थे तो पुलिस बल के प्रमुखों को इसी तरह की प्रतिक्रिया की उम्मीद अपने यहां भी रखनी चाहिए थी। पुलिस में 1979 में विद्रोह हुआ था। पुलिस के उच्च अधिकारियों को अपने मातहत सिखों की चढ़ी त्योरियों से आगे भी कुछ देखना-समझना चाहिए था।

31 अक्तूबर की सुबह सीमा सुरक्षा बल का उसके बाहरी दिल्ली के झड़ोदा कलां शिविर में गठन दिवस समारोह था। परेड के दौरान आसूचना ब्यूरो के तत्कालीन प्रमुख श्री आर.के. कपूर मेरे साथ बैठे थे। निर्माण व आवास मंत्री श्री बूटा सिंह परेड को संबोधित कर रहे थे। तभी श्री कपूर का ड्राइवर उनके लिए कार रेडियो पर आया एक संकेत ले कर आया। आसूचना ब्यूरो के

निदेशक तुरंत वहां से रवाना हो गए। उनके इस तरह निकल जाने पर कोई सवाल पूछना उचित न होता। इस बीच उनके ड्राइवर ने अन्य ड्राइवरों को बता दिया था कि श्रीमती इंदिरा गांधी को उनके अपने ही अंगरक्षकों ने गंभीर रूप से घायल कर दिया है और उनको आल इंडिया इंस्टीट्यूट आफ मेडिकल साइंसेज ले जाया गया है। जब तक श्री बूटा सिंह मंच से उतरे हम में से अधिकांश को इस दुखद घटना की सूचना मिल गई थी और हम सब दिल्ली की तरफ रवाना हो गए।

उनके निधन से मुझे लगा कि मेरे शरीर का कोई हिस्सा ही जैसे मृत हो गया है। मैं उनका बहुत अधिक आदर करता था। वह प्रकृति प्रेमी और अत्यधिक सहृदय थीं। जब कभी मैं उनके निधन के बारे में सोचता हूँ तो उनकी अनेक छवियों व भूमिकाओं को याद करके अभिभूत हो जाता हूँ।

जुलाई 1959 की एक सुबह मशोबरा के जंगल में उन्होंने घूमने के लिए असील खच्चर पर चढ़ने से इनकार कर दिया। वह मेरे अड़ियल घोड़े रुस्तम पर सवारी करना चाहती थीं। मुझे डर था कि कहीं चोट न खा जाएं। पर वह तैयार हो कर आई थीं। उन्होंने अपनी जैकेट की जेब से कुछ बिस्कुट निकाल कर रुस्तम को खिलाए। प्यार से थोड़ी देर उसकी गर्दन सहलाई और फिर मुस्कराती हुई उस पर सवार हो गईं।

मेरी यादों में कौंधता है मई 1967 का श्रीनगर से 6 मील दूर दाचिगाम के जंगली पर्यटन स्थल का वह नजारा, जब उन्होंने मुख्यमंत्री जी.एम. सादिक की राय के विरुद्ध वहां की पगडंडियों पर घूमने का मन बनाया। मुख्यमंत्री के सुरक्षा सलाहकारों ने चेतावनी दी थी कि प्रधानमंत्री का इस तरह घूमना निरापद न होगा। क्योंकि जंगल में कुछ घुसपैठियों का खतरा हो सकता है। उन्होंने मुझ से पूछा कि क्या ऐसा है। मेरे विश्वास दिलाने पर कि हम दस किलोमीटर तक गश्त करके तसल्ली कर चुके हैं, ऐसा कोई खतरा नही है, वह घने जंगल में निकल पड़ीं।

एक शाम वह अचानक घूमने निकलीं तो तेज बहाव और बर्फानी पानी वाले पहाड़ी सोते को पार करने लगीं। वह नंगे पैर उसमें उतर पड़ीं। मैं अपने भारी जंगल-बूटों के साथ पीछे-पीछे जिनमें पानी भर गया और वे छप-छप

करने लगे थे। वह उस पार एक चट्टान पर जा कर बैठ गईं। शायद पहाड़ी चढ़ाई से थोड़ी थकान महसूस हुई हो। मुझे डर था कि सोते के इस पार कोई घुसपैठिया घात में न हो। पर वह तो प्रकृति की सुंदरता में तल्लीन थीं।

उनकी सेवा में रहते हुए मैंने उनको निकट से देखा। उसकी सैकड़ों छवियां मेरी स्मृति में अंकित हैं।

उनको भारत को सुरक्षा की दृष्टि से अभेद्य बनाने की बहुत चाह थी। 1982 से 1984 के बीच मुझे बहुधा उनसे मिलने का अवसर मिला। हमारी मुलाकातें आमतौर पर 15 मिनट की होती थीं। पहले 10 मिनटों में आसूचना व सुरक्षा के मामलों पर विचार किया जाता। बाद के पांच मिनटों में वह दिल्ली के बाजार में आई नई पुस्तकों के बारे में पूछा करतीं। वह कहा करती थीं कि भारत की प्रधानमंत्री होने के कारण वह अपने आप को बंदी सा महसूस करती हैं। वह साधारण नागरिक की तरह पुस्तकों की किसी दुकान पर जा कर वहां देख भी नहीं सकतीं कि नया क्या आया है। ऐसा करने की उनकी बहुत इच्छा होती थी।

वह अल्पभाषिता थीं। अगर आप प्रकृति और आध्यात्म या नई और पुरानी किताबों के बारे में बात करें तो वह एकाग्र हो कर आपको सुन सकती थीं।

आवश्यकतानुसार वह विभिन्न धर्मग्रंथों से उद्धरण देना पसंद करती थीं। उन्होंने विभिन्न आध्यात्मिक मतों का विशद अध्ययन किया था। मेरा धर्मग्रंथों का ज्ञान बहुत सीमित था। एक दिन उन्होंने बुद्ध का उदाहरण दिया तो मैंने कहा कि मैं आपका शिष्य हूं जैसे आनंद महात्मा बुद्ध के थे। वह कुछ देर मौन रहीं। फिर बोलीं कि अगर बुद्ध से कहीं राह चलते सामना हो जाए तो बुद्ध का वध कर दिया जाता है।

जैन, बौद्ध धर्म और हीनयान का उन्होंने गहराई से अध्ययन किया था। वह मानव प्रकृति को पहचानने में सिद्धहस्त थीं। लेकिन उनको अपने करिश्मे पर इतना विश्वास था कि वह कभी भी अधिकारियों को दिए काम के विस्तार में नहीं जाती थीं। उनको आत्मविश्वास था कि एक बार प्रशासकों को उनकी इच्छा का पता चल गया तो वह स्वत: उसका पालन करेंगे। भारत जैसे देश का प्रशासन चलाना हो तो ऐसा नहीं होता। पहली बात तो यह है कि लोग

बदलना नहीं चाहते। वह यथास्थिति बनाए रखने में खुद को सुरक्षित महसूस करते हैं। दूसरी बात यह कि हर कोई अपने स्तरानुसार कार्य करता है जो जरूरी नहीं कि ऊंचा ही हो। लिहाजा उनके बहुत से निर्देशों के परिणाम आमतौर पर औसत और कभी-कभी विनाशकारी भी होते थे।

वह बार-बार इच्छा प्रकट करती थीं कि मैं इस संसार से भारत के गरीबों की सेवा करती हुई ही विदा लूँ। वह स्वामी विवेकानंद का उदाहरण देतीं जिन्होंने मानव में छिपे ईश्वर की सेवा को ही अपना आदर्श बनाया था। उनकी इच्छा थी कि संसार उनके कार्यों का दरिद्रनारायण की सेवा के तौर पर सम्मान करे। जो लोग उनकी इस भावनात्मक कमजोरी को जानते थे वे इसका नाजायज फायदा उठाते थे। कई बार इसके चलते ऐसे पुरस्कार भी पा जाते थे जिसके वे हकदार नहीं होते थे।

श्रीमती इंदिरा गांधी को समझना सरल न था। अनेक मामलों पर उनकी विरोधाभासी धारणाएं आज भी रहस्यात्मक लगती हैं। इसके फलस्वरूप उनके व्यक्तित्व में भी विरोधाभास झलकता था। वह प्रकृति-प्रेमी, आध्यात्मिक थीं। वह मानव मात्र को किसी तरह का कष्ट नहीं पहुंचा सकती थीं। इसके साथ ही वह राजनीतिक संसार की कठोर वास्तविकताओं से दो-चार होना भी जानती थीं।

वह अक्सर कहा करती थीं कि बहुत कम लोग सचमुच जीते हैं। बाकी जिंदा लाशें होती हैं जो खुशबू के लिए फूल पहन लेती हैं। जब मैंने राष्ट्रीय शोक के दौरान उनके शरीर को फूलों में लिपटा देखा तो मुझे याद आया कि वह एक फूल थीं। ऐसा फूल जो भारत में खिला। जिसने इस ऊँघते देश को अपने विचारों की खुशबू से भर दिया और अपनी साहसिक सहनशीलता से विभिन्न रंग दिए।

हम जानते हैं बुलबुल क्या है तेरी हकीकत,

दो पर लगे हुए हैं इस मुश्ते-खाक के बस।

इस जघन्य हत्या की जाँच का काम एक विशेष जाँच दल को सौंपा गया। आंध्र प्रदेश के एक आईपीएस अधिकारी श्री आनंदरम इसके प्रमुख थे। जाँच के निरीक्षण की जिम्मेदारी विधि व न्याय मंत्री श्री शिवशंकर और आंतरिक

सुरक्षा मंत्री श्री अरुण नेहरू पर थी। सब इंस्पेक्टर बेअंत सिंह और सतवंत सिंह ने अपने सेवा हथियारों से उनके शरीर को गोलियों से छलनी कर दिया था। बेअंत सिंह को आईटीबीपी के ड्यूटी पर तैनात रक्षक ने मार गिराया था। सतवंत सिंह और केहर सिंह को सर्वोच्च न्यायालय ने दोषी ठहराया। श्री आनंदरम ने जांच के विभिन्न चरणों के दौरान मुझसे परामर्श किया क्योंकि मैं पंजाब की स्थितियों से बखूबी वाकिफ माना जाता था। एक मौके पर श्री आर. के. धवन पर अभियोग लगाने और देश के सर्वोच्च संविधानिक प्रमुख पर महाभियोग लगाने पर भी विचार किया गया। लेकिन इस विचार को त्याग दिया गया। यह समझदारी थी। आखिर हमें वास्तविक अपराधियों को आरोपित करना था, न कि पारिस्थितिक साक्ष्य से प्रभावित होना था। लेकिन यह सवाल आज भी बाकी है कि क्या श्रीमती इंदिरा गांधी की हत्या को टाला जा सकता था? केवल इतिहास ही इसका सही जवाब देगा।

गौरतलब है कि 30 अक्तूबर 1984 को भुवनेश्वर में उन्होंने एक भाषण दिया था जो भविष्यवाणी की तरह सत्य सिद्ध हुआ :

"आज मैं यहां आपके सामने हूँ। कल शायद न रहूँ। मैं जिंदा रहूँ या न रहूँ, इसकी मुझे परवाह नहीं है। मैंने काफी लंबी जिंदगी जी ली है। मुझे गर्व है कि मैंने अपनी सारी जिंदगी अपने देशवासियों की सेवा में गुजारी है। जब मैं मरूँ तो मैं कह सकती हूँ कि मेरे खून का हर एक कतरा भारत को ताकतवर बनाएगा और उसे मजबूती देगा।"

दरअसल वह अपनी सुरक्षा में दखलंदाजी करके मौत को बुलावा दे रही थीं। उनके लिए उनकी छवि अधिक महत्व रखती थी।

मृत्यु सदा त्रासद होती है। जिन परिस्थितियों में श्रीमती इंदिरा गांधी के करिश्माई जीवन का अंत हुआ उसने हर किसी को स्तब्ध व दुख से संतप्त कर दिया।

इस बात का आग्रह किया जाता है कि भारत सरकार को तीन सेवानिवृत्त सेनाध्यक्षों की जांच समिति का गठन करना चाहिए जो इस बात का पता लगाए कि क्या पश्चिमी कमान के प्रमुख कमान अधिकारी जनरल के. सुंदरजी ने अभियान की अच्छी तरह परिकल्पित योजना बनाई थी।

1. क्या यह योजना भिंडरांवाले के रक्षा मोर्चों की सही टोह लेकर बनाई गई थी।
2. क्या अकाल तख्त और हरमिंदर साहब की रक्षा व्यवस्था का विमान द्वारा निरीक्षण किया गया था।
3. सेना के उच्च अधिकारियों ने प्रधानमंत्री को यह कह कर गुमराह क्यों किया कि भिंडरांवाले की रक्षा व्यवस्था को पांच घंटों में ध्वस्त किया जा सकता है।
4. उन्होंने अकाल तख्त को ध्वस्त करने के लिए तोपखाने और बख्तरबंद गाड़ियों का इस्तेमाल क्यों किया।
5. क्या उनको पता नहीं था कि उन दिनों में हरमंदिर साहब में हजारों तीर्थयात्री होंगे।
6. विभिन्न अधिकारियों व जवानों को क्या निर्देश दिए गए थे।

●

❖ 18 ❖

श्रीमती इंदिरा गांधी का अधिकारवादी शासन

चंडीगढ़ ली करबूजिएर के नक्शे पर बनाया गया एक खूबसूरत करिश्माई शहर है। देश में ऐसा कोई और शहर नहीं है। यह प्रशासकों और राजनीतिज्ञों की नगरी है। सरदार प्रताप सिंह कैरों 1950 के दशक में यहां पंजाब के मुख्यमंत्री बने और उन्होनें जाटों में अकालियों के प्रभाव को कम किया। इसके बाद कामरेड रामकिशन पंजाब के मुख्यमंत्री बने। उसके बाद अकालियों ने पंजाब में सत्ता की बागडोर संभाली।

1970 में ज्ञानी जैल सिंह पंजाब के मुख्यमंत्री थे और श्री भजन लाल हरियाणा के मुख्यमंत्री थे। उन दोनों में अच्छे और मैत्रीपूर्ण संबंध होना स्वाभाविक ही था। दोनों ने आपस में सलाह की कि किस तरह नई दिल्ली के अधिकारवादी शासन को कमजोर किया जा सकता है ताकि उनके राज्यों में उनको अधिक स्वायत्तता हासिल हो सके।

इस मित्रता के फलस्वरूप 12 सितंबर 1981 को गांव चंडूकलां (हरियाणा) से जरनैल सिंह भिंडरांवाले भाग निकलने में सफल हुए।

जब श्रीमती इंदिरा गांधी को इस फुसफुसाहट के बारे में जानकारी दी गई तो उन्होंने विद्वान कोर्सो का उद्‌धरण दिया :

"लोगों में इस तरह सांठगांठ होती क्यों है!

वे सर्वतोमुखी क्यों नहीं हो पाते?

किसने उनको इतना बौना बनाया?

यह गंभीर मामला है। मैं इसका उपहास नहीं कर सकती, न इससे घृणा कर सकती हूं। इससे किसी बड़ी विक्षिप्त साजिश की बू आती है।"

●

❖ 19 ❖

खालिस्तान के लिए खून की होली

1987 में दमदमी टकसाल और आल इंडिया सिख स्टूडेंट्स फेडरेशन के चरमपंथियों ने प्रोफेसर दर्शन सिंह रागी को अकाल तख्त का प्रमुख नियुक्त किया। पंथक कमेटी पाकिस्तान में सुरक्षित बैठ कर पंजाब पर निशाने साध रही थी। अवतार सिंह ब्रह्मा के नेतृत्व में तत खालसा, अरूर सिंह के नेतृत्व में खालिस्तान लिबरेशन आर्मी और शेर सिंह शेर के नेतृत्व में खालिस्तान आर्म्ड फोर्सेस हत्या व अपहरण की वारदातों में लिप्त थे।

नई दिल्ली की सरकार न्यायमूर्ति श्री के.के. मैथ्यू और न्यायमूर्ति श्री वेंकटरमैया की अध्यक्षता वाले आयोग का गठन कर रही थी जो पंजाब से हरियाणा को कुछ सौ एकड़ भूमि देने के बदले में चंडीगढ़ पंजाब को सौंप दे। इतने खर्च और प्रचार के बावजूद इन आयोगों का कोई परिणाम नहीं निकला। पंजाब, हरियाणा और राजस्थान के बीच रावी-व्यास के पानी के बंटवारे का फैसला करने वाले इराडी आयोग का भी कोई निष्कर्ष नहीं निकला। लिहाजा राजीव-लोंगेवाल समझौता आज भी लागू नहीं हो सका। 1984 के सिख विरोधी दंगों की एकांत में सुनवाई करने वाले न्यायमूर्ति रंगनाथ आयोग का गठन नवंबर 1984 में किया गया था। इसने 128 गवाहियों और 3500 हलफनामों का निरीक्षण किया। इस आयोग के बाद

अनेक अन्य आयोगों व समितियों का गठन किया गया। लेकिन मुश्किल से ही किसी अपराधी व्यक्ति को दंड दिया गया। इच्छा शक्ति की कमी के कारण ही ऐसा हुआ।

इस दौरान पंजाब में पुलिस और आतंकवादियों के बीच युद्ध जारी रहा। मनबीर सिंह चेचरू, सुखदेव सिंह सुक्खा और अवतार सिंह ब्रह्मा हत्याएं करते रहे और उन पर गर्व भी करते रहे। अब वे सब मर चुके हैं। इनमें सबसे खतरनाक खालिस्तान कमांडो फोर्स का जनरल लाभ सिंह उर्फ सुखदेव सिंह सुक्खा था। उसे पुलिस से बर्खास्त कर दिया गया था और वह पुलिस वालों के परिजनों की हत्याएं कर रहा था। इस बीच पंथक कमेटी के आतंकी पाकिस्तान की इंटर सर्विसेज इंटेलिजेंस (आइएसआइ) के आदेश पर ग्रामीण पंजाब में हिंदुओं की हत्याएं करके उनको पंजाब से बाहर स्थानांतरित होने को विवश कर रहे थे।

इस बड़ी साजिश का उद्देश्य राजनीतिक तौर पर नहीं तो जनसंख्या के आधार पर खालिस्तान पा लेना था। आतंकवादी ग्रामीण क्षेत्रों में बिना किसी रोकटोक के वारदातें करते रहे। चाहे वह पटियाला जिला में लालरू हो या हरियाणा में फतेहाबाद हो। माओ त्से तुंग ने कहा था कि अगर गुरिल्ले ग्रामीण क्षेत्र पर अधिकार कर लें तो शहरों का अपने आप पतन हो जाएगा। क्योंकि उनको अन्न और वे अन्य सुविधाएं नहीं मिलेंगी जिनके लिए वे गावों पर निर्भर हैं। पहले गांधीजी ने भी यही कहा था, "अगर गांव नष्ट होते हैं तो भारत भी नष्ट हो जाएगा।" इस तरह पाकिस्तान की आईएसआई ने गांवों से हिंदुओं को भगाने की जो रणनीति बनाई थी वह बहुत सुविचारित थी उसे एक बहुत तालमेल से बैठाई योजना के तहत लागू किया जा रहा था।

बस यात्रियों की हत्याएं अक्तूबर 1983 के पहले सप्ताह में कपूरथला जिले के धिलवां की वारदात के साथ आरंभ हो गई थीं जिसके कारण सरदार दरबारा सिंह की सरकार का पतन हुआ। 1985 तक बस हत्याएं अधिक से अधिक जघन्य होती गईं। मुक्तसर में यात्रियों की हत्या (6 जुलाई 1987), फतेहाबाद, जिला हिसार, हरियाणा (7 जुलाई 1987) अमानवीय बर्बरता के

उदाहरण हैं। लाला जगत नारायण (9 सितंबर 1981) जैसे गणमान्य व्यक्तियों की हत्या का सिलसिला शुरू हुआ। उनके बाद डीआईजी ए.एस.अटवाल (25 अप्रैल 1983), एच.एस. मंचंदा (28 मार्च, 1984) लाला जगत नारायण के निर्भीक पुत्र श्री रमेश चंद्र (12 मई 1984), ललित माकन और उनकी पत्नी गीतांजली माकन (31जुलाई, 1984), संत हरचंद सिंह लोंगेवाल (20 अगस्त 1985), अर्जुन दास (4 सितंबर 1985) और 10 अगस्त 1985 को जनरल (से.नि.) ए.एस. वैद्य की निर्मम हत्या की गई। ये हत्याएं पंजाब के अल्पसंख्यकों को यह संदेश देने के लिए की गई कि वे पंजाब से बाहर चले जाएँ ताकि आतंकवादियों और उनके पाकिस्तानी आकाओं को असलीयत में तो खालिस्तान मिल ही जाए।

1987 के आरंभ में पंजाब की सुरजीत सिंह बरनाला सरकार की नई दिल्ली के शासकों ने बड़ी प्रशंसा की। यह कहा गया कि पंजाब में महाराजा रणजीत सिंह के सुनहरे शासन के बाद यह सरकार सर्वाधिक हितैषी व लोकप्रिय है। पंजाब की जनता उनकी इस प्रशंसा का उपहास कर रही थी, जिनको बेहतर जानकारी होनी चाहिए थी। आखिर ये लोग ही तो थे जिन्होंने आतंकवाद की मार को सहा था और बेलगाम भ्रष्टाचार के चलते पैसे खसोटने की मार भी सही थी। जिन शासकों ने बरनाला सरकार का गुणगान किया था, उसी को अगले महीने हरियाणा में होने वाले चुनावों में लाभ उठाने के लिए 20 मई 1987 को बरनाला सरकार को बर्खास्त करने में कोई गुरेज नहीं हुआ। क्या इससे बढ़कर द्वेषपूर्ण और कुछ हो सकता है?

पंजाब की गंभीर त्रासदी के प्रति नई दिल्ली के शासकों के अस्थिर रवैए ने हंसते-गाते पंजाब को मुर्दाघर में बदल दिया।

जून 1986 में उग्रवादियों ने एक शांति प्रस्ताव दिया था। इससे अंततः पंजाब में शांति स्थापित हो सकती थी। आतंकवादी अपने हथियार डाल कर पंजाब में शांति सुनिश्चित करने को तैयार थे। इसके लिए उनकी दो सरल शर्तें थीं। पंजाब के आतंकवाद के बारे में अपने अनुभवों के आधार पर मुझे लगा कि यह अवसर शांति स्थापित करने के लिए सबसे उपयुक्त है।

इसके बारे में निर्णय केवल प्रधानमंत्री ही कर सकते थे। मुझे पता चला कि उनसे मिलना पहले की तरह आसान नहीं था। बहरहाल मैं उनसे 1986 के स्वतंत्रता दिवस पर राष्ट्रपति भवन के स्वागत समारोह में मिल सका और मैंने उस मौके पर उनसे संक्षिप्त बात करके प्रस्ताव के बारे में बताया। उन्होंने मुझे आश्वासन दिया कि जल्दी ही मुझे बातचीत के लिए समय देंगे। यह देखकर कि विलंब हो रहा है, मैंने उनके सचिव श्री वी. जार्ज को लिखा। अंततः 30 अक्तूबर 1986 को दो प्रशासकों ने मेरी बात सुनी। इसके बारे में मैंने प्रधानमंत्री के सचिव को पत्र लिखकर मामले को आगे बढ़ाया। पर कोई उत्तर नहीं मिला।

सरकार ने आतंकवादियों से वार्ता के लिए दर्शन सिंह रागी, स्वर्गीय आर्चाय सुशील मुनि और जसबीर सिंह रोडे (संत जरनैल सिंह के भतीजे) की सेवाएं लीं। यह सब औचित्य का प्रदर्शन करने के लिए किया गया। तिरलोचन सिंह रियासती को अपनी निष्ठा की कीमत जान दे कर चुकानी पड़ी। बाकी सब गुमनामी में कहीं खो गए।

अकाल तख्त के प्रमुख ग्रंथियों ने जनसाधारण की भावनाओं को उकसा कर खालिस्तान के लिए उनमें धार्मिक उन्माद भरने का प्रयास जारी रखा। उनको रिहा किया गया और खालिस्तान के इन्हीं समर्थकों के साथ फिर से वार्ता आरंभ की गई। इसी तरह श्रीमती इंदिरा गांधी की हत्या की साजिश रचने वाले अतिंदरपाल सिंह और उनके साथी षड़यंत्रकारियों को रिहा किया गया और इस उम्मीद में उनसे वार्ता आरंभ की गई कि वे नमनशील हो जाएँगे। उन्होंने आग और जहर उगलना जारी रखा, यह साबित करने के लिए कि नई दिल्ली के शासक बहुत भोले हैं। 1989 के चुनावों में कथित हत्यारे भारी बहुमत से जीते। यह मई 1988 के आपरेशन ब्लैक थंडर की सफलता के बाद हुआ। इस आपरेशन की सफलता पर उस समय पानी फिर गया जब इन अलगावादियों को नमनशील बनाने व उनकी चाटुकारिता करने की कोशिश की गई। ये वही थे जिन्होंने सांप्रदायिकता फैलाई और खालिस्तान के लिए संयुक्त राष्ट्र के हस्तक्षेप की मांग करने में गर्व का

अनुभव किया। इन्होंने खुलेआम अमेरिका व अन्य देशों से भी हस्तक्षेप करने की प्रार्थना की थी।

निम्न आंकड़ों के अध्ययन से स्पष्ट हो जाता है कि 1981 से 1993 के बीच पाकिस्तान प्रेरित आतंकवाद के चलते 11,666 नागरिकों व 1425 पुलिसकर्मियों को अपने प्राण खोने पड़े।

	1981	1982	1983	1984	1985	1986	1987
नागरिक	13	13	75	359	63	520	910
पुलिसकर्मी	2	2	21	25	10	46	100
	1988	**1989**	**1990**	**1991**	**1992**	**1993....**	**1997**
नागरिक	1949	1168	2484	2591	519	45	55 (14 मार्च से 30 जुलाई 1997 के बीच बम विस्फोट आदि के कारण)
पुलिसकर्मी	125	166	399	368	144	14	

सिख इतिहास बड़ी घृणा के साथ घल्लूघारा की चर्चा करता है। क्या हजारों नागरिकों, जिनमें से बड़ी संख्या में सिख भी शामिल थे, और 1425 सुरक्षाकर्मियों में जिनमें से अधिसंख्य सिख पुलिस अधिकारी व पुलिसकर्मी थे, की 1980 और 90 के दशकों में की गई हत्याएं घल्लूघारा में शुमार नहीं होतीं? जिन्होंने गुमराह युवकों को हिंसा के लिए उकसाया, जिन्होंने हत्यारों के भोग का आयोजन किया और उनके संबधियों को पदक वितरित किए, क्या उनको आत्मनिरीक्षण नहीं करना चाहिए। क्या उनको खुद ही इन सवालों का जवाब नहीं देना चाहिए? अगर अकाली आज सत्ता में है तो वह उन हजारों नागरिकों व सुरक्षाकर्मियों के बलिदानों का फल है जिन्होंने आयरलैंड के बाद संसार के सबसे अमानवीय आतंकवाद का सामना करते

हुए अपने प्राणों की आहुति दी। अगर सरदार प्रकाश सिंह बादल आज मुख्यमंत्री हैं तो वह इस कारण कि पंजाब के कांग्रेसी मुख्यमंत्री सरदार बेअंत सिंह एक वीर योद्धा थे। 31 अगस्त 1995 को उनकी हत्या ने यह साबित कर दिया कि विदेश-प्रेरित या स्थानीय आतंकवाद का सामना करने के लिए मुख्यमंत्रित्व ही एकमात्र सही उपकरण है। पंजाब के मामले में श्री बेअंत सिंह ने 1992 से 1995 तक के अपने मुख्यमंत्रित्व के काल में यह साबित कर दिया।

●

❖ 20 ❖

राजीव गांधी की हत्या

1991 के आम चुनाव होने वाले थे। 21 मई 1991 को श्री राजीव गांधी इस संबंध में श्रीपेरुंबदूर चुनाव दौरे पर गए। वहां लिट्टे की एक काडर मानव बम धानू ने, जिसने अपनी कमर के गिर्द विस्फोटक बांध रखा था, उनकी हत्या कर दी। यह हत्या एक आपराधिक साजिश का हिस्सा थी। श्री आर.डी. कार्तिकेयन के नेतृत्व वाले एक विशेष जांच दल ने इसका पर्दाफाश किया। फलस्वरूप कई लोगों को हिरासत में लिया गया, उन पर मुकदमा चलाया गया और अब वे सजा काट रहे हैं। भारत सरकार ने सर्वोच्च न्यायालय के एक तत्कालीन सेवारत न्यायाधीश न्यायमूर्ति जे.एस. वर्मा की अध्यक्षता में एक जांच आयोग के गठन का आदेश दिया।

वर्मा आयोग के विचारार्थ विषय इस प्रकार थे :

"यह आयोग निम्नलिखित मामलों के बारे में जांच करेगा :

(क) क्या श्री राजीव गांधी की हत्या को टाला जा सकता था। क्या उनकी सुरक्षा के लिए जिम्मेदार व्यक्तियों से इस मामले में किसी तरह की कर्तव्य में चूक या लापरवाही हुई थी;

(ख) क्या व्यवहार में प्रयुक्त सुरक्षा व्यवस्था व प्रबंधन में कोई कमियां थीं जिनके कारण हत्या में मदद मिली हो।

आयोग ऐसे दोषनिवारक तरीकों के सुझाव भी दे सकता है जो उपरोक्त धारा ख के संदर्भ में भविष्य में अपनाए जाने आवश्यक हों।''

भारत में जितने भी प्रधानमंत्री हुए श्री राजीव गांधी उनमें सबसे अधिक बहादुर थे। वह खतरे से बच कर निकल जाने के बजाय उसका सामना करने में विश्वास रखते थे। जब भारत के राष्ट्रपति द्वारा दैनिक प्रशासन में हस्तक्षेप जोरों पर था, तो उन्होंने अपनी माता की तरह उससे दूर रहने के बजाय उसका सामना करना बेहतर समझा। उनकी हत्या से न केवल भारत बल्कि सारे संसार में शोक की लहर दौड़ गई। उनको भारत का जान एफ कैनेडी कहा जाता था जो बिना वजह न था। भारत व उसकी अर्थव्यवस्था के आधुनिकीकरण में उनके योगदान की सराहना आज एक दशक बाद भी की जाती है। पंचायती राज को संवैधानिक रुतबा देकर उन्होंने ग्रामीण समुदाय का सशक्तीकरण किया। उनकी हत्या पंजाब के आतंकवादियों व लिट्टे के चरमपंथियों के गठजोड़ का परिणाम थी। लिट्टे उनके द्वारा श्रीलंका में शांति सेना भेजने से क्षुब्ध थी।

भारत सरकार ने श्री राजीव गांधी की हत्या की जांच के लिए एक न्यायिक आयोग का गठन किया। इसके अध्यक्ष सर्वोच्च न्यायालय के न्यायाधीश न्यायमूर्ति श्री जे.एस. वर्मा थे। इस आयोग के निष्कर्षों पर राज्यसभा और लोकसभा दोनों सदनों में जोरदार चर्चा हुई। इनका ब्योरा निम्न पुस्तकों में मिल सकता है :

1. लोकसभा डिबेट्स 20-30 जुलाई, 1991.
2. राज्यसभा डिबेट्स 12-14 मई, 1993.
3. लोकसभा डिबेट्स 12-14 मई, 1993.
4. लोकसभा डिबेट्स 24-26 अगस्त, 1995.
5. लोकसभा डिबेट्स 3-6 अगस्त, 1998.

●

❖ 21 ❖

राजीव की हत्या

कुछ राजनीतिज्ञों की महत्वाकांक्षा का परिणाम

जार्ज बर्नार्ड शॉ ने कहा था, "राजनीति और कुछ नहीं बल्कि यह है कि एक आदमी गंदगी के ढेर पर बैठा है। उसका प्रतिद्वंद्वी उस ढेर के नीचे खड़ा है। वह उसे नीचे खींच रहा है ताकि वह खुद उस ढेर पर चढ़ सके, नीचे खींचे जाने के लिए।"

यह उद्धरण भारतीय राजनीतिक परिदृश्य पर पूरी तरह लागू होता है। वी.पी. सिंह ने राजीव गांधी को उस ढेर से नीचे खींचा और खुद उस पर जा बैठे। इससे पहले वह राजीव गांधी के मंत्रिमंडल में रक्षामंत्री थे। जब भारत सरकार ने स्वीडन के साथ बोफोर्स तोपों के सौदे पर हस्ताक्षर किए तो उन्होंने हो-हल्ला मचाना आरंभ कर दिया। उन्होंने भारत की भोली जनता को अपनी तरफ करने के लिए काफी लहर बना ली। इतनी काफी जिसके दम पर राजीव गांधी को उस ढेर से नीचे खींच सकें। किसी ने उनसे यह नहीं पूछा कि जब इस सौदे पर हस्ताक्षर हुए आप क्या कर रहे थे? वह भारत के राज्यतंत्र में बोफोर्स का अपयश लाए। जब वह गद्दी से उतरे हुए थे, उस थोड़े से समय में उन्होंने इतनी विषाक्तता फैलाई कि उसके जहर का असर आज भी वातावरण में है और संभवत: आगे कभी भी अपना सिर उठाने के लिए बनी रहेगी। राज्यतंत्र को किसी न किसी तरह से फिर विषाक्त करने के लिए।

ऐसे और भी अनगिनत पात्र हैं जो हालाँकि खुद को जनता का मसीहा बताते हैं लेकिन जिन्होंने देश को बहुत हानि पहुंचाई। इन अनगिनत पात्रों में हैं : ज्ञानी जैल सिंह, दरबारा सिंह और हरियाणा के तत्कालीन मुख्यमंत्री, उनके मुख्य सचिव व उनके संगी-साथी, जिनको आपदा ग्रस्त राज्य में अचानक मिली सत्ता हजम नहीं हुई।

इनमें से हर एक ने अपनी बिसात बिछाई और अपने तरीके से शतरंज खेलने लगा। उन्हें इस बात की परवाह नहीं थी कि वे राज्य के सामाजिक ताने-बाने को कितनी हानि पहुंचा रहे हैं। वह राज्य जिसने दो सहस्राब्दियों तक लुटेरों का सामना किया पर कभी अपने अंदर से विभक्त नहीं हुआ। वह सदा एकजुट रहा। उनके पुलिस प्रमुख और सीआईडी प्रमुख सभी ईमानदार थे। वे सभी निष्ठावान अधिकारी थे जिनको कभी अपना कोई स्वार्थ न था। फिर भी कोई मुख्यमंत्री की इच्छा के विरुद्ध नहीं जा सकता था। मैं भी ऐसा नहीं कर सका। मैंने एक फैसला किया। मैं तबादला लेने में सफल रहा। लेकिन उस सड़न का सिलसिला जारी रहा।

एक और पात्र जिसने अपनी भूमिका इंतहा तक पहुंचा दी वह थे ज्ञानी जैल सिंह। शायद पंडित नेहरू ने उस समय उनको पहचानने में भूल की जब ज्ञानी जी ने महाराजा फरीदकोट के खिलाफ विद्रोह का नेतृत्व किया था। इंदिरा गाधी ने उनका विधानसभा में जाने के लिए चुनाव किया और फिर उनको पंजाब का मुख्यमंत्री बनाया। उसके बाद उन्होंने उनको भारत का गृहमंत्री और राष्ट्रपति बनाया। तब भी उन्होंने पंजाब की राजनीति में दखल देना बंद नहीं किया जिसकी परिणति इंदिराजी की हत्या में हुई। राजीव गांधी को प्रधानमंत्री बनाने के बाद उन्होंने उनका उपहास करना आरंभ किया। उनका यह कहना कि, "पप्पू खिलौनों से खेल रहा है," आज भी दिमाग में कौंध जाता है। यह सब और बोफोर्स का अपयश मिलकर राजीव के पतन का कारण बने।

वह जीवित रहते। लेकिन उनके लिए वी.पी. सिंह की नफरत उनकी सुरक्षा व्यवस्था वापस लेने का कारण बनी। राजघाट पर और श्रीलंका में उन पर हुए हमलों को देखते हुए इस तरह का फैसला लेना कोई समझदारी न थी।

शेष इतिहास है। युगों से कोई भी गंदगी का ढेर कभी स्थिर नहीं रहा। वह हमेशा फिसलन भरा होता है।

•

❖ 22 ❖

पाकिस्तान की ढिठाई और भारत की भीरुता

1983 के आरंभ से ही शक था कि पाकिस्तान पंजाब के आतंकवादियों को उकसा रहा है, उनकी मदद कर रहा है और उनके कारनामों में उसकी पूरी लिप्तता है। लेकिन भारत की कोई भी खुफिया एजेंसी इसका ठोस प्रमाण नहीं जुटा पाई। 1984 के आरंभ में सीमा सुरक्षा बल को इस बात की पक्की खबर मिली कि पाकिस्तान अपने रेंजरों के जरिए पंजाब के आतंकवादियों को हथियार सप्लाई कर रहा है। लेकिन दुर्भाग्य से जिस एजेंसी पर भारत के लिए विदेश से सूचना एकत्र करने का उत्तरदायित्व है, उसने इसकी पुष्टि नहीं की। फिर भी भारत सरकार ने सीमा सुरक्षा बल की रिपोर्टों को विश्वस्त माना। भारत स्थित पाकिस्तानी उच्चायुक्त को ये प्रमाण दिखाए गए। फिर भी पाकिस्तान झूठ बोल कर इन आरोपों को नकारता रहा कि उसकी पंजाब के उपद्रवों में लिप्तता है।

जून-जुलाई 1984 में आपरेशन ब्लू स्टार और आपरेशन रोजवुड के तुरंत बाद धार्मिक उन्माद और गांवों में दमनचक्र के कारण सिख युवक सीमा पार करके शरण और प्रशिक्षण पाने के लिए पाकिस्तान जाने लगे। वे उनके अनुसार सिखों के स्वाभिमान को पहुंची ठेस का बदला लेना चाहते थे। इन सैनिक अभियानों के बाद सीमा पार करने और पंजाब (पाकिस्तान) में

प्रशिक्षण शिविरों की स्थापना की सूचना सबसे पहले सीमा सुरक्षा बल ने एकत्र की। एक बार फिर उसी एजेंसी ने मामले को दरकिनार करने की कोशिश की। लेकिन भारत सरकार को इत्मीनान को गया कि ऐसे 35 शिविर हैं जिनमें सिख युवकों को भारत सरकार की सिखों के उत्पीड़न और सुरक्षा बलों की बर्बरता की कल्पित कहानियाँ सुनाकर उकसाया जा रहा है। इस तरह का सफेद झूठ बोल कर उनकी सोच को भ्रमित करने के बाद उन्हें हथियारों के इस्तेमाल, चोर फंदे लगाना, बारूदी सुरंगें बिछाना और गश्ती दलों पर घात लगाने आदि की ट्रेनिंग दी जाती थी।

पाकिस्तान का जन्म सांप्रदायिक हिंसा से हुआ जिसका तांडव मुस्लिम लीग ने मुहम्मद अली जिन्ना के नेतृत्व में किया। 16 जुलाई 1946 को मुहम्मद अली जिन्ना के सीधे आदेश ने कलकत्ता को मुर्दाघर में बदल दिया। लाशों के ढेर से थके हुए कांग्रेस के नेतृत्व को यकीन दिला दिया कि मुस्लिम लीग एक आवाज पर जिस तरह की उन्मादी हिंसा का तांडव कर सकती है उसकी काट उसके पास नहीं है।

लिहाजा जब 14 अगस्त 1947 को पाकिस्तान अस्तित्व में आया तब से ही पाकिस्तानी नेतृत्व में यह विश्वास भर गया कि भारत के कांग्रेसी शासकों को बर्बर हिंसा से डरा कर झुकाया जा सकता है। इसलिए उन्होंने अक्तूबर 1947 के अंतिम सप्ताह में कश्मीर पर हमला किया। यह पाकिस्तान की भूल थी। अब कांग्रेस पहले वाला ढीलाढाला सेवादल नहीं थी। उसके पास भारतीय सेना का संबल था। उसने सेना को इस हमले का प्रतिरोध करने का आदेश दिया। कश्मीर के इस अनिष्टकारी परिणाम के बाद से ही पाकिस्तान के शासक भारत के विरुद्ध इस्तेमाल की जाने वाली अपनी युक्तियों में संशोधन करते रहे हैं।

पाकिस्तान की खुफिया एजेंसियों द्वारा भारत को अस्थिर करने के लिए चली जा रही चालों की योजनाओं के विस्तार में हम यहां नहीं जाएँगे। लेकिन उनके नित-नई युक्तियों के प्रयोगों का जब तक विश्लेषण न किया जाए हम पिछले एक दशक तक पंजाब में हत्याओं का बाजार गर्म रखने में उनकी भूमिका को नहीं समझ सकते। पंजाब की एक दशक की इस यंत्रणा

में पाकिस्तान की इंटर इंटेलिजेंस एजेंसी की बहुत बड़ी भूमिका रही है। उसे कामयाबी कैसे मिली। यहां प्रस्तुत हैं कुछ प्रासंगिक तथ्य।

आईएसआई 1948 में वजूद में आई। यानी पाकिस्तान बनने के तुरंत बाद। आरंभ में आईएसआई का प्रमुख ब्रिगेडियर रैंक का एक अधिकारी होता था। फील्ड मार्शल अयूब खान के मातहत यह पाकिस्तानी सेना का एक महत्वपूर्ण अंग बन गई। हालांकि इस संगठन में पाकिस्तानी वायुसेना, नौसेना और अर्धसैनिक बलों व पुलिस से भी कुछ तत्व शामिल होते हैं, लेकिन इसके प्रमुख हमेशा सेना के ब्रिगेडियर या जनरल ही रहे हैं। 1945 के भारत–पाक युद्ध के समय ब्रिगेडियर रियासत हुसैन इसके प्रमुख थे। उन्होंने आईएसआई के अपने अभियानों में असफल होने का स्पष्टीकरण यह कह कर दिया कि राष्ट्रपति अयूब खान ने आईएसआई को राजनीतिक संगठन बना डाला है। 1969 में जब जनरल याहिया खान सत्ता में आए तो आईएसआई को लेफ्टिनेंट जनरल गुलाम इलाही के मातहत कर दिया गया। दिसंबर 1971 में जुल्फिकार अली भुट्टो अपने देश के प्रधानमंत्री बने तो उन्होंने आईएसआई को अपनी राजनीतिक चालों के लिए बहुत उपयुक्त पाया। अपनी पुस्तक *इफ आई एम एसेसिनेटेड* में उन्होंने लिखा है कि इस निरंकुश गुप्तचर संगठन ने न केवल गुप्तचर सेवाओं के पुनर्गठन में उनकी सहायता की बल्कि संघीय स्तर पर राजनीतिक व प्रशासनिक सुधार करने में भी उनको सहयोग दिया।

दिसंबर 1979 में सोवियत संघ ने अफगानिस्तान में हस्तक्षेप किया। तब लेफ्टिनेंट जनरल जिलानी के नेतृत्व में आईएसआई को अपने विषदंत दिखाने का सुनहरा मौका मिल गया। आईएसआई ने अफगानिस्तान के पृथक गुटों में गठजोड़ कराने का काम किया और अफगान गुरिल्लाओं की तरफ से राजनीतिक–सैनिक गुटों में समायोजन कराया। कारनेजी इंडोमेंट के सालिग हैरिसन ने फरवरी 1989 के *वाशिंगटन पोस्ट* में अपने एक लेख में लिखा कि राष्ट्रपति जिया ने आईएसआई को सीआईए, एफबीआई और ईरानी सवाक के मिश्रित स्वरूप में बदल डाला है। विदेशी आसूचना एकत्र करने के अलावा उन्होंने अपने देश में भी एक ऐसा सर्वव्यापक उपकरण बना लिया है जो उनके राजनीतिक विरोधियों के खिलाफ जबरदस्त हथियार का काम करता है।''

मार्च 1987 से मई 1989 तक लेफ्टिनेंट जनरल हामिद गुल आईएसआई के प्रमुख थे। उनकी मातहती में संगठन और उसके उद्देश्य दोनों का विस्तार हुआ। इस दौरान आईएसआई ने सीआईए के साथ अफगान विद्रोहियों को हथियारबंद करने और आसूचना के आदान-प्रदान के साझे लक्ष्य के लिए निकट की साठगांठ की। सीआईए के साथ उसके गठजोड़ के कारण ही आईएसआई अफगान नीति की मुख्य परिधि के निर्धारण में अपनी भूमिका निभा पाई। 17 अगस्त 1988 को जनरल जिया की एक विमान दुर्घटना में मृत्यु हो गई। उसके बाद नवंबर 1988 में हुए आम चुनावों में विजयी हो कर बेनजीर भुट्टो सत्तारूढ़ हुईं। उन्होंने देखा कि आईएसआई, "न केवल नीतियों को लागू कर रही थी, बल्कि उनका निर्धारण भी वही कर रही थी।" अमेरिका के दबाव के चलते पाकिस्तान अफगानिस्तान में उसकी नीतियों के अनुरूप कार्य करता रहा। आईएसआई अंतर्राष्ट्रीय शक्ति के खेल में पाकिस्तान का मुख्य उपकरण बनी। आईएसआई को अमेरिका द्वारा पाकिस्तान के सत्ता ढांचे को प्रभावित करने का मुख्य उपकरण माना जाता है। लेफ्टिनेंट जनरल हामिद गुल और मेजर जनरल असद दुर्रानी (अगस्त 1990 से मार्च 1992) के मातहत आईएसआई को अफगानिस्तान और कश्मीर में इस्लामी जिहाद के साथ अभिन्न रूप से जुड़ा हुआ माना जाता है। आईएसआई अफगानिस्तान और कश्मीर में अपने प्रभाव का पूरा इस्तेमाल करती रही है। उसने 1983 के दशक के मध्य से पंजाब के मामलों में दिलचस्पी लेना शुरू की। जून 1984 के आपरेशन ब्लू स्टार के तुरंत बाद उसने सिख आतंकवादियों को प्रशिक्षण देना आरंभ किया। उसके बाद से अब तक उसने आतंकवादियों को प्रशिक्षण देना व वारदात करने में निर्देशन देना बंद नहीं किया है।

अपने आका अमेरिका के दबाव का उल्लंघन करते हुए पाकिस्तान निम्न स्थानों पर अब भी अपने शिविर बनाए हुए है।

पंजाब के विरुद्ध

तीन शिविर अब तक सक्रिय थे। (1) पंजा साहब के पास हसन अब्दाल, (2) फैसल टाउन, लाहौर और (3) फैसलाबाद की एक कपड़ा मिल।

राजस्थान के विरुद्ध

खास हैदराबाद में और थाना बुल्ला खान (हैदराबाद) में प्रशिक्षण शिविर पल्लवित हो रहे हैं।

सिख आतंकवादियों के सभी प्रमुख नेता पाकिस्तान में सुरक्षित पनाहगाह पाए हुए थे। भिंडरावाले टाइगर फोर्स ऑफ खालिस्तान के प्रमुख गुरबचन सिंह मनोचहल, खालिस्तान कमांडो फोर्स के वासन सिंह जफरवाल और बब्बर खालसा इंटरनेशनल के प्रमुख सुखदेव सिंह दस्सोवाल – ये सभी पाकिस्तान से अपनी गतिविधियाँ चलाते रहे। डा. सोहन सिंह की पंथक कमेटी न सिर्फ आतंकवादियों को उनके लक्ष्य बताती रही बल्कि उसने पंजाब के सामाजिक जीवन पर नियंत्रण भी किया। उसने यह 'आदेश' भी जारी किया कि किस तरह और केवल गुरुमुखी में ही पंजाब का प्रशासन चलाया जा सकता है।

26 जनवरी 1966 को जब पंजाब में सुरजीत सिंह बरनाला की सरकार थी, आईएसआई ने अमृतसर में पंथक कमेटी का गठन और सर्बत खालसा का आयोजन किया। गुरबचन सिंह मनोचहल की पंथक कमेटी का आतंकवादी संगठन भंडरांवाले टाइगर फोर्स ऑफ खालिस्तान, गुरजंत सिंह राजस्थानी का खालिस्तान कमांडो फोर्स, दशमेश रेजिमेंट आफ खालिस्तान और मंजीत सिंह का आल इंडिया सिख स्टूडेंट्स फेडरेशन – ये सभी पाकिस्तान की धरती से अपनी गतिविधियाँ चलाते रहे और पाकिस्तान के गुप्तचर एजेंट इनका मार्गदर्शन करते रहे। डा. सोहन सिंह 1974 में पंजाब स्वास्थ्य सेवाओं के निदेशक पद से सेवानिवृत्त हुए थे। उन्होंने जब देखा कि बाबा मनोचहल भारत सरकार के एक मंत्री के साथ मेलजोल बढ़ा रहे हैं तो वह पाकिस्तान चले गए। आईएसआई ने उनका गर्मजोशी के साथ स्वागत किया और उनको परामर्श भी दिया। उनकी पंथक कमेटी के तहत पाकिस्तान से संचालित उग्रवादी संगठनों ने हजारों सिखों व हिंदुओं की हत्यायें कीं। जफरवाल की अध्यक्षता वाली पंथक कमेटी व उनके साथ काम करने वाले अन्य संगठन उत्तर भारत में लूटमार करते और फिर वापस पाकिस्तान चले जाते। असलियत यह है कि 1991 में इस्लामाबाद पंजाब (भारत) और चडीगढ़ पर शासन

कर रहा था। वह भारतीय मीडिया को आदेश देता था कि क्या प्रकाशित करना है, क्या नहीं। वही आदेश देता था कि जालंधर व चंडीगढ़ आकाशवाणी से क्या प्रसारित होगा और जालंधर दूरदर्शन कौन से कार्यक्रम प्रसारित करेगा, कौन से कार्यक्रमो का प्रसारण बंद करेगा। नामपट्ट एक विशेष लिपि में ही होंगे। कौन से व्यवसायी व्यापार करेंगे, कौन से नहीं। दिल्ली का कानून इन इलाकों में अब नहीं चल रहा था। वहां इस्लामाबाद अपने नुमाइंदे पंथक कमेटी के माध्यम से शासन कर रहा था। जब पंजाब में भारत का कानून अर्धसैनिक बलों, पुलिस और सशस्त्र बलों तक ही सीमित रह गया था, तब नई दिल्ली की सरकार क्या कर रही थी? उसने उग्रवादियों के साथ वार्ता आरंभ कर दी। क्या ही बहादुरी का काम था यह! उसने आग उगलने वाले उग्रवादियों के साथ भारत के प्रधानमंत्री की वार्ताएँ आयोजित कीं जिनको आसूचना एजेंसियाँ परामर्श दे रही थीं। वह निर्बलता की स्थिति में वार्ता की मेज पर गए। क्योंकि उन्होंने कथित प्रतिआतंकवाद विशेषज्ञों की राय मानी। उन्होंने सलाह दी थी कि अगर आप आतंकवादियों के तथाकथित नेताओं के स्वेच्छाचारिता और सनक को मान लेंगे तो शांति का दौर आरंभ हो जाएगा।

पंजाब में जो पाकिस्तान प्रायोजित अतिविनाशकारी आतंकवाद फैला उसका खुलासा नवंबर 1993 में डा. सोहन सिंह ने मोहाली में गिरफ्तारी के बाद पुलिस को दिए अपने बयान में किया है। वह पहली बार फरवरी 1990 से अप्रैल 1991 तक पाकिस्तान गए। वहां वह अफगानिस्तान के हिकमतयार से मिले। उन्होंने एक रेडियो स्टेशन स्थापित करने की योजना बनाई जिसका उपयोग पंजाब व कश्मीर के आतंकवादी संयुक्त रूप से भारत विरोधी प्रचार के लिए कर सकें। इसके बाद वह मार्च 1993 में एक बार फिर पाकिस्तान गए। उन्होंने स्वीकार किया कि उनकी पंथक कमेटी के छत्र तले सभी उग्रवादी संगठन – बब्बर खालसा इंटरनेशनल, खालिस्तान लिबरेशन फोर्स, सिख स्टूडेंट्स फेडरेशन (दलजीत बिट्टू धड़ा), भिंडरांवाले टाइगर फोर्स ऑफ खालिस्तान (रछपाल सिंह) और खालिस्तान कमांडो फोर्स (परमसिंह पंजवाल), ये सभी पाकिस्तान से अपनी गतिविधियाँ चला रहे थे। इन्होंने मास्टर तारा सिंह की पुत्री डा. राजेंद्र कौर, भाखड़ा-व्यास मैनेजमेंट बोर्ड के अध्यक्ष, मेजर जनरल कुमार, सतलुज यमुना संपर्क नहर के मुख्य अभियंता

व अकाली नेता श्री बलवंत सिंह तलवंडी की हत्याएँ कीं जो सुरजीत सिंह बरनाला की सरकार में वित्त मंत्री थे। वे जगदेव सिंह तलवंडी, गुरचरण सिंह तोहड़ा, युवा कांग्रेस के नेता मनिंदरजीत सिंह बिट्टा पर कातिलाना हमले करने में आंशिक रूप से सफल रहे। उन्होंने बस यात्रियों व प्रवासी श्रमिकों की हत्याएँ की ताकि अल्पंसख्यक इन वारदातों से भयभीत हो कर पंजाब से पलायन कर जाएँ।

डा. जगजीत सिंह चौहान ने *इंडिया टुडे* के शेखर गुप्ता और निरुपम सुब्रमण्यम को बताया (नवंबर 1993 पृष्ठ 65-67) कि पाकिस्तान की सहायता से उनको निराशा ही हाथ लगी। उनके अनुसार जुल्फिकार अली भुट्टो 1972 या 73 में जगजीत सिंह चौहान से न्यूयार्क में मिले थे। उन्होंने चौहान को खालिस्तान आंदोलन आरंभ करने को कहा। उन्होंने यह भी बताया कि "बहुत से सिख नेता अब भी वहां (पाकिस्तान में) हैं और उन्होंने (पाकिस्तान ने) सिखों को जो कुछ दिया है वह गोबर से भी कम है।"

पाकिस्तानी सीमा की रक्षा करने वाले पाक रेंजरों ने सिख आंतकवादियों की घुसपैठ में सक्रिय सहायता की जिन्होंने 1987 से 1993 तक पंजाब में आतंकवादी फैलाया। आईएसआई के प्रशिक्षित घुसपैठियों को भारतीय सीमा में प्रवेश कराने के लिए इन रेंजरों ने 148 बार गोलीबारी की।

लेखक ने भारत के तत्कालीन प्रधानमंत्री को परामर्श दिया कि पाकिस्तान केवल ईंट का जवाब पत्थर की भाषा ही समझता है। मैंने प्रधानमंत्री से कहा कि पाकिस्तान को यह एहसास कराना जरूरी है कि वह इस तरह के छद्म युद्ध से भारत को तोड़ नहीं सकता। हमें अक्रामक रुख अख्तियार करके पंजाब सीमा को सरगर्म कर देना चाहिए। मेरी सलाह सुनकर प्रधानमंत्री हैरान हो गए। उनके अनुसार पाकिस्तान अब परमाणु शक्ति था और भारत उसे परास्त नहीं कर सकता था। गौरतलब है कि मैंने आक्रामक रुख अख्तियार करने की सलाह दी थी, युद्ध छेड़ने की नहीं।

अगस्त 1965 में जब पाकिस्तानी एजेंटों ने 'आपरेशन जिब्राल्टर' के गुप्त नाम से कश्मीर में घुसपैठ की तो भारत को पंजाब में अंतर्राष्ट्रीय सीमा पार करके लाहौर के लिए खतरा खड़ा करना पड़ा। 1971 में 3 दिसंबर को

जब पाकिस्तानी वायुसेना ने भारतीय वायुसेना के अड्डों पर अचानक हमला किया था तो भारत को पूर्व व पश्चिम में पूर्ण आक्रमण करना पड़ा। पाकिस्तान छद्म बल का प्रयोग करने में विश्वास रखता है। इसका प्रतिरोध भारत द्वारा जबरदस्त शक्ति–प्रदर्शन से ही किया जा सकता है ताकि पाकिस्तान समझ जाए कि वह पंजाब के आतंकवादियों को प्रशिक्षण दे कर पंजाब पर अधिकार नहीं कर सकता।

यहां मैं बताना चाहूंगा कि 1949 में पंडित जवाहर लाल नेहरू ने पाकिस्तान के सामने युद्ध न करने का प्रस्ताव रखा था। लेकिन लियाकत अली खान ने इसे ठुकरा दिया। जब तनाव बढ़ा तो शांतिप्रिय पंडित नेहरू ने सारी भारतीय सेना को पंजाब सीमा की तरफ भेजा।

पाकिस्तान में अमेरिका के उच्चायुक्त (वुल्फ) ने 23 मार्च 1950 को शाम के तीन बजे एक संदेश भेजा :

"जीओपी (गवर्नमेंट आफ पाकिस्तान) अमेरिका की सरकार को निम्नलिखित भारतीय सेनाओं की पश्चिमी पाकिस्तान की सीमा की तरफ बढ़ने की खेदपूर्वक सूचना देती है। इन सेनाओं के आगे बढ़ने का यह सिलसिला जारी है :

1. एक डिवीजन इंफेंट्री सेना का हिसार–राजस्थान क्षेत्र में संचलन।
2. फिरोजपूर–नाभा क्षेत्र में एक कवचित ब्रिगेड का आगे बढ़ना।
3. एक कवचित डिवीजन का मेरठ क्षेत्र में आना।
4. अंबाला में एक कोर का तत्पर होना।

इस तरह शांतिप्रिय नेहरू ने पाकिस्तान की मानसिकता को समझने की अपने उत्तराधिकारियों से कहीं बेहतर सूझबूझ का प्रदर्शन किया।

1997 में प्रकाशित अपनी पुस्तक *दी नाइट्स आफ फाल्सहुड* में पंजाब पुलिस के पूर्व महानिदेशक श्री के.पी.एस. गिल ने, जिनके कुशल नेतृत्व में पंजाब पुलिस ने आतंकवादियों के विरुद्ध स्पष्ट जीत हासिल की, पृष्ठ 17 पर लिखा है : "पाकिस्तान की छद्म गतिविधियों के लिए उत्तरदायी उसकी प्रमुख एजेंसी आईएसआई अभी भी सिख आंतंकवादियों के लिए सियालकोट,

भावलपुर और लाहौर सहित अन्य स्थानों पर प्रशिक्षण शिविर चला रही है। पंजाब के अधिकांश आतंकवादी गुटों के बचे-खुचे 'सिपाही' इन शिविरों में शरण लिए हुए हैं।" आईएसआई प्रायोजित इस न्यून तीव्रता वाले युद्ध का जवाब भारत किस तरह दे रहा है? यह युद्ध पाकिस्तान सरकार के पर्यवेक्षण की परिधि से भी बाहर है। आईएसआई पाकिस्तान सरकार को भी अंगूठा दिखाने का साहस रखती है। आईएसआई की सामान्य ढिठाई की चर्चा पाक सेना के पूर्व प्रमुख जनरल असलम बेग ने की थी जो 23 नवंबर 1997 के *हिंदुस्तान टाइम्स* में प्रकाशित हुई : "आईएसआई के राजनीतिक सेल ने राजनीतिक दलों में 140 मिलियन रुपए बांटे। इसे सुधारने की जरूरत है।" आईएसआई पाकिस्तान में सत्ता के अंदर सत्ता है जो भारत और पाकिस्तान दोनों को धौंस देती है।

❖ 23 ❖

पंजाब में आतंकवाद का पतन

1991 में पंजाब में 2591 और 1992 में 1519 नागरिकों की हत्याएँ हुईं। इसके विपरीत अक्तूबर 1993 तक कुल 45 नागरिकों की हत्याएँ हुई। ये आंकड़े स्पष्टत: पंजाब को अपनी बेड़ियों में जकड़ कर रखने वाले आतंकवाद के विरूद्ध संपूर्ण विजय की कहानी कहते हैं।

यह सफलता कैसे मिली, इसका विवरण देने से पहले हमें आतंकवाद की प्रकृति को थोड़ा समझ लेना चाहिए।

पंजाब व दिल्ली में काम व मनोरंजन के स्थानों पर बम विस्फोट, गोलियाँ चलाना और हत्याएँ करना, फिरौती के लिए अपहरण, अगवा करके साथी आतंकवादियों की रिहाई के लिए अदला-बदली के इरादे से बंधक बना कर रखना, यात्री विमानों व बसों का अपहरण आदि से ऐसा आभास हो सकता है कि निरीह, निहत्थे नागरिकों के खिलाफ बर्बरता की ये करतूतें हाल ही में आरंभ हुई हैं। लेकिन ऐसा नहीं है। आतंकवाद उतना ही पुराना है जितनी की खुद मानवता।

हत्याओं के रूप में आतंकवाद शताब्दियों से चला आ रहा है। ईसा से 336 साल पहले मैसीडोनिया के राजा फिलिप्स द्वितीय और ईसा से 44 साल पहले जूलियस सीजर के जमाने से आरंभ हो कर करीब 65 ऐतिहासिक हत्याएँ हो चुकी हैं। अमेरिका के चार निर्वाचित राष्ट्रपतियों की गोली मारकर

हत्या की जा चुकी है। भारत ने 30 जनवरी 1948 को महात्मा गांधी, 31 अक्तूबर 1984 को प्रधानमंत्री इंदिरा गांधी और 21 मई 1991 को पूर्व प्रधानमंत्री राजीव गांधी की हत्या देखी। ये हत्याएँ धार्मिक व अन्य उन्मादी तत्वों ने अपनी साजिशों के तहत कीं। हमारे पड़ोस में 16 अक्तूबर 1951 को पाकिस्तान के प्रधानमंत्री लियाकत अली की रावलपिंडी में किन्हीं उन्मादियों ने गोली मारकर हत्या कर दी। उसी स्थान पर पूर्व प्रधानमंत्री बेनजीर भुट्टो की भी हत्या हुई। 25 सितंबर 1959 को श्रीलंका के प्रधानमंत्री एस.डब्लू.आर. डी. भंडारनायके की हत्या हुई। 1993 में श्रीलंका के राष्ट्रपति प्रेमदासा की कोलंबो में ही हत्या हुई।

आतंकवाद को परिभाषित करना अत्यंत कठिन है। क्योंकि कई बार क्रांतिकारी गतिविधियों की अवमानना करने के लिए उनको भी आतंकवाद का नाम दे दिया जाता है। संयुक्त राष्ट्र तथा अन्य अनेक सरकारों ने आतंकवाद की निर्दोष व सर्वव्यापक परिभाषा करने के लिए श्रम किया ताकि उचित शिकायतों को दूर करवाने के लिए और तानाशाही के खिलाफ की गई विद्रोही हरकतों को आतंकवाद का नाम न दे दिया जाए। ब्रिटिश सरकार ने आईआरए का मुकाबला करने के लिए बनाए आतंकवाद विरोधी कानून 1974 में आतंकवाद की परिभाषा इस प्रकार की है, "राजनीतिक उद्देश्यों के लिए हिंसा का प्रयोग, जिसमें जनता या जनता के किसी वर्ग को भयाक्रांत करने के उद्देश्य से की गई हिंसा शामिल है।"

दहशत पैदा करना और वास्तविक या काल्पनिक शिकायतों को नाटकीय रूप देना अनेक प्रकार के आतंकवाद का प्रेरक बल रहा है। दहशत के बल पर आतंकवादी राजनीतिक व्यवहार को अपनी संख्या के अनुपातहीन स्तर तक बदलना चाहते हैं।

अमेरिकी विदेश मंत्रालय आतंकवाद की परिभाषा इस प्रकार करता है : "व्यक्तियों या गुटों द्वारा राजनीतिक उद्देश्य से हिंसा का प्रयोग करने का खतरा पैदा करना, चाहे वे सरकारी अधिकरण के विरुद्ध हों या उसके समर्थन में हों। जब उन वारदातों का उद्देश्य वारदात के शिकार तत्कालीन लोगों में से अधिसंख्य को आतंकित करना, स्तब्ध करना या भयभीत करना हो। आतंकवाद ने ऐसे गुट बनाए हैं जो परिकल्पित राष्ट्रीय या उस वर्ग की शिकायतों को दूर

करने या किसी सत्ता विशेष का तख्ता पलटने अथवा अंतर्राष्ट्रीय व्यवस्था को छिन्न-भिन्न करने को अपना लक्ष्य बनाते हैं।"

उपरोक्त परिभाषा सत्ता पर काबिज किसी सैनिक शासक को अपदस्थ करने के लिए किए जा रहे संघर्ष को आतंकवाद में शामिल नहीं करती। यह सरकारी आतंकवाद के जरीए अपने आप को विधिवत सत्ता साबित करने की कोशिश करती है बजाय इसके कि जनादेश के आधार पर खुद को स्थापित करे। स्मरण रखना होगा कि कई बार कई आतंकी गुट अपने दिल में औचित्य की भावना रखते हैं। जैसे आईआरए खुद को उत्तरी आयरलैंड के कैथोलिक ईसाइयों का प्रतिनिधि मानती है जिन्होंने सदियों तक प्रोटेस्टेंट्स के हाथों भेदभाव झेला। रेड ब्रिगेड का दावा है कि वह मिलान, नेपल्स व इटली के अन्य औद्योगिक केंद्रों के दमित श्रमिक वर्ग को न्याय दिलाना चाहता है।

विद्रोह की किसी घटना की पहचान होते ही उसे आतंकवाद की संज्ञा नहीं दी जा सकती। लेकिन इस बात पर ध्यान देना चाहिए कि किसी उद्देश्य के न्यायाचित होने से ही हिंसा का प्रयोग भी न्यायोचित नहीं हो जाता। लक्ष्य गलत जरिए को न्यायोचित नहीं ठहरा सकता। यही कारण है कि संयुक्त राष्ट्र महासभा ने 9 दिसंबर 1985 को सभी आतंकवादी गतिविधियों को एक प्रस्ताव पारित करके 'आपराधिक' माना।

हमारे समय में आतंकवाद का दौर इजरायल के खिलाफ फिलिस्तीनियों के संघर्ष के साथ हुआ। आतंकवाद कमजोर का अपने से ज्यादा ताकतवर के खिलाफ हथियार है। आतंकवादी पंथ अपने साथ ड्रग्स का धंधा करने वालों, तस्करों, किस्मत आजमाने वालों और आदर्शवादियों को लेकर चलता है। यही कारण है कि संसार में कहीं भी आतंकवाद सफल नहीं हुआ क्योंकि आदर्शवादियों को अंततः अपराधियों पर निर्भर होना पड़ता है।

मोटी फीस लेकर आतंकवादियों को प्रशिक्षण देने के लिए अमेरिका, कनाडा और यूरोप में आतंकवाद के स्कूल और सलाहकार सेवाएँ प्रचलित हैं। वल्सोवा और तेरपिल की बनाई एक टीम गद्दाफी को आदमी और हथियार सप्लाई करती थी। फ्रैंक कैंपर कालेज सिख आतंकवादियों को प्रशिक्षण देता रहा है। फरवरी 1969 में ईरान में हुई क्रांति ने शाह को अपदस्थ कर दिया और आयतुल्ला खुमैनी सत्तासीन हुए। उन्होंने आतंकवाद को आशीर्वाद दिया

और अपहरण को धार्मिक मान्यता दी। अगर संत जरनैल सिंह भिंडरांवाले को सिखों का खुमैनी कहा गया तो इसमें कोई हैरानी की बात नहीं।

आयरिश रिपब्लिक आर्मी में 300 से ज्यादा स्त्री–पुरुष नहीं हैं। फिर भी उन्होंने 414 आतंकवादी वारदातों को अंजाम दिया।

पंजाब के आतंकवादियों ने अपनी हरकतों को आईआरए और पीएफएलपी के तौर तरीकों पर वैसे ही परिणामों के लिए अंजाम देने की कोशिश की। इन सब मामलों में धर्म ही मुख्य प्रेरक तत्व था।

स्टीफन सेगालेर ने आतंकवाद को 'अदृश्य सेना' बताया है। क्योंकि आतंकवादियों में भीड़ में घुलमिल जाने की क्षमता होती है।

दहशत पैदा करना और अल्पसंख्यकों की आकांक्षा को अधिकारिकी व राष्ट्र की प्रभुसत्ता के रक्षकों पर थोपना अधिकांश आतंकवादियों का लक्ष्य होता है। इसकी पूर्ति के लिए वे अचानक हमले करने की युक्ति अपनाते हैं और दहशतगर्दी के उपकरणों का प्रयोग करते हैं। हम पंजाब में आतंकवादियों द्वारा इन तत्वों का प्रयोग होता देख चुके हैं और अब कश्मीर में देख रहे हैं।

भारत को एक सबक यह सीखना है कि शासन की तरफ से अत्यधिक बल प्रयोग करना आतंकवादियों के हाथों में खेलने जैसा है और इसके प्रतिउत्पादक परिणाम होते हैं। इसीलिए पंजाब में आपरेशन ब्लू स्टार और आपरेशन रोजवुड के अलगाव पैदा करने वाले परिणाम निकले। आतंकवाद का मुकाबला करना एक लंबी लड़ाई है जिसके लिए धैर्य, धन और विवेक की आवश्यकता होती है। आतंकवाद की बुराई का कोई तात्कालिक व सरल हल नहीं होता। उतावले नेता और बेसब्री लोकप्रिय पार्टियाँ जब अत्यधिक बल प्रयोग के दम पर तत्काल परिणाम चाहती हैं तब वे आतंकवादियों के हाथों में खेल रही होती हैं।

आतंकवादियों का उद्देश्य प्रचार हासिल करना और अपनी कथित शिकायतों को मान्यता दिलाना होता है। उनकी राय में हर तरह का प्रचार अच्छा है। अच्छा प्रचार न सही, बुरा सही। कोई प्रचार न होने से तो बुरा प्रचार भी बेहतर ही है ना! आतंकवादी इसलिए सफल होते नजर आते हैं क्योंकि सरकार हर चीज और हर किसी की हर जगह और हर समय रक्षा नहीं कर सकती।

आतंकवद के बारे में इन सामान्य टिप्पणियों का समापन करने से पहले हम यह भी कहना चाहेंगे कि कई बार सरकारें खुद आतंकवादी पैदा करती हैं और फिर उनको बलि का बकरा बनाती हैं। अब हम उन कदमों की चर्चा करेंगे जिन्हें उठा कर दिल्ली और पंजाब की सरकार शांति स्थापना में सफल हुई।

पंजाब

पंजाब, बल्कि भारत के लिए आतंकवाद एक बिलकुल नई चेतावनी थी। कत्ल और राजनीतिक हत्याएँ कभी भी पंजाब का तौर तरीका नहीं रहा।

कट्टरपंथियों ने जब पंजाब में निरंकारियों और उसके तुरंत बाद पुलिस व हिंदुओं के खिलाफ आतंकवादी अभियान शुरू किया तो पुलिस बल आधुनिक आतंकवादियों द्वारा अपनाए हथकंडों से अचंभित रह गया।

पुलिस को परंपरागत पुलिस कार्यों और गतिविधियों के लिए प्रशिक्षण दिया गया था। बाद में धीरे-धीरे पुलिस इस खतरे का मुकाबला करने के लिए खुद को घातक हथियारों से लैस करने लगी। उनको मिलने वाले हथियारों व उपकरणों को हासिल करने में बडी भारी बाधाएँ थीं। किसी पुलिस बल को इस आधार पर आधुनिक हथियार नहीं मिल सकते कि आतंकवादियों के पास ऐसे हथियार हैं। पुलिस जिन हथियारों का इस्तेमाल करती है उनकी अनुमति उसे सेना से लेनी होती है। सेना पुलिस को आधुनिक हथियारों के प्रयोग की अनुमति नहीं देती। लिहाजा पुलिस के पास आतंकवादियों द्वारा प्रयोग में लाई जा रही एके किस्म की राइफलों के जवाबी हथियार न थे। इस तरह पुलिस आतंकवादियों के मुकाबले कम प्रशिक्षित व बहुत निम्न स्तर के हथियारों से लैस थी। नतीजतन पुलिस को डीआईजी और एसपी रैंक सहित अपने अनेक सिपाहियों व अधिकारियों की जान गंवानी पड़ी। अपने जीवन का बलिदान देने के बाद पुलिस बल को सेना से आतंकवादियों के मुकाबले के हथियार रखने की अनुमति मिली। जब पुलिस को ये हथियार मिल गए तो उसने आतंकवादियों के खतरे का मुकाबला सक्षमता से करना आरंभ कर दिया। पुलिस के आत्मबल के लिए सब से अधिक निर्णायक थीं राजनीतिक स्थितियाँ। अपने करियर के जमाने में और उसके बाद इस विप्लव के दौर में

कौन उनका राजनीतिक आका होगा, इस सवाल का जवाब वे चाहते थे। जिन्होंने अकाली मंत्रियों के मातहत सेवा की थी वे आतंकवादियों का मुकाबला करते समय दुविधा की स्थिति में रहते थे। वे हमेशा अपने पीछे देखते। अकाली कभी भी वापस सत्ता में आ सकते थे। आतंकवादियों के साथ राजनीतिक वार्ताएँ भी उनके आत्मबल को कम करती थीं। 1989 से 1991 तक गाहे-बगाहे राजनीतिक समझौता वार्ताएँ होती रहीं। परिणामस्वरूप इस प्रदेश में आतंकवाद का तांडव जारी रहा और इन वर्षों में अधिकतम नागरिक हत्याएँ हुईं। 23 जनवरी 1993 को पंजाब पुलिस के महानिदेशक श्री के.पी. एस. गिल ने कहा :

"इससे पहले पुलिस आतंकवादियों के खिलाफ संपूर्ण अभियान नहीं छेड़ सकती थी। क्योंकि इस बात की संभावना थी कि समझौता वार्ता के बाद यही आतंकवादी अंततः उनके राजनीतिक आका बन सकते हैं।"

फरवरी 1992 के आम चुनावों के बाद जब कांग्रेस पंजाब में सत्ता में आई तो पुलिस कट्टरपंथियों के इस खतरे का सामना एकाग्र निष्ठा के साथ करने लगी। पुलिस ने बहुत क्षति उठाई थी। उनके परिजनों का अपहरण व हत्याएँ की गईं और उनको घोर अपमान सहना पड़ा। इसलिए उनके पास विभिन्न आतंकवादी गुटों को कुचलने के लिए प्रबल उत्प्रेरणा थी। इस कार्य में उनकी सहायता पुलिस बल की बढ़ी संख्या ने की। 1981 में पंजाब पुलिस बल की कुल संख्या 32 हजार थी जो 1993 में बढ़कर 65 हजार से अधिक हो गई। उनके परिवहन में भी वृद्धि हुई और अब उनकी अधिकांश गाड़ियाँ गोलीरोधक थीं। पंजाब पुलिस का बजट भी 1981 के 30 करोड़ से बढ़कर 1994 में 321 करोड़, 61 लाख, 35 हजार हो गया। 1992 में उन्होंने स्वचालित राइफलों व आधुनिक हथियारों से लैस चार कमांडो बटालियनों का गठन कर लिया था। उनकी गतिशीलता अब पहले से बहुत अधिक थी।

जब कांग्रेस सत्ता में आई, तब पुलिस बल पूर्णतः प्रशिक्षित व हथियारबंद था। वह पूरी तरह प्रेरित था और इस अवसर का उपयोग करते हुए आतंकवाद की बुराई को समाप्त करने के लिए कटिबद्ध था। मुख्यमंत्री सरदार बेअंत सिंह ने उनको आतंकवाद का मुकाबला करने के लिए पूर्ण स्वतंत्रता प्रदान की। उन्होंने पाकिस्तान समर्थित विद्रोह को कुचलने के लिए पुलिस को भरपूर

सहयोग दिया। इनमें से एक निर्णायक मुद्दा पाकिस्तान के साथ 336 किलोमीटर की अंतर्राष्ट्रीय सीमा पर कांटेदार तार की बाड़ लगाना था। रात को भारत-पाक सीमा को बिजली की रोशनी से अच्छी तरह प्रकाशित किया जाता था। हालांकि सतलुज रेंजरों ने ध्यान बंटाने के लिए सीमा सुरक्षा बलों की कुछ चौकियों पर गोलीबारी की, ताकि पाकिस्तान की तरफ से भारत सीमा में घुसपैठ करा सकें लेकिन वे इस बाड़ के कारण अपने मकसद में कामयाब नहीं हुए।

पंजाब पुलिस ने दो बहुत सार्थक योजनाएं बनाईं जिनमें जनसाधारण को भी शामिल किया गया। गुरदासपुर, मजीठा, अमृतसर, तरनतारन और फिरोजपुर के सीमावर्ती जिलों में जिम्मेदारी का बंटवारा बहुत स्पष्ट किया गया। ग्रामों की सुरक्षा समितियों के सदस्यों को समुचित हथियारों से लैस करके हथियार चलाने और उपकरणों का इस्तेमाल करने का प्रशिक्षण दिया गया था। ये समितियँ सफल रहीं क्योंकि ग्रामीण, खासतौर पर सिख छुट्टे घूमने वाले आतंकवादियों से आजिज आ चुके थे। ब्लू स्टार के बाद के दौर में जनता ने लुटेरे आतंकवादियों का इसलिए साथ दिया था क्योंकि सुरक्षा बलों ने उनके साथ बहुत अत्याचार किए थे। लेकिन आपरेशन ब्लैक थंडर के बाद के सालों में वे इन गुटों से आजिज आ गए क्योंकि न केवल उन्होंने पवित्र दरबार साहब के साथ विश्वासघात किया बल्कि उनके घर की महिलाओं के साथ छेड़खानी और दुर्व्यवहार करना आरंभ कर दिया था। पंजाब में आतंकवाद की पराजय दो हथियारों के कारण हुई। सरदार बेअंत सिंह की दृढ़ता और ग्रामीण महिलाओं के प्रति आतंकवादियों की अपनी करतूतें। इस करतूत को भ्रष्ट आतंकवादियों का यौन-आतंकवाद कहा गया जिनके लिए लूट और लंपटता सिख सिद्धांतों या सिख समुदाय के अधिकारों से अधिक प्रिय थे। (देखिए *इंडिया टुडे*, 31 दिसंबर 1992)। पंथक कमेटी के नेता अपने पाकिस्तानी आकाओं की पेश की गई सुविधाओं और भारतीय पंजाब के जिलों से मिली लूट के सहारे विलास में डूबे रहे। उनके अनुयायी यह देख कर खीज उठे कि जो धन उन्होंने अपने शिकार लोगों के अपहरण व लूट से एकत्र किया था उसे उनके अगुआ संपत्ति खरीदने व विलासिता में खर्च कर रहे हैं। पंजाब में आतंकवाद के पतन से पहले आतंकवादियों में नैतिकता व आदर्शों का पतन हुआ। सिख युवको की

यौन लंपटता से खिन्न हुए सिख किसानों ने पाकिस्तानी आईएसआई द्वारा इस्तेमाल किए जा रहे भ्रष्टबुद्धि सिख युवकों के विनाश में पुलिस का सहयोग करना आरंभ किया। इसी कारण पाकिस्तान का पंजाब के आतंकवादियों का जम्मू-कश्मीर के आतंकवादियों से गठजोड़ बनाने का आपरेशन के.-2 बुरी तरह असफल हुआ। असल में वह आरंभ ही नहीं हो सका। पाकिस्तानी एजेंट इंतिखाब अहमद जिया और हबीबुल्ला के मारे जाने से आईएसआई को घोर निराशा हुई। कनाडा के अखंड कीर्तनी जत्थे का प्रमुख तलविंदर सिंह भी अक्तूबर 1992 में मारा गया। यह पंजाब के बारे में पाकिस्तानी साजिशों पर निर्णायक प्रहार साबित हुआ।

1992 में प्रतिआतंकवादी कार्रवाइयों में बहुत प्रगति हुई। 1991 में पंजाबी आतंकित थे। *इंडिया टुडे* के शेखर गुप्ता और प्रशांत पंजियार ने (15 जनवरी 1991 का अंक) लिखा :

"...अधिकांशत: यहां लोगों ने गैर-पंजाबी रवैये के साथ अपने आप को बंदूक के शासन के मातहत कर दिया है। यहां सरकार नाम की कोई चीज नहीं। ... अगर आप स्कूल टीचर हैं तो आप नया पाठ्यक्रम सीखें। जन गण मन नहीं, हिंदी नहीं। आप के स्कूल में स्कर्ट, पैंट, फ्राक नहीं चलेगा। ... अगर आप आकाशवाणी या दूरदर्शन के लिए काम कर रहे हैं तो हिंदी में प्रसारण नहीं कर सकते। ... ग्रामीण पंजाब के कुछ हिस्सों में, खासतौर पर सीमावर्ती हिस्सों में अब आतंकवादी समानांतर सरकार नहीं चला रहे। वे सरकार चला रहे हैं।''

फरवरी 1992 के चुनावों के बाद लोग अपनी पूरी ताकत के साथ जाग उठे। उन्होंने पुलिस के साथ सहयोग करके अपनी भूमि को पाकिस्तान प्रेरित आतंकवाद के बर्बर शिकंजे से मुक्त करा लिया।

1992 में शिरोमणि गुरूद्वारा प्रबंधक कमेटी, जिसने अपने कर्मचारियों को स्वतंत्रता दिवस और गणतंत्र दिवस पर छुट्टी देने से इनकार कर दिया था, जनता द्वारा चलाई शांति की लहर को रोक नहीं सकी।

के.एल.एफ. का प्रमुख गुरजंत सिंह बुधसिंघवाला और बब्बर खालसा इंटरनेशनल का प्रमुख सुखदेव सिंह पुलिस की गोली का शिकार हो गए। उन्हें

50 पुलिस परिवारों की हत्या की कीमत चुकानी पड़ी। जनरल ए.एस. वैद्य के हत्यारे हरजिंदर सिंह उर्फ जिंदा और सुखदेव सिंह उर्फ सुक्खा को मौत के हवाले करने की दृढ़ता दिखाने का असर हाशिए पर बैठने वालों पर पड़ा। विभिन्न अकालियों ने बंद का आवाहन किया लेकिन उसका कोई खास असर न हुआ।

अक्तूबर 1992 में प्रसिद्ध लेखक व पत्रकार सरदार खुशवंत सिंह ने पंजाब का दौरा किया। उन्होंने नई दिल्ली के *टाइम्स आफ इंडिया* में लिखा : "अब अधिक से अधिकतर उग्रवादी डकैत, लुटेरे और गुंडे माने जाते हैं।"

इसके जवाब में आतंकवादियों ने 31 अक्तूबर 1992 को लुधियाना में 27 लोगों की हत्या कर दी। जल्दी ही खालिस्तान कमांडो फोर्स (जफरवाल) के कार्यकारी प्रमुख गुरदास सिंह मंसोरवाल को फिरोजपुर जिले में एक मुठभेड़ में मार गिराया गया। खालिस्तान लिबरेशन फोर्स का प्रमुख निशाना सिंह मक्कू भी 15 नवंबर 1992 को एक मुठभेड़ में मारा गया।

दिसंबर 1992 में भारी संख्या में आतंकवादियों ने हथियारों समेत पुलिस के सामने आत्मसमर्पण कर दिया। इनमें बीटीएफके का उप प्रमुख बलविंदर सिंह बब्बर और बब्बर गुट का लखविंदर सिह लक्खा प्रमुख थे।

नुक्ताचीनी करने वाले कुछ आलोचकों ने बार-बार कहा कि बेअंत सिंह सरकार अल्पसंख्यक वोटों के आधार पर बनी है । लेकिन इसी सरकार ने फरवरी 1993 में 11,630 गावों की पंचायतों और 93 नगरपालिकाओं के चुनाव आयोजित कराए। इनमें 82.6 प्रतिशत वोट पड़े। इन चुनावों का शांतिपूर्वक संपन्न होना इस बात का प्रमाण था कि ग्रामीण पंजाब अब आतंकवादियों के प्रभाव से मुक्त हो चुका था।

सतलुज और व्यास के बीच का मंड क्षेत्र हथिया घास से भरा होने के कारण आतंकवादियों के छिपने की आदर्श जगह थी। सीमा सुरक्षा बल की एक बटालियन ने इस समस्या को हल करने के लिए उस कठिन प्रदेश में स्थायी रूप से डेरा डाला। इससे आसपास के जिलों में वारदातें करके यहां शरण लेने वाले आतंकवादियों के हौसले पस्त हो गए।

जब-जब पंजाब पुलिस आतंकवादियों पर दबिश देती थी, वे राजस्थान, उत्तर प्रदेश के तराई के इलाके और दिल्ली या हरियाणा में आकर शरण लेते

थे। उनके तराई में सुरक्षित छिपने की जानकारी 1982 में ही मिल गई थी। लेकिन पंजाब पुलिस की तत्संबंधी रिपोर्टों पर दिल्ली के प्रशासकों ने कोई गौर नहीं किया और न ही कोई कार्रवाई की गई।

दिल्ली

दिल्ली पुलिस ने आतंकवादियों का कैसे मुकाबला किया, यहां इसकी चर्चा करना भी आवश्यक है। दिल्ली में जो कुछ होता है, अंतर्राष्ट्रीय स्तर पर सब का ध्यान उधर जाता है।

दिल्ली पुलिस भी परंपरागत पुलिस कार्यों के लिए प्रशिक्षित थी। आतंकवाद उसके लिए नई समस्या थी। लेकिन उसने इसका सामना पेशेगत सशक्तता व अंर्तदृष्टि के साथ किया। 1983 में इसने सुखबीर खालसा के गिरोह का पता लगाया। 1984 में इस गिरोह ने यमुना पार के एक सिनेमा, पालिका बाजार और नई दिल्ली रेलवे स्टेशन पर बम विस्फोट किया था। दिल्ली पुलिस ने 1984 में बाबला गिरोह के गुरसेवक उर्फ बाबला को खोज निकाला जिसने बैंकों में और जौहरियों की दुकानों में डकैती की थी।

1992 में दिल्ली में नौ गोलीबारी की वारदातें हुईं। पुलिस ने इनमें से आठ के लिए जिम्मेदार सभी अपराधियों को गिरफ्तार कर लिया।

ग्रेटर कैलाश पुलिस ने हरभजन सिंह और राजविंदर सिंह को एक मुठभेड़ में मार गिराया (1992)। । जुलाई 1992 में दिल्ली पुलिस ने अमृतपाल सिंह और बलबीर सिंह को गिरफ्तार किया। पुलिस विजयपाल सिंह उर्फ हैप्पी और उसके दो साथियों को गिरफ्तार करने में भी सफल रही।

इनमें सब से नाटकीय मुठभेड़ 1992 में पश्चिम विहार इलाके में हुई। एक आतंकवादी मूर्ता सिंह उर्फ मूर्तू उर्फ मंजीत सिंह वहां अपनी एक महिला साथिन के साथ एक डीडीए फ्लैट में किराए पर रह रहा था। सूचना मिलने पर पुलिस वहां पहुंची और दरवाजे पर दस्तक दी। इसका जवाब अंदर रहने वालों ने गोलियां चला कर दिया। इस पर आसपास के भवनों में अपनी स्थिति संभाले पुलिस वालों और आतंकियों के बीच गोलीबारी का सिलसिला शुरू हो गया। उत्सुक प्रत्यक्षदर्शी इस कांड को सुरक्षित दूरी पर इकट्ठे हो कर देख रहे थे।

1993 में भारतीय युवक कांग्रेस के रायसीना रोड स्थित कार्यालय में जबरदस्त विस्फोट हुआ। इसका उद्देश्य युवा कांग्रेस के अध्यक्ष श्री एम.एस. बिट्टा की हत्या करना था। पुलिस ने पता लगा लिया कि इसके लिए खालिस्तान लिबरेशन फोर्स का गुरचरन सिंह उर्फ चीमा और कुलदीप उर्फ कीपा जिम्मेदार हैं। जब पुलिस ने उनको गाजियाबाद में घेर लिया तो उन्होंने साइनाइड के कैप्सूल खा कर आत्महत्याएँ कर लीं।

असल में दिल्ली पुलिस खालिस्तान लिबरेशन फोर्स, भिंडरांवाले टाइगर फोर्स ऑफ खालिस्तान और बब्बर खालसा के दिल्ली में घुस आए आतंकियों से निबटने में सफल रही। इनमें सबसे सनसनीखेज मामला हरजिंदर सिंह उर्फ जिंदा को विनिमय द्वारा रिहा कराने के इरादे से किया गया रूमानिया के राजनयिक श्री लिवू राडू का अपहरण था। यह अपहरण डा. सोहन सिंह ने पाकिस्तान में अपनी शरणस्थली से कराया था। पर यह अभियान असफल रहा। श्री लिवू को रिहा करा लिया गया और जिंदा को फांसी मिली।

आतंकवाद के खिलाफ लड़ाई में अर्धसरकारी बलों ने भी उल्लेखनीय भूमिका अदा की है।

सीमा सुरक्षा बल

पंजाब में आतंकवाद-विरोधी अभियान में शामिल किए जाने के बाद से सीमा सुरक्षा बल ने 600 हथियारबंद आतंकियों को ठिकाने लगाया। इनमें से सबसे उल्लेखनीय मुठभेड़ सुक्खा सिपाही उर्फ जनरल लाभ सिंह के साथ थी जो सैकड़ों हत्याओं के लिए जिम्मेदार था। उसने 1987 के गणतंत्र दिवस पर तत्कालीन प्रधानमंत्री श्री राजीव गांधी की हत्या करने की योजना भी बनाई थी। अपनी पिशाची योजना को अंजाम देने के लिए उसने रिमोट से विस्फोट करने की तकनीक में महारत हासिल कर ली थी। अति विशिष्ट व्यक्तियों की सुरक्षा के लिए सूचना एकत्र करने के लिए उत्तरदायी आसूचना एजेंसी को मैंने इसका सारा विवरण दे दिया था। इस प्रकार समय रहते कार्रवाई हो जाने पर इस राष्ट्रीय दुर्घटना को टाला जा सका। सुक्खा सिपाही को अंततः सीमा सुरक्षा बल ने 1988 में जालंधर-पठानकोट रोड पर दासा-टांडा के निकट मार गिराया।

सीमा सुरक्षा बल ने पंजाब की कार्रवाई में अपने 58 वीर जवानों को खोया। उनसे जो हथियार बरामद किए उनमें 268 एके 47, 26 एके 74 और 18 एके 56 राइफलें शामिल हैं।

केंद्रीय रिजर्व पुलिस बल (सीआरपीएफ)

पंजाब की कार्रवाई में शामिल होने के बाद से कें.रि.पु. बल ने एक हजार से अधिक मुठभेड़ें कीं। वे 2542 आतंकवादियों से मुठभेड़ करने और 5686 हथियार बरामद करने में सफल रहे। इनमें सैकड़ों एके 47 राइफलें, राकेट लांचर, हल्की मशीन गनें शामिल हैं। 1983 से 1990 के बीच विभिन्न आतंकवादी संगठनों के साथ सशस्त्र संघर्ष में कें. रि.पु. बल ने अपने 90 वीर अधिकारियों व जवानों के प्राणों की क्षति उठाई। कें.रि.पु. बल की पंजाब में भूमिका अतिमहत्वपूर्ण रही।

सेना

अगर सेना अपनी विशेषज्ञता व सहायता के साथ नागरिक अधिकरण का सहयोग न करती तो पंजाब की स्थिति में कभी सुधार न होता। सेना ने बम निष्क्रिय करने व स्थलीय बारूदी सुरंगों के बारे में पुलिस व अर्धसैनिक बलों के लिए बहुत से प्रशिक्षण पाठ्यक्रम चलाए। पाकिस्तान ने न केवल पंथक कमेटी के आतंकियों को उदारता से स्थलीय बारूदी सुरंगें दी थीं बल्कि उनको बिछाने का अच्छा प्रशिक्षण भी दिया था।

सेना ने पंजाब में मई 1990 से नवंबर 1990 तक एक रक्षक 1 अभियान चलाया। इसने ग्रामीणों में आत्मविश्वास जगाया। उनको एहसास हो गया कि आतंकवादियों का काम लूटमार और बलात्कार करना है। बहरहाल रक्षक 2 ने सुरक्षा बलों को जनसाधारण में लोकप्रिय बनाया। तब उन्होंने आतंकवादियों को पनाह देनी बंद कर दी और उनको सुरक्षा बलों के हवाले करने लगे।

❖ 24 ❖

क्या गुनाहगार कबूल करेंगे

अध्याय 15 में हम बता चुके हैं कि अर्धसैनिक बल, आसूचना एजेंसियाँ और सेना आतंकवादियों के खिलाफ स्वच्छ अभियान चलाने में असफल रहीं। इस कार्य में लगी विभिन्न एजेंसियों ने प्रतिद्वंदिता दिखाई और कर्तव्य-च्युति के उदाहरण पेश किए। इन संस्थाओं का नेतृत्व करने वालों से इतिहास निश्चिय ही उत्तरदायित्व में कोताही के लिए जवाब तलब करेगा।

बहरहाल न्याय का तकाजा यह है कि उन नीतियों का परिक्षण किया जाए जिनके कारण खालिस्तान की मांग उठी और हमारी पद्धति की कमियों को परखा जाए जो ऐसी मांगों को पूरा नहीं कर सकती और जिससे हिंसात्मक स्थितियाँ पैदा होती हैं।

इतिहास के पन्ने पलटे जाएँ तो हम देखेंगे कि खालिस्तान की मांग पहले-पहल उस समय उठी जब 1940 में अपने लाहौर अधिवेशन में मुस्लिम लीग ने मुसलमानों के लिए एक अलग सार्वभौम राष्ट्र की मांग उठाई। उसी साल सिखों ने अटारी, अमृतसर में एक अधिवेशन करके खालिस्तान की मांग की। हालांकि यह बेतुकी बात थी। जनसंख्या के हिसाब से उनकी मुसलमानों से कोई तुलना न थी। इसलिए क्रिप्स मिशन (1942) और बाद में कैबिनेट मिशन ने इसे अस्वीकार कर दिया।

कांग्रेस ने कैबिनेट मिशन के प्रस्ताव को मंजूर करते हुए धर्म के आधार पर देश का विभाजन स्वीकार कर लिया। इससे सिखों की मांग को एक बार

फिर बल मिला। उन्होंने भारत के अंदर ही एक अलग होमलैंड की मांग रखी। जब इसे मंजूर नहीं किया गया तो उनको लगा कि हमारे साथ भेदभाव बरता जा रहा है।

सिखों का राजनीति प्रेरित वर्ग बराबर सिख होमलैंड की मांग करता रहा। उसने इस भौगोलिक तथ्य को नजरअंदाज कर दिया कि 1966 में पंजाब के विभाजन से पहले सिख किसी भी भौगोलिक क्षेत्र में बहुसंख्या में न थे। विभाजन के बाद पंजाब के कई भाग हरियाणा और हिमाचल में चले गए। अब बचे हुए क्षेत्रों में सिखों का बहुमत बन सकता था। लेकिन अब इंदिरा गांधी के बलिदान के साथ इस अल्पसंख्यक कौम को समझ में आ गया है कि चाहे कुछ हो भारत अब अपना और विभाजन सहन नहीं करेगा।

दुर्भाग्य की बात है कि कांग्रेस पहले तो गला फाड़ कर चिल्लाती रही कि स्वतंत्रता के बाद भारत एक संघीय राज्य होगा जिसमें राज्यों को अधिकतम स्वायत्तता प्रदान की जाएगी। लेकिन देश के स्वाधीन होने पर उसने अतिकेंद्रित संविधान बनाया और राज्यों को घोषित अनुपात में स्वायत्तता नहीं दी। जब तक राज्यों व केंद्र दोनों में कांग्रेस की हुकूमत थी, राज्यों के मुख्यमंत्री केंद्र के निर्देश पर चलते रहे। लेकिन कांग्रेस के एकदलीय शासन का अंत होने पर जब विभिन्न राज्यों में दूसरे दलों की सरकारें आईं तो उनके मुख्यमंत्रियों का केंद्र के अंकुश का प्रतिरोध करना स्वाभाविक था। ऐसे बहुत से क्षेत्र थे जिनमें वह चाहते थे कि निर्णय का अधिकार राज्य सरकार के पास हो। इस तरह की विषम स्थिति में अगर सुरक्षा संबंधी समस्याएं आ खड़ी हों तो सवाल उठता है कि उनसे मेलजोल के साथ कैसे निबट सकते हैं।

आधारभूत मुद्दे

पंजाब संकट का निरपेक्षता के साथ अध्ययन करने वाले किसी भी व्यक्ति को यह स्पष्ट हो जाएगा कि आधारभूत मुद्दे ये थे :

1. ऐतिहासिक कारणों से बनी मानसिकता के चलते सिखों की शिकायतें।

2. हमारी कार्यप्रणाली जिसमें हमारे संविधान की कार्यप्रणाली, पुलिस व सेना का प्रयोग और शुद्ध राजनीतिक अवसरवादिता के आधार पर निर्णय लेने का रवैया शामिल है।

हम पहले बता चुके हैं, सिख सदा होमलैंड के लिए प्रयत्न करते रहे हैं। देश के विभाजन की पूर्वसंध्या वेला में जब वे अत्यंत अल्पसंख्या में थे, तब भी। वे बहुत गर्वीले हैं और जो भी उनकी धार्मिक भावनाओं को आहत करता है वह उनको अलग-थलग कर देता है और वे विद्रोह पर आमादा हो जाते हैं।

सिखों की प्रकृति को उनकी शिकायतों से अलग करके नहीं देखा जा सकता। अगर कोई सिखों की प्रकृति और मानसिकता को नहीं समझता तो वह स्थिति से गलत तरीके से निबटेगा। इससे काल्पनिक या मामूली शिकायतें भी बड़ा व मुख्य मुद्दा बन जाएँगी। यही वजह है कि पंजाब स्वाधीनता के बाद से ही राजनीति व धर्म के मिश्रण का विस्फोटक पिटारा रहा है। सिखों की किसी शिकायत का किस तरह निबटारा किया जाता है यह लगभग उतना ही महत्वपूर्ण है जितनी कि उनकी शिकायत। पंडित जवाहरलाल नेहरू इस बात को बखूबी समझते थे। उन्होंने कभी उनकी पंजाबी सूबा के मांग को स्वीकार नहीं किया। लेकिन कभी सिखों के गर्व को आहत भी नहीं होने दिया। बाद के वर्षों में हालांकि सिखों की मांग का कुछ अंश मान लिया गया लेकिन व्यवहार करने का तरीका ऐसा रूखा व शिष्टाचारहीन था कि उनकी मांगें बढ़ने के बावजूद वे असंतुष्ट ही रहे। सभी अल्पसंख्यक विभ्रम की स्थिति में रहते हैं। अगर उनकी शिकायतों को सहानुभूति व सूझबूझ के साथ सुलटाने की कोशिश न की जाए तो उनको लगता है कि अन्याय हो रहा है। यह भावना उन्हें अंदर ही अंदर कचोटती रहती है। सिखों की बहुत सी शिकायतें मामूली थीं। लेकिन उनको दिल्ली व चंडीगढ़ के स्तर पर अक्खड़पन से निबटाने की कोशिशें की गईं। सारी समस्या को तदर्थ पद्धति से सुलझाने की कोशिश की गई। कभी तो हत्यारों को वार्ता के लिए बुलाया गया तो कभी एक गर्वीली कौम को टैंकों व अत्यधिक बल के प्रयोग से दबाने की कोशिश की गई। गुमराह हुए पंजाबी युवकों के साथ ऐसा व्यवहार किया गया मानो वे अपने नहीं दुश्मन हों।

आनंदपुर साहब प्रस्ताव और सरकारिया आयोग

केंद्र-राज्य संबंधों का अध्ययन करने के लिए गठित सरकारिया आयोग का कार्य पूर्णतः औपचारिक और सरसरी तौर पर किया गया था। किसी वास्तविक संघीय ढांचे की मांग को अलगाववादी नहीं माना जा सकता। न ही राज्य की स्वायत्तता की मांग को देशद्रोह कहा जा सकता है जैसा कि कुछ कांग्रेसी नेता सोचते हैं। असम में आनंदपुर साहब प्रस्ताव के इस हिस्से को राष्ट्रव्यापी बहस का मुद्दा बनाया जाना चाहिए था। हमारे संविधान में संघीयता की धारणा को और भी क्षीण कर दिया गया है। इसके तहत हमारे अनेकवादी समाज में राज्यों को बहुत कम अधिकार दिए गए हैं और इस पर और अधिक गंभीरता से पुनर्विचार किया जाना चाहिए। हमारे उपमहाद्वीप में सांस्कृतिक, भाषाई, सांप्रदायिक अनेकता है। ऐसे में उनको अपने राजनीतिक, आर्थिक व सामाजिक मामलों में और अधिक दखल देने का अधिकार दिया जाना चाहिए।

आनंदपुर साहब प्रस्ताव पंथ की सर्वश्रेष्ठता की बात करता है। लोकतांत्रिक समाज में किसी भी समुदाय की श्रेष्ठता प्रतिकूल मानी जाती है। सिख धर्म समानता पर आधारित है। इस बात पर विश्वास नहीं किया जा सकता कि दशम गुरुजी जिन्होंने पांच प्यारे विभिन्न जातियों से चुने, वे धर्म के आधार पर श्रेष्ठता चाहते। जो हो, इस देश का राजनीतिक नेतृत्व राज्यों को और अधिक स्वायत्तता देने पर विचार न करके बहुत बड़ी भूल कर रहा है। सिखों की मानसिकता पौराणिक आख्यानों में विचरण करती है और वे भारतीय समाज की धर्मनिरपेक्षता पर कुठाराधात करना चाहते हैं। यह एक चुनौती है। कोई समाज चुनौतियों का सामना जिस पद्धति से करता है, वह इतिहास का आधार बनती है। लिहाजा हमें अपनी पद्धति व कार्यप्रणाली की कमियों का निरीक्षण-परीक्षण करना चाहिए।

कार्यप्रणाली

हालांकि भारत में शासन प्रणाली धर्मनिरपेक्ष, समाजवादी लोकतांत्रिक है, लेकिन किसी राष्ट्र की जनता के भाग्य का निर्धारण आदर्शवादी वाक्यों या

स्वप्नदर्शी मुहावरों से नहीं हो जाता। इसका निर्धारण इस बात से होता है कि हम अपनी कार्यप्रणाली को चलाने में कितने प्रभावी हैं। यह एक सर्वमान्य तथ्य है कि भारतीय शासन पद्धति सुस्त, अनुत्तरदायी और कई बार तो प्रतिउत्पादक भी है। हमें अपनी कार्यप्रणाली के मूलभूत ढांचे की गुणवत्ता को परखना चाहिए। एक बार प्रधानमंत्री राजीव गांधी ने कहा था कि उन्होंने कार्यप्रणाली को बदलने की कोशिश की लेकिन प्रतिरोध इतना प्रबल था कि वह असफल रहे।

पंजाब की त्रासदी कई दशकों से पनप रही थी। यह एकाएक नहीं उभरी थी। हमारी कार्यप्रणाली ने धर्मांधता और अलगाववाद की चुनौती का सामना करने के लिए क्या किया?

सबसे पहले हमारी कार्यप्रणली ने सिखों की तथाकथित शिकायतों के बारे में क्या किया? किसी भी लोकतांत्रिक समाज में जातीय अल्पसंख्यकों की शिकायतों को दूर करना बहुत महत्वपूर्ण होता है। उनको नजरअंदाज करने या लंबित करने का परिणाम निष्ठुर दमन में सामने आता है। सच्चाई तो यह है कि इन शिकायतों को दूर करने पर गंभीरता से ध्यान नहीं दिया गया। चंडीगढ़ और दिल्ली दोनों ने इनके प्रति 'कोई परवाह नहीं,' वाला रवैया अपनाया। उनकी वास्तविक शिकायतों को भी दूर करने के बजाय उन्होंने अकालियों का दमन करना आरंभ कर दिया।

हालांकि अकाली और उग्रवादी दोनों कई बार दुराग्रह पर आमादा हो जाते थे, लेकिन इन दोनों ने ही समय-समय पर सम्मानजनक हल चाहा। अक्तूबर-नवंबर 1982 और जून 1983 में अकाली सरकार ने अपने कदम पीछे हटाने की जो कोशिश की उसके लिखित प्रमाण मौजूद हैं। उन दिनों कई मुकामों पर उग्रवादी भी शांति के इच्छुक थे। जब श्री सुरजीत सिंह बरनाला ने कोई भी पद देने की उनकी मांग को अस्वीकार कर दिया तो उनको निराशा हुई। अगस्त 1995 में उन्होंने सरकार के साथ कुछ मैत्री की इच्छा व्यक्त की थी। मैंने श्री अरुण नेहरू से इस बारे में बात की पर वह कुछ भी सुनने को तैयार न थे। मुझसे कहा गया कि पंजाब के राज्यपाल श्री अर्जुन सिंह से सीधे संपर्क करूं। उग्रवादी श्री अर्जुन सिंह पर भरोसा नहीं

करते थे क्योंकि वह श्री बरनाला के प्रति अनुराग रखने के लिए प्रसिद्ध थे। जून 1986 में एक बार फिर उन्होंने केवल दो मांगों के साथ मुझसे संपर्क किया। उन्होंने यह भी कहा कि मांगें पूरी होने से पहले वे तीन महीनों तक पूरे उत्तर भारत में पूर्ण शांति बनाए रखने को तैयार हैं। मैंने संबंधित लोगों तक यह संदेश पहुँचाया। लेकिन वहां से कोई प्रतिउत्तर नहीं मिला। जब मैंने स्वाधीनता दिवस समारोह के अवसर पर राष्ट्रपति भवन में श्री राजीव गांधी से मुलाकात होने पर उनको यह जानकारी दी तो उन्होंने इस पर विचार करने के लिए समय देने का आश्वासन दिया। लेकिन मेरी मुलाकात ऐसे प्रशासक से कराई गई जो किसी तरह का निर्णय लेने को तैयार न था। उग्रवादियों के अपने संपर्क सूत्र होते हैं। जब उनको पता चला कि उनके प्रस्ताव को ठुकराया जा रहा है तो वे फिर से हत्याएँ करने लगे।

इस तरह हमारी शासन प्रणाली ने अवसर का लाभ न उठाने के ढुलमुल रवैए का प्रदर्शन किया जबकि वार्ता से घृणा और हिंसा के दौर को समाप्त किया जा सकता था। सही समय पर सही कार्रवाई न करने का प्रतिद्वंदियों का यह रवैया राजनीतिक अवसरवादिता और एक दूसरे को सबक सिखाने की जिद से प्रेरित था।

अब हम अपनी प्रणाली के संस्थानों का परीक्षण करेंगे कि वे कोई कार्रवाई करने में क्योंकर असफल हुए।

पुलिस एक निर्धारित वातावरण में काम करती है। सारे संसार में हिंसा की उपसंस्कृति के उदय के कारण पुलिस शांति बनाए रखने का अपर्याप्त उपकरण सिद्ध हो रही है। हिंसा और कानूनशिकनी के इस दौर में परंपरागत पुलिसकर्म निष्प्रभावी सिद्ध हुआ।

किसी भी शासन प्रणाली में आतंकवाद का मुकाबला करने के लिए पुलिस को एक महत्वपूर्ण उपकरण माना जाता है। लेकिन सारे संसार में यह भी माना जाता है कि पुलिस बल इस बुराई का सामना करने के लिए अपर्याप्त है। लिहाजा सब कहीं इसका सामना करने के लिए विशेष सेवाओं का गठन किया गया। पंजाब में हिंसा के इस तांडव का सामना करते हुए

पुलिस बल ने सर्वोच्च बलिदान दिए। दोषी वे लोग हैं जिन्होंने पुलिस बल को पर्याप्त हथियार और उपकरण उपलब्ध नहीं कराए।

पुलिस बल में भी ऐसे कुछ सिद्धांतहीन लोग थे जिन्होंने दमनकारी कानूनों का नाजायज फायदा उठाने की कोशिश की। वे भी अपनी जिम्मेदारी से बच नहीं सकते। कार्यप्रणाली के भ्रष्ट हो जाने के कारण मध्य और निम्न स्तर के पुलिसकर्मी उससे प्रभावित हो कर अतिचार पर उतर आए जिनको रोका जा सकता था। लेकिन राष्ट्रीय नेतृत्व ने कभी भी पुलिस का नैतिक मार्गदर्शन नहीं किया। इतिहास ऐसे शासन को कभी माफ नहीं करेगा जिसने आतंकवाद के खतरे को नजरअंदाज किया या जो उससे निबटने में असफल रहा जिसके फलस्वरूप निरीह सिखों और हिंदुओं की हत्याएँ, व उनकी पत्नियों, बेटियों व बहनों का बलात्कार हुआ। भारत की राजनीतिक प्रणाली और उसका संचालन करने वाले इसके लिए इतिहास के कटघरे में दोषी के तौर पर खड़े होंगे। केवल सुरक्षा बलों ने अपनी सब कमियों के बावजूद हजारों निरीह सिखों और हिंदूओं की निष्ठुर, लुटेरे, हत्यारे, बलात्कारी गिरोहों से रक्षा की, जिनको उनके राजनीतिक शासकों ने इन काले दिनों में पंजाब पर हुकूमत करने वाले इन गिरोहों की दया पर छोड़ दिया था।

आवश्यकता है एक पूर्ण न्यायिक आयोग की

उपरोक्त तथ्यों व परिस्थितयों के आलोक में यह समुचित प्रतीत होता है कि भारत के किसी सेवानिवृत्त न्यायाधीश की अध्यक्षता में भारत सरकार एक न्यायिक जांच आयोग का गठन करे। इसके द्वारा निम्न की जांच की जा सकती है :

1. क्या पंजाब और हरियाणा के मुख्यमंत्रियों में कोई सांठगांठ थी जिसके परिणामस्वरूप पंजाब और समस्त उत्तर भारत में गंभीर अराजकता का वातावरण बना और जिसके फलस्वरूप श्रीमती इंदिरा गांधी की हत्या हुई।
2. 1970 में श्रीमती इंदिरा गांधी को कमजोर करने के लिए हरियाणा और पंजाब के मुख्यमंत्रियों में गठबंधन।

3. 12/13 सितंबर को चंडूकलां (हरियाणा) से और बाद में 1981 में बंबई से जरनैल सिंह भिंडरांवाले व उनके जत्थे को भाग निकलने का प्रबंध करने में भारत के तत्कालीन गृह मंत्री की भूमिका।
4. उत्तर भारत में आतंक फैलाने में शिरोमणि गुरुद्वारा प्रबंधक कमेटी, शिरोमणि अकाली दल और आल इंडिया सिख स्टूडेंट्स फेडरेशन की भूमिका।

उपसंहार

1982 के कुछ हिस्से से लेकर 2002 की छिटपुट हिंसा को छोड़ पंजाब आमतौर पर शांतिपूर्ण राज्य रहा है।

क्या दुर्भाग्यपूर्ण आंतकवादी अपराधों के दौर का सचमुच अंत हो चुका है? क्या आतंकवादियों ने अंतिम तौर पर हथियार डाल दिए हैं? क्या पंजाब एक बार फिर दो दशकों में झेली लूटपाट का शिकार होगा? इसका जवाब यह है कि यह सब पाकिस्तान की नीयत पर निर्भर करता है। अगर पाकिस्तान तय करता है कि पंजाब में आतंकवाद का तांडव होना चाहिए तो ऐसा ही होगा। अन्यथा वहां शांति रहेगी। हालांकि इस मामले में और भी विचारणीय कारक हैं, जैसे कि सिखों की धार्मिक संवेदनशीलता एक प्रमुख कारक है।

अगर शासक संवेदनशीलता और दूरदर्शिता से काम न लें तो समस्याएँ खड़ी हो सकती हैं। हमें यह नहीं भूलना चाहिए कि पाकिस्तान के निकटवर्ती किसी राज्य जैसे जम्मू-कश्मीर या पंजाब में हम जो कुछ करते हैं पाकिस्तान में उसमें दखल देने की लालसा जागती है। पाकिस्तान के लिए भारत की मुसीबतों से लाभ उठाने की कोशिश करना स्वाभाविक है। भारत को चाहिए कि पाकिस्तान को ऐसा मौका न दे।

छिद्रिल भारत-पाक सीमा

दुर्भाग्य से भारत की पंजाब में पाकिस्तान के साथ सीमा (556 किमी) छिद्रिल रही है। इसमें कुछ क्षेत्र खोह-खड्ड वाला है जिसे आसानी से पार किया जा सकता है। दोनों तरफ की सीमा में आमतौर पर तस्करों का

वास है। इससे आतंकवादियों के लिए भारत की सीमा में आना और अपराध करके वापस पाकिस्तान भाग जाना संभव हो जाता है। जब प्रधानमंत्री श्रीमती इंदिरा गांधी ने 1983 में सीमा पर बाड़ लगाने की अनुमति दी तो वरीयता भारत-बांग्लादेश सीमा को दी गई। श्री चंद्रशेखर ने प्रधानमंत्री बनने पर भारत-पाक सीमा पर बाड़ लगाने का काम पूरा करने के लिए अथक प्रयास किए। बाड़ लगाने से सीमा की रंध्रता काफी हद तक कम हो गई है। अगर आतंकवादियों को इधर से आने से रोकना है तो इसे सही रख-रखाव में रखना होगा।

स्मरणीय है कि आपरेशन ब्लू स्टार और आपरेशन रोजवुड के बाद जब पंजाबी युवक सीमा पार करके पाकिस्तान चले गए, उस समय कोई बाड़ न थी।

पंजाब सीमा पर बाड़ लग जाने के बाद पंजाब के आतंकवादियों ने जम्मू क्षेत्र में कथुआ, सांबा, रणवीरसिंहपुरा और राजौरी के इलाकों का भरपूर इस्तेमाल किया। इस तरह उन्होंने कश्मीर के घुसपैठियों के लिए भी मार्ग प्रशस्त किया। अब कश्मीर सीमा पर भी बाड़ लगाई जा रही है। इससे आईएसआई के लिए यह रास्ता भी बंद हो जाएगा।

इन दिनों पांजाब की सीमा पर न केवल बाड़ लगी है, बल्कि प्रकाश की भी व्यवस्था है। इससे आतंकियों या अपराधियों को अंधेरे का लाभ नहीं मिलता। इस लिहाज से सीमा पर की गई यह व्यवस्था शांति स्थापना के हक में जाती है।

आर्थिक संकट

पंजाब में चमक-दमक है। लोग अच्छा खाते पीते हैं। अच्छा पहनते हैं। वहां गाड़ियों की संख्या काफी बड़ी है। पक्के घरों की संख्या भी कम नहीं। पंजाब में शराब, मनोरंजन और मुकदमेबाजी पर खुले हाथों खर्च किया जाता है। वहां नामी गिरामी जमींदार हैं। वहां बड़े आधुनिक स्कूल और कालेज हैं। लोग विदेशों में रोजगार के लिए जाने के लिए मोटी रकमें खर्च करते हैं। कुल मिला कर यह समृद्धि की तस्वीर है। लेकिन वास्तविकता में यह कृत्रिम है।

इस समृद्धि के पिछवाड़े किसानों का ऐसा वर्ग भी है जो हाशिए पर है। उनके पास छोटी-छोटी जमीनें हैं। उनकी आमदनी न्यून है। उनके घरों में अन्न

का अभाव है और सुविधाएँ नगण्य हैं। इन घरों के युवक दमदमी टकसाल और आईएसआई के लिए चारा हैं। उनको मामूली भुगतान किया जाता है लेकिन एके 47 जैसे घातक हथियारों से लैस कर दिया जाता है ताकि उनका अहं तुष्ट हो। घर पर अभाव सहते आ रहे ये युवक जब अपने मिशन पर जाते हैं तो उसका भरपूर लाभ उठाते हैं। यही वजह रही है लूटमार, तस्करी और बलात्कार की।

गांव में दलितों की हालत अत्यंत दयनीय है। वे किसी तरह पढ़ाई पूरी करते हैं लेकिन उनको नौकरी मयस्सर नहीं होती। इसलिए मौका मिलने पर बहुत से दलित युवक पाकिस्तान चले गए थे और उन्होंने बड़े जोश से हर तरह के अपराध किए।

पाकिस्तानी आयाम

अगस्त 1947 में भारत और पाकिस्तान ने अंग्रेजी हकूमत से स्वाधीनता पाई। उनके आपसी संबंध खूनखराबे और अविश्वास से परिपूर्ण रहे। कई दशकों की झांसापट्टी के बाद अब हम विश्वास पैदा करने वाले कदमों के बारे में सुन रहे हैं। यह तो ऐसा ही लगता है जैसे कोई हत्या के बाद फर्श से खून साफ करके संतुष्ट हो जाए।

1980 और 90 के दशकों की पंजाब समस्या आंशिक रूप से पाकिस्तान की भारत के प्रति शत्रुता की अभिव्यक्ति थी। अगर दिल्ली के शासक पंजाब में जो कुछ हो रहा था उसके प्रति सचेत हो कर कार्रवाई करते तो यह नौबत न आती। हेकड़ी और संवेदनहीनता ने उनकी दृष्टि को संकुचित कर दिया था। जब बेरोजगार सिख युवक पाकिस्तान की सीमा में घुसे तो उनकी पूरी आवभगत हुई और पाकिस्तान में उनको खिलाया-पिलाया गया, प्रशिक्षण दिया गया और हथियारबंद किया गया।

16-17 जुलाई 1989 को पाकिस्तान में सार्क देशों का सम्मेलन हुआ। तब पाकिस्तानी प्रधानमंत्री ने भारत के साथ किसी तरह के समझौते का निष्ठापूर्ण प्रयास किया। लेकिन उनकी कोशिशों को आईएसआई ने विफल कर दिया। इसके साथ ही उनको भारत की तरफ से भी कोई ठोस उत्तर न मिला। वास्तविकता तो यही है कि अगर भारत और पाकिस्तान शांतिपूर्वक रहना चाहते हैं तो उनको अच्छे पड़ोसियों की तरह रहना सीखना होगा। दुखद तथ्य

यह है कि पंजाब के सभी आतंकी संगठनों के प्रमुख आज भी पाक आईएसआई की शरण में हैं। जैसे ही भारत-पाक संबंधों में सुधार होगा, इन संगठनों को पाकिस्तान से खदेड़ दिया जाएगा। वर्ना वे अपनी करतूतें जारी रखेंगे।

पंजाब सरकार

गृहमंत्री ज्ञानी जैल सिंह और मुख्यमंत्री सरदार दरबारा सिंह की अपनी खींचतान के चलते अनेक प्रकार की असुरक्षा उत्पन्न हुई। इससे सरकार के प्रमुख विभाग निष्क्रिय हो गए। इससे पंजाब सरकार कुछ आतंकवादियों के साथ सिद्धांतहीन मुठभेड़ को विवश हुई। क्या और कुछ इससे खतरनाक हो सकता था?

पंजाब सरकार की भावी गतिविधियां आतंकवाद को समाप्त करेंगी या उसे बढ़ावा देंगी?

भारत सरकार

आमतौर पर माना जाता है कि भारत सरकार समानता और कुशलता की पर्याय है। पर ऐसा है नहीं। इसका मुख्य सिद्धांत है कि दुराग्रह पर डटे रहो, वर्ना लोग हमें कमजोर समझेंगे। जिन लोगों से इस प्रणाली को चलाने की अपेक्षा की जाती है वे जानते ही नहीं कि यह मशीनरी चलती कैसे है। अगर सरकार के कुछ तंत्रों को सही तरीके से इस्तेमाल किया जाता तो आपरेशन ब्लू स्टार की जरूरत ही न पड़ती। लेकिन घोर अज्ञानता के कारण ऐसा नहीं किया जा सका।

आपरेशन ब्लू स्टार के बाद सरकार ने सिखों की भावनाओं के तुष्टीकरण की कोशिश की लेकिन कोई नतीजा नहीं निकला। आपरेशन ब्लू स्टार का प्रभाव सिखों के मानस पर बहुत लंबे अर्से तक रहेगा।

भारत सरकार ने देश के कानून और नैतिकता के सिद्धांतों को ताक पर रख कर प्रधानमंत्री श्रीमती इंदिरा गांधी की हत्या के षड़यंत्रकारियों को रिहा कर दिया। उसने मुख्य षड़यंत्रकारी को भागलपुर (बिहार) से अमृतसर लाने के लिए सरकारी विमान भी उपलब्ध कराया। इससे उसकी कायरता प्रकट होती है जिसे कूटनीति कह कर छिपाने की कोशिश की गई। (दिसंबर 1989)

वाह क्या खूब है भारत सरकार!

सिख अलगाववादी

सरदार कपूर सिंह ने सिख अलगाववाद की राजनीतिक योजना तैयार की थी। उनको कोई परिणाम हासिल नहीं हुआ। लेकिन वह यह विचार विरासत में दे गए।

दूसरे व्यक्ति जिन्होंने खालिस्तान के विचार का पोषण किया वह जगजीत सिंह चौहान थे। उन्होंने घृणा प्रचार के लिए लंदन में कई दशक गुजारे। वह अब चंडीगढ़ के निकट मोहाली में बस गए हैं। यहां उन्होंने खालसा राज पार्टी के नाम से अपनी एक राजनीतिक पार्टी भी बना रखी है। गंगा सिंह ढिल्लों (अमेरिका) की गतिविधियों की हम पहले ही चर्चा कर चुके हैं।

अपने आप को सिख बुद्धिजीवी के तौर पर पेश करने वाले डा. सोहन सिंह भी मोहाली में बस गए हैं। वह अब 90 साल के हैं। पाकिस्तान और विदेश में शरण लिए उग्रवादी मानते हैं कि वे भारत सरकार के हाथों में बिक गए हैं जिससे खालिस्तान के आंदोलन को बड़ा धक्का पहुंचा है।

बब्बर खालसा इंटरनेशनल के प्रमुख वधावा सिंह बब्बर पाकिस्तान से अपनी गतिविधियाँ चला रहे हैं। उनका परिवार और आधे दर्जन सहयोगी वहीं लाहौर की बाहरी सीमा पर बसे हुए हैं। उन्होंने आतंकवाद को फिर से शुरू करने के लिए कई साजिशें की हैं। उन्होंने लश्करे तैयबा और अल उमर जैसे इस्लामी संगठनों से सांठगांठ करके वारदातें करने के प्रयास भी किए। इसके अलावा उनका खालिस्तान जिंदाबाद फोर्स से भी तालमेल है। 90 के दशक में पंजाब, हरियाणा, जम्मू-कश्मीर और दिल्ली में बसों व रेलगाड़ियों में हुए विस्फोटों में इन दोनों संगठनों का हाथ था। श्री बेअंत सिंह की हत्या में भी इनका ही हाथ था। उनकी हत्या के तीन मुख्य आरोपी जगबल सिंह, तारा और परमजीत सिंह 21/22 जनवरी 2004 की रात को उच्च सुरक्षा वाली जेल से भाग निकले थे। वे आज तक फरार हैं। बब्बर खालसा इंटरनेशनल के विदेशों में बहुत से हिमायती हैं।

विदेशों में आतंकवादी

विदेशों में बसे कुछ सिख इस भ्रम से ग्रसित हैं कि प्रतीक स्वरूप राजनीतिक स्वाधीनता के बिना धार्मिक स्वाधीनता अधूरी है। भारत के सिखों